KB052166

역린 逆鱗

7

사도세자 이선, 교룡蛟龍으로 지다

사도세자 이선, 교룡蛟龍으로 지다

최성현 장편소설

황금가지

목차

1. 이선(李愃) 7

2. 황율(黃𤤕) 31

3. 광백(狂伯) 60

4. 이금(李衿) 79

5. 안국래(安國來) 101

6. 갑수(甲手) 116

7. 개울 136

8. 세자빈 홍씨(世子嬪 洪氏) 154

9. 이선(李愃) 178

10. 홍봉한(洪鳳漢) 220

11. 황율(黃𤤕) 230

12. 개울 262

13. 홍봉한(洪鳳漢) 266

14. 나경언(羅景彦) 277

15. 이산(李祘) 289

16. 을수(乙手) 303

1. 이선(李愃)

후원에 못이 있어 늙은 용 잠겨 있고,

앞들에 산이 있어 날랜 범 엎드려 있네.

팔극의 바람 소리는 범이 숲에서 울부짖는 것이요,

오장의 구름 빛은 용이 새 시대를 일으키는 것이네.

— 이선, 갑술년(甲戌年)[1]에 짓다.

강은 사납고 위태로웠다.

강의 파도는 갈지자로 서로를 때리며 강변으로, 건너가기를 애태우는 사람들로 몰려왔다. 연(輦)[2]에 탄 사내가 밖으로 나와 섰다. 강의 파도가 거칠게 사내의 앞을 가로막고 있었다. 사내가 뒤를 돌아보았다. 수백의 호위들과 관련자들이 숨죽이며 강과 사내를 바라보고 있었다.

그 배후로 셀 수 없는 백성들이 연에서 나온 사내의 일거수

---

1) 갑술년(甲戌年) : 1754년. 영조 30년.

2) 연(輦) : 임금이 거둥할 때 타고 다니던 가마. 옥개(屋蓋)에 붉은 칠을 하고 황금으로 장식하였으며, 둥근기둥 네 개로 작은 집을 지어 올려놓고 사방에 붉은 난간을 달았다.

일투족을 바라보고 있었다. 강 앞에서 발목이 잡힌 이 거대 행렬은 볼만했다. 엿장수들이 곳곳에서 엿을 팔았고, 어깨들이 목 좋은 자리를 팔았으며, 더러는 부모의 손을 놓쳐 울었고, 더러는 날랜 꾼들에게 주머니를 털렸다.

혼탁하게, 그들이 강 앞에 발목 잡힌 행렬의 종심을 향해 야금야금 밀려왔다. 협련군과 금위와 어영의 병사들이 날카로운 시선을 빼 들었다. 오백이 넘는 정예병들의 갑주와 검이 7월의 태양 아래 팽팽해지자 여기저기 감탄과 농 섞인 소음이 퍼질러졌다. 강의 파도가 전면에서, 사람의 파도가 후위에서 넘실거렸다.[3)]

그 가운데, 연에서 내린 그 사내, 왕세자 이선(李愃)이 서 있었다.

임금의 연을 호위하는 협련군 백이십은 훈국군에서 차출되었다.

호위병 사백은 금위와 어영에서 각 이백씩 차출되었다. 모두가 수도방위의 최정예들이었다. 병사들 대부분은 임금의 거둥

---

3) 영조 36년, 경진년(1760). 조선왕조실록 7월 18일 기사에 따르면, 사도세자가 온천에 행차를 위해 오전에 창덕궁에서 출발하였으나, 한강 가에 이르러 장마로 불어난 강물 때문에 용주가 건너지 못하였다고 한다.

(擧動)[4]에 수시로 임했고 수시로 몰려드는 백성을 쫓았었다. 그들은 쉽게 물러났고 길은 쉽게 열렸다. 그들은 일사불란한 창검과 눈부신 정예병의 기세에 함부로 다가오지 않았다.

허나, 오늘은 달랐다. 백성들은 집요했고 쉬이 물러나지 않았다. 그들은 먼발치를 거부하고 서로 다투어 밀려왔다. 백성들은 많았다. 갑자기 물이 불어 넘실대는 강변 어디로 눈을 돌려도 까맣게 그들이 몰려오고 있었다.

왕세자의 거둥. 그것도 대리청정하는 저군(儲君)[5]의 첫 공식적인 행차를 그들은 놓치려 하지 않았다. 강 앞에서 시간이 지체될수록 뒤에서 밀려오는 사람의 파도는 두꺼워지고 단단해져 갔다.

결국 협련군 지휘관이 허리춤에서 목봉을 빼 들자 협련군 전원이 일사불란하게 목봉을 빼 들었다. 선을 넘는 자 각오하라, 이런 부라림으로 협련군이 다가오는 인파를 향해 일제히 돌아섰다. 목봉이 기능하지 못하면, 다음 순서는 발검이다.

그때 처음으로 이선이 입을 열었다. 궁에서 나와 포구에 이르는 동안 연에 탄 채 한마디도 하지 않던 이선이었다. 저군의 첫 하령은 짧고 간단했으며 단호했다.

---

4) 거둥(擧動) : 임금의 나들이.

5) 저군(儲君) : 왕세자.

"때려 쫓지 말라."

때는 경진년(庚辰年)[6], 부왕의 치세 36년, 이선의 나이 스물여섯 되던 해였다.

이선은 기사년(己巳年)[7]부터 자주 앓았다.

그 해 열다섯이 되었고, 5년 전 나이 열 살에 세자빈으로 간택되어 궁으로 들어온 동갑내기 아내 홍씨가 성년식을 치렀다. 부부의 합례가 이루어진 해였으며, 대리청정을 시작하게 된 해였다.

나라는 서인들의 세상이었다. 숙종 연간, 서인들은 세 번의 환국(換局)[8]을 통해 남인을 축출하고 마침내 정권을 틀어쥐었다. 그 서인들은 다시 송시열의 노론과 윤증의 소론으로 갈라졌다.

소론은 후궁 희빈 장씨가 낳은 이윤을 밀었고 노론은 무수리 출신의 숙빈 최씨가 낳은 이금을 밀었다.

이윤은 우여곡절 끝에 보위에 오른다. 조선 20대 임금 경종이 그다. 이윤은 보위에 오르자 신축환국과 임인옥사를 통해 자

---

6) 경진년(庚辰年) : 1760년. 영조 36년.

7) 기사년(己巳年) : 1749년. 영조 25년.

8) 환국(換局) : 시국이나 정국이 바뀌었다는 것.

신의 승계를 위협하던 노론을 숙청했다.

그 숙청의 피바람 한가운데, 정적이라 불리는 세력들 속에 이복동생 이금이 있었다. 노론이 밀고 있던 왕세제 이금은 신축환국과 임인옥사, 즉 신임사화 역모의 주역으로 몰려 생사의 갈림길에 놓이게 되었다. 하지만 그를 살린 건 소론 온건파와 대비 인원왕후였다.

선왕이었던 경종이 재위 사 년 만에 홍서(薨逝)[9]하자 왕세제로 대리청정하던 이금은 왕위에 오른다. 그를 옹립한 노론들은 드디어 제 세상을 만나게 되었다고, 이금의 아들 왕세자 이선은 깊은 밤 동궁(東宮)인 창경궁 저승전(儲承殿)을 종횡으로 가로지르는 말들을 들으며 자랐다.

말들은 위태로웠고 은밀했다. 말들은 제각각 다른 길들을 돌아 다가왔지만 하나의 실체를 공유하고 있었다.

왕의 길이란, 생사의 경계, 그 칼날 위라는 것, 이었다.

이금이 용상에 앉은 지 4년 후, 소론 강경파들이 난을 일으켰다.

---

9) 홍서(薨逝) : 임금이나 왕족의 죽음.

이금이 노론과 함께 선왕 경종을 독살하고 왕이 되었다고 그들은 믿었다. 남쪽 땅의 이인좌가 그 중심에 있었다. 임금은 두려웠고, 두려웠으므로 분노했다. 소론 강경파들은 주살되었다.

소론의 피가, 황형(皇兄)[10]의 죽음이 임금의 침전을 어지럽혔다. 피의 형틀 위에서 임금은 초당을 역설했다. 노론의 힘으로 소론을 때려죽인 그 피의 조정에서, 임금은 당색을 지우고 그들 모두의 왕이 되고자 했다.

임금은 붕당(朋黨)이라는 두 글자를 조정에서 지우고 싶었다. 탕탕평평을 정도의 기치로 내세웠고 검약을 궁궐의 질서로, 선정을 조정의 목표로 세웠다.

이제 글을 읽기 시작한 어린 왕세자 이선에 대한 부왕의 사랑도 지극했다. 첫아들 효장세자를 잃고 마흔이 넘어 낳은 아들이었다.

이선은 총명했고 영특했다. 하지만 그 총명함과 영특함이 아버지와 아들을, 임금과 세자를 갈라놓는 씨앗이 되고 말았다.

임금은 그를 옹립한 노론 사대부들의 왕이 아니라 백성의 왕이 되고 싶었다.

---

10) 황형(皇兄) : 황제의 형.

하지만 그 어좌는 수많은 피와 수많은 의문 위에 놓여 있었다. 의문이 날카로운 창이 되어 돌아오면, 임금은 광기에 휩싸였다. 이성을 잃었다. 그럴수록 임금의 언어는 화려해지고 방만해져 갔다.

다섯 살 왕세자에게 양위하겠다는 임금의 비망기(備忘記)[11]는 승정원을 발칵 뒤집어 놓았다. 그 다음 해 임금은 또 여섯 살 왕세자에게 양위하겠다고 조정을 뒤흔들었다. 이선은 어렸고 그 의미를 몰랐다. 임금은 그때마다 임금의 자리에 욕심이 없다는 뜻으로, 원량(元良)[12]이 총명하고 영특하여 왕위를 승계하고 물러나는 것이다 고집했다.

황형 경종이 갑자기 훙서해 어찌어찌 맡은 임금 자리는 자신의 것이 아니라고 했다. 그때마다 선왕의 치세에 역모로 몰려 죽은 처조카와 노론 대신들이 신원되고 복관되었다. 임금의 과거가 정당화될 때마다 임금은 양위를 기습적으로 선언했고, 문무백관의 석고대죄와 대비전의 간곡한 만류가 따랐다. 그런 시끌벅적한 차례를 거친 후 전위 하교는 철회되곤 했다.

이제 겨우 여섯 살의 이선은 자신의 죄가 무엇인지 몰랐다. 주변의 통곡과 석고대죄가 이어지는 동안 막연히 울고만 싶었

---

11) 비망기(備忘記) : 임금이 명령을 적어서 승지에게 전하던 문서.

12) 원량(元良) : 왕세자를 달리 이르는 말.

고 막연히 아버지가 무서웠을 뿐이었다. 아무것도 모르면서 용서해 달라고 빌며 울었다. 그리고 열다섯 살이 되었다.

이선은 무(武)가 좋았다.

무는 담백하고 간결했다. 나아가고 멈추는 것이 확연하고 속내가 오롯이 겉으로 드러나 있었다.

문(文)은 어지러웠다. 더욱이 사대부의 문이라는 것은, 표(表)와 리(裏)가 부동하고 교언(巧言)과 영색(令色)[13]이 난무했다.

사대부들은 부드러운 표정과 화려한 언어로 자신들의 이기와 독단을 포장했다. 그들은 스스로를 곧잘 약자로 포장한 채 교묘한 수사들로 그들의 적의를 채웠다. 그리고 그들의 적의는 끝내 살의가 되어 생각이 다른 자들을 살육했다.

적의가 살육으로 이어지는 과정은 지나치게 화려하고 지나치게 방만했다. 그들은 임금의 혼란을 닮아 있었다. 이선은 그들의 넘쳐나는 말들이 어지러웠고 공감되지 않았다. 그들은 그 무수한 문의 혓바닥으로 무수한 인간의 피를 핥아댔다.

한편으로 무는 그 혼자 담담했다. 일직선의 적의는 너무나 간명해서 어지럽지 않았다. 무는 나의 적이 나의 적의를 선명히

---

13) 교언(巧言)과 영색(令色) : 남의 환심(歡心)을 사기 위하여, 교묘히 꾸미는 말과 아첨하는 표정.

알 수 있고 상대의 적의를 내가 곧장 알 수 있게 하는 언어였다. 선명하고 뚜렷한 언어였다. 무의 적의 속에, 화려하고 교묘한 분칠 따윈 없었다.

하지만 부왕은 달랐다. 왕세자의 무가 문을 밀어낼수록, 부왕은 아들의 지나친 호방함을 경계했다. 무의 호방함으로, 문의 혓바닥을 당해낸다? 어림도 없는 일일 터.

선왕 효종은 북벌을 꿈꿨다. 무왕 효종은 문약(文弱)의 나라 조선을 경계했다. 이선은 장정 두셋도 들기 힘들어하는 효종의 언월도를 나이 열다섯에 제 몸처럼 휘둘렀다. 이선은 후원의 마상(馬上)에서, 일도로 양분되는 허공 속에서 용을 꿈꿨다. 궁궐 밖의 조선, 광야의 만주를 휘감아 비상하는 용을 꿈꿨다. 그런 날은 시원했고 편히 잘 수 있었다.

나이 열다섯이 되던 그해 초, 임금은 느닷없는 봉서(封書)[14]를 승정원에 내렸다. 전위 교서였다. 또다시 문무백관이 빗속의 땅바닥에 엎드려 울었고 이선도 따라 울었다. 눈물과 통곡이 대전을 채우자 임금은 전위 하교를 거두고 세자의 승명대리(承命代理)[15]를 명했다. 임금은 어좌의 무게에 짓눌려 있었다. 보위에 오른 지 25년이 되어감에도 불구하고 어좌를 향한 세상의 의문

14) 봉서(封書) : 봉투(封套)에 넣어 봉한 편지(便紙).

15) 승명대리(承命代理) : 대리청정.

들은 사라지지 않았다.

선왕을 죽인 자.

어의들이 만류에도 불구하고 병상의 황형에게 상극인 게장과 생감, 그리고 인삼과 부자(附子)를 진상해 올린 동생.

검은 피를 토하고 죽은 임금.

임인옥안[16]에 남아 있는 역모의 수괴.

당신이지 않은가? 바로 당신.

내가 감히 삼종혈맥(三宗血脈)[17]의 하교를 어기지 못하여 비록 이 자리에 있었지만 남면(南面)[18]하기를 즐겨하지 않는 마음은 스물다섯 해가 하루 같아서 날마다 원량이 나이 들기를 기다렸는데 이제 다행스럽게도 열다섯 살이 되었다. 오늘 이 일은 하나는 저승에 가 황형(皇兄)의 용안을 뵐 수 있도록 하고자 함이요, 하나는 남면하기를 즐겨하지 않는 마음을 성취하고자 함이며, 하나는 갑자년 이후 병이 더하여 하루아침에 고치기 어려움을 두려워한 때문에 일

16) 임인옥안(壬寅獄案) : 임인옥사 때 작성된 역모 사건 조사 보고서. 영조가 역모의 수괴로 기록되었다.

17) 삼종혈맥(三宗血脈) : 효종, 현종, 숙종을 잇는 혈맥. 삼종혈맥에서 왕이 나와야 한다는 숙종의 하교에서 나온 말.

18) 남면(南面) : 임금의 자리에 오르거나 임금이 되어 나라를 다스림을 이르는 말. 임금이 남쪽을 향하여 신하와 대면한 데서 유래.

에서 벗어나 정양하고자 하는 것이다.[19]

임금은 자신의 고통을 문(文)에서 해결하려 하였다.

자신을 향한 의문을 문을 통해 답하려 하였다. 하지만 임금 자리를 내놓으려 한다는 임금의 문은, 종이 위에서만 유희하고 있었다. 문의 바깥에서 경종을 죽음으로 몰고 간 수괴들은 복관되고 있었고, 탕평의 바깥에서 노론의 기득권은 공고해져 갔다.

따라서 임금의 문은, 세상과 합일되지 못하고 분열의 종창만 뿌리깊이 확대하고 있었다. 임금은 그 미봉책으로 자신에게 주어진 유일한 적자, 열다섯 이선을 택했다. 무수히 다가오는 의문의 창끝을 향해 그가 택할 수 있는 가장 완벽한 방패였다.

세상의 의문들이여 오라. 여기, 나의 수신(修身)과 정도(正道)의 해답, 세자가 있다. 이제, 나의 모든 당위는 여기 세자를 통해 완성되리라.

아비를 대신하는 대리청정은 양날의 검이었다.

선조에게 광해군이, 숙종에게 경종이 그랬듯 임금인 아비는

---

19) 조선왕조실록, 영조 25년 1월 22일 기사.

대리청정을 통해 왕이 될 아들의 미래권력을 점칠 수 있었다. 아들을 둘러싼 그 미래권력이 자신에게 어떤 존재가 될 것인가 가늠할 수 있는 잣대였고 수단이었다.

어느 순간 임금은, 품에 품고 있던 자신의 아들이 아니라 정치적 잠룡을 마주하고 있단 사실을 깨닫는다. 때때로 그것은 혈육의 인정을 넘어 그저 하나의 정적을 상대하는 적의를 품게 하기도 했다.

선왕들의 족적에서 이선은 배웠다. 아버지 인조에게 버림받아 비운에 죽어간 아들 소현세자를 배웠다. 나이 열다섯. 이제 이선은 그 의미를 모를 만큼 어리지 않았다. 대리청정하는 세자가 된 이선은 말에서 내려와야 했다. 호방함이 무모한 강성으로 비쳐서는 안 되었다. 무인들을 멀리했다. 임금이 불안해할지도 몰랐다. 그때부터 이선은 자주 아팠다.

을해년(乙亥年)[20]에 나주 관사에 벽서가 붙는 변고가 있었다.

27년 전 이인좌의 난으로 죽은 소론의 후손들이었다. 임금은 친국(親鞠)[21]의 형장에서, 오래 품어 돌덩이처럼 단단해져 버린 그들의 의문과 마주했다. 임금 앞에서도 자신을 '나'라 부르고

---

20) 을해년(乙亥年) : 1755년. 영조 31년.

21) 친국(親鞠) : 임금이 직접 죄인을 문초하는 일.

임금을 '그대'라 부르는 수치와 마주했다. 그들은 피가 튀고 뼈가 부서지는 형장에서 신음을 흘리지 않았다. 그들에게 현재의 임금은 그들의 왕이 아니었다. 그저 선왕을 죽인 역도일 뿐이었다.

악몽은 죽지 않았다. 임금은 경악했다. 노론은 기회를 잡았다. 노론은 소론의 씨를 말리자고 임금의 경악에 기름을 부었다. 형틀마다 피가 튀었고 무릎이 으깨졌고 주살되고 능지처참되었으며 숭례문 밖에 그들의 목이 참수되어 조리돌려졌다.

이선은 그날, 임금의 그 붉게 타오르던 눈빛을 잊을 수가 없었다. 사지가 뜯겨 나가고 목이 창끝에 매달리는 순간을 모든 대신들과 세자가 보게 만들었다. 비위가 약해 시선을 돌리는 자들은 같은 도당으로 치부되었다. 당을 만드는 자들은 갈아 마시리라 격노하던 임금은 그날 그곳에 없었다. 탕평이 무너지던 날, 노론은 그들의 적의에, 그 완고한 살기에 취했고 쉽게 깨어나려 하지 않았다.

대리청정하는 동궁의 저군에게 끊임없이 소론 주살의 상소가 올라왔다. 이미 유배 보낸 자들, 노비로 전락시킨 자손들을 찾아내 남김없이 죽여 씨를 말리자는 상소였다. 노론이 가진 문(文)의 살의는 집요하고 맹렬했다. 정권을 잡은 거대일당의 살의는 잔인하고 용렬했다. 그때마다 저군의 하령은 짧고 간단했으며 단호했다.

"따르지 않겠다."

노론의 대신들은 이런 세자의 의중을 임금에게 속삭였다. 당신의 아들은 당신과 생각이 다른 것 같습니다. 세자가 앞으로 설계할 미래권력의 실체가 급조되었다. 그 가상의 적은 그들이 살육의 도를 높일수록 가공할 만한 두려운 존재가 되어 그들과 임금 앞에 유령처럼 떠돌았다.

그들은 임금의 분노에 다가올 미래의 공포를 덧칠했다. 임금과 세자의 궁궐, 아버지와 아들의 궁궐은 소용돌이치는 의심과 불안으로 채워졌다.

아마도 임금은 그때, 아비이기를, 접었으리라.

습창(濕瘡)은 온몸 여기저기에서 자주 일었다.

가슴속의 화기를 잘 다스리지 못하면 습창은 몸을 괴롭혔다. 경진년(庚辰年)[22]의 습창은 지독했다. 스물여섯 이선은 자주 앓아누웠다. 하루가 멀다 하고 약방에서 입진하였고, 어의들은 안절부절못했다.

내전과 더불어 홀가분히 가겠노라. 이런 하교를 내리고 이틀

22) 경진년(庚辰年) : 1760년. 영조 36년.

전 동궐 창덕궁에서 서궐 경희궁으로 이어한 임금은 석음재에 나아가 약방의 제조들을 만났다. 임금은 약방제조 이후(李垕)에게 아들의 상태를 보았느냐고 물었다. 이후가 답했다.

"신이 비로소 종처(瘇處)를 보니 혹은 종(腫)을 이루었고 혹은 곪아 터졌습니다."

"여러 의관들은 무엇이라고 이르던가?"

"온천에 목욕하는 것이 마땅하다고 하였습니다."

"비록 효과가 있을지라도 종종 다시 재발하니, 장차 어떻게 계속할 것인가? 어제 온천 목욕을 금하는 교시를 내렸는데, 이제 내 아들임으로써 문득 허락하면 백성들이 나를 믿는다고 이르겠는가? 세자가 아직 조섭하는 중에 있으니 마음에 간절히 민망스러운데, 들은즉 여러 의원들이 모두 온천 목욕을 청한다고 한다. 이 뜻은 내가 이미 있었고, 혹시 효력이 있는데 허락하지 아니하면 이는 어찌 아비가 된 도리이겠는가? 이로써 빙탄(氷炭)이 마음속에 섞여서 음식이 맛이 없고 잠자리도 편치 않다. 여러 의원의 말이 이와 같으면 무릇 어찌 버티고 어려워하겠는가마는, 이제 한더위를 당하여 조섭하는 중에 어떻게 말을 몰고 달리겠는가? 군병의 노상(勞傷)[23]과

23) 노상(勞傷) : 갖은 고초로 마음에 상처를 입음.

농민의 대후(待候)[24]는, 아픔이 몸에 있는 것과 같다. 이를 돌아보지 않을 수 없으니, 처서가 지나고 생량(生凉)[25]한 뒤에 날을 가려 거행하라."[26]

드디어 7월 열여드레, 온양 온궁(溫宮)으로 향하는 왕세자의 행렬이 창덕궁 돈화문을 나섰다.

"저하. 수가 있을 듯하옵니다."

경기 감사 윤급(尹汲)이었다. 세자의 거둥은 관할 지역의 최고 책임자가 인수인계하게 되어 있었다. 경강의 책임자는 윤급이었다. 윤급은 어젯밤 과음한 탓에다 시간이 지체되자 짜증이 난 티가 역력했다. 불어난 물에 경강 수군으로 해법이 나오지 않자 경강 밤섬의 조운선 사공을 데리고 왔다.

사내의 굵은 주름과 검은 낯빛, 일자로 다문 입술에서 수가 나올 듯했다. 이선을 보자마자 땅에 엎드려 절한 사공이 윤급의 눈치를 보았다.

"뭐 하는 게야? 냉큼 아뢰지 않고!"

---

24) 대후(待候) : 웃어른의 분부를 기다리는 일.

25) 생량(生凉) : 가을이 되어 서늘한 기운이 생김. 또는 그런 기운.

26) 조선왕조실록, 영조 36년 7월 10일 기사.

윤급이 눈을 부라리자 사공이 시선을 땅에 박고 이선에게 아뢰었다.

"경강 물이 클 때는 바다와 같습니다. 따라서 방도도 바다와 같습니다."

"……."

"큰 배 수십 척으로 선도하게 한 다음에 동아줄로 저하께서 타신 용주(龍舟)[27]와 연결합니다. 여러 배들이 동시에 용주를 끌고 나아가는 이치입니다. 이리하면 용주가 큰물에 저 혼자 위태롭지 않습니다."

"이름이 무어더냐?"

"박큰노미입니다."

"방도가 옳다. 포상하라."

사공은 다시 이마를 땅에 박았다. 사공의 말이 구경 나온 백성들 사이로 퍼져 나갔다. 큰 배들과 용주를 묶는 작업이 쉽지 않았다. 물결이 크고 힘들었다. 구경나온 백성들 중에서 한둘씩 선창으로 다가왔다. 매라도 맞을까 우물쭈물하던 그들이 병사들을 도와 거들기 시작했다. 어떤 이들은 자신들의 배를 끌고와 인양작업을 거들었다. 배가 뒤집힐 듯 위태로웠지만, 아랑곳

27) 용주(龍舟) : 임금이 타는 배.

없이 제 일처럼 열심이었다.

백성들은 선창에 발이 묶인 왕세자를 보며 자신들의 발이 묶인 듯했다. 그들이 두껍고 단단하게 다가온 이유는 같이 방도를 도모하기 위함인지도 몰랐다. 창검과 갑주가 왕세자와 그들 사이에 높은 벽일지라도, 건너드리리다 한마디가 하고 싶었던지도 몰랐다.

이선은 물에 빠지고도 웃는 자들을 보았다. 배 위의 병사가 손을 내밀자 물 위의 백성이 그 손을 잡았다. 물에서 나온 자는 다시 물로 나갔다. 이선은 그들을 하나도 놓치지 않고 보았다.

마침내 이선의 용주가 선창을 빠져나가기 시작했다. 강변에서 박큰노미와 물에 빠진 자와 각기 다른 곳에서 온 사람들이 한목소리를 냈다.

"천세! 천세! 천세! 세자저하 천세!"

굽이치는 강변을 따라 백성들도 굽이쳤다. 강을 거슬러 올라가는 용주를 따라 천세(千歲) 소리도 따라왔다. 순간 이선은, 저기 인파의 긴 굽이가 하나의 형상으로 보이기 시작했다.

강변을 따라 길게 누워 있는 거대한 용, 임금의 용, 교룡(蛟龍)[28]이었다.

---

28) 교룡(蛟龍) : 전설상의 용. 때를 만나지 못하여 뜻을 이루지 못한 영웅이나 호걸을 비유.

용은 임금의 배에 타고 있지 않았다. 저기 강변에 누워 꿈틀꿈틀 이선을 따라왔다. 백성들 하나하나가 그 용의 비늘인 듯했다. 그 비늘은 각기 제 몸을 떨며 천세를 외쳤다. 가슴속에서 무언가 뜨거운 것이 솟아올랐다. 이선의 눈시울이 붉게 물들었다.

과천과 수원, 진위를 거쳐 직산에 도착하자 충청 감사 구윤명(具允明)이 기다리고 있었다.

삼남(三南)[29]의 백성들이 먼 길을 걸어 왕세자를 보러 왔다. 큰길 좁은 길 어딜 가나 그들은 흩어졌다 다시 모이며 왕세자의 거둥을 따랐다. 굽이마다 용이 되어 따랐다. 교룡은 지치지도 않고 이선을 따랐다.

직산에 유숙하고 다음 날이면 온양이다. 구윤명은 왕세자의 거둥에 잔뜩 긴장해 있었다. 궁중의 소조(小朝)[30]이자 다음 어좌에 오를 나라의 국본(國本)이 아닌가. 몰려드는 인파를 보며 구윤명은 질색했다. 이선이 그런 구윤명을 불렀다.

"보고자 하는 백성들을 말리지 말 것이며 말과 사람이 뒤엉켜 넘어지고 다치는 자들이 나올 것이니 살펴서 존휼(存恤)[31]

---

29) 삼남(三南) : 충청, 전라, 경상의 3도.

30) 소조(小朝) : 대리청정하는 왕세자.

31) 존휼(存恤) : 위문하고 구제함.

하라.”

“명심하겠사옵니다.”

“길을 연다 하여 전곡(田穀)을 손상하지 말라.”

“명심하겠사옵니다.”

“더욱이 때려 쫓지 말라.”

“명심하겠사옵니다.”

저군을 모시고 직산에서 온양으로 오면서 구윤명의 머릿속은 복잡하기만 했었다. 아전들이 온궁의 청소는 다 끝냈으려나? 닦고 쓸어야 할 곳이 한두 군데가 아닐 테고, 단청은 다시 칠한다고 했는데 다 했을까? 지붕은? 새는 곳이 있다 들었는데 수리는 끝났을까?

하지만 구윤명은 오는 길에 보았다. 세자는 사방이 막힌 연을 버리고 말에 올랐다. 다리에 습창이 고통스러울 테니 연에 오르시라하면 이렇게 말했다.

“멀고 가까운 곳에서 밤낮으로 걸어 온 백성들이다. 저들이 날 보고자 한다.”

가뭄이 심해 황폐하게 버려진 논밭이 보일 때면 수시로 멈춰 늙은 농부나 병든 자들의 하소연을 들었다.

“조세와 부역을 감면하라.”

타들어 가는 땡볕에도 그늘을 찾지 않았고 하소연이 길어져도 지친 기색을 보이지 않았다. 길지 않은 시간이었고 길지 않은 대면이었지만 구윤명은 왕세자를 알 것만 같았다. 결코 그의 시선이 낡은 단청과 비 새는 지붕에 머물지 않을 것 같았다. 게다가 왕세자의 행차가 온궁에 도착한 그 날 밤, 갈라진 논밭을 채울 비가 내렸다. 왕세자의 얼굴은 편안해 보였고 떨어지는 비를 하염없이 바라보았다. 구윤명은 편히 물러났다.

밤은 깊었으나 이선은 잠이 오지 않았다.

모두 곤히 잠들었으리라. 먼 길이었고 바쁜 길이었다. 세자의 온궁행으로 임금은 분조를 단행했었다. 조정을 둘로 나누는 일. 승정원을 나눠 분승지가 따라오고 병조를 나눠 분병조가 따라오고 도총부를 나눠 분도총부가 따라오고 오위장을 나눠 분오위장이 따라왔다. 저군의 영기(令旗)와 흑호의(黑號衣)와 흑기(黑旗)와 홍자주장수(紅字朱杖手)가 따라왔다.

온궁은 외정전과 내정전과 홍문관과 승정원과 상서원과 사간원과 수문장청과 수라간을 옹기종기 품고 있었다. 그 침전인 내정전에 주인이 누워 있는 것이다. 말 그대로 지금 온궁은 또 하나의 나라, 또 하나의 조선이었다.

이선은 뒤척였다. 임금의 속은 쉽게 다가오지 않았다. 을해년의 나주 벽서 사건 이후로 세자를 바라보는 임금의 얼굴에서 온기를 찾을 순 없었다. 대신들도 노골적으로 세자에 대해 등을 돌리기 시작했다.

소론의 옥사를 확대하자는 노론의 요구를 세자가 묵살했다. 동궁에서 세 번이나 상참(常參)을 명하는 패초(牌招)를 내렸지만 노론이 포진한 사헌부와 사간원의 대간들이 모두 거부하고 나오지 않았다.

노론의 태두 송시열과 송준길을 성균관 문묘에 종사해 공자와 맹자와 나란히 해달라는 상소를 세자가 물리쳤다.

노론 대신들은 세자가 그릇된 생각을 하고 있다고 임금을 압박했다. 공방은 치열해지고 갈등은 수면으로 떠올라 손에 잡힐 듯 이리저리 떠다녔다. 결국 무인년(戊寅年)[32]이 왔다.

이선은 명릉에 참배하고 돌아오는 길에 경기 감영에 들렀다. 노론은 이를 동궁이 군사를 일으키려 한다는 신호로 읽었다. 노론 대신들의 보고에 임금이 화들짝 놀랐다. 임금은 황망히 세자를 폐위한다는 폐세자전교를 승정원에 내렸다. 남인이었던 도승지 채제공이 목숨을 내놓고 전교를 받지 않았다. 임금은 다음날 뜻을 물렸다. 그렇게 세자는 살아났다.

임금과 대신들의 그 분별없는 술래잡기 속에, 아비와 아들은

---

32) 무인년(戊寅年) : 1758년. 영조 34년.

없었다. 이선은 그렇게 바람 앞에 등잔불이었다. 저군이라는 것은, 임금을 대리해 정사를 관장하는 세자라는 것은, 그런 것이었다.

그때부터 이선은 엎드려 있었다. 숨소리도 크게 내지 않았다. 자신이 소멸해 갈수록 임금의 불안도 따라서 소멸했다. 그 사이 임금은 열다섯 나이의 계비를 들였고 여덟 살 나이의 아들 이산(李祘)은 세손 책봉을 받았다. 자신만 그렇게 낮게 엎드려 있으면 궁은 편안했다.

그런 이선에게 임금이 온궁으로 행차를 허락한 것이다. 게다가 조정을 나누어 보냈다. 무엇일까. 감영에 들러 무관들을 격려한 이유만으로 폐세자전교를 내리던 임금이었다. 그런데 이곳에서 이선은, 하나의 왕이었다.

임금은 무슨 연유로 분조까지 해가며 세자를 이곳으로 보낸 것일까. 세자의 병을, 늘 달고 다니던 그 병을 못내 걱정해서일까. 아니면, 아니면……

이선은 자리에서 일어났다. 내정전의 월대(月臺)[33]로 나왔다. 도롱이 하나로 빗속의 침전을 경계하던 계방(桂坊)[34]의 무관들이 일제히 조아렸다. 무슨 할 말이 있는 듯 이선은 그들과 침전

---

33) 월대(月臺) : 궁궐의 중요한 전각 앞에 만들어진 넓은 대. 일종의 테라스.

34) 계방(桂坊) : 왕세자 경호를 전담하는 세자익위사(世子翊衛司)의 별칭.

처마에 떨어지는 빗방울을 한참 동안 바라보았다. 결국 이선은, 오랫동안 떠나보냈던 말을 다시 불러냈다.

"술이…… 있더냐?"

2. 황율(黃栗)

입을 여는 자가 아무도 없었다.

임금은 금주(禁酒)를 국시로 삼았다. 제례에도 술을 금하고 예주라 하여 단술을 올리더니 그마저 차로 대신하라는 하교를 내렸다. 삼삼오오 술을 마시는 자리에서 붕당이 생기고 불평이 나온다는 이치였다. 일상으로 술을 빚은 자는 섬에 귀양 보내고 술을 마신 자는 노비로 만들거나 수군으로 군속 시켰다.

강훈이 끝난 군병을 위로하거나 농사철의 농민에게 허용되던 술도 단술로 대체되었다. 탁주와 보리술도 엄금했다. 술 때문에 어사가 떴고 술 때문에 곤장을 맞고 술 때문에 패가망신했다. 하지만 막고 누를수록 밀주가 성행했다. 밀주는 권세가 하늘을 찌르는 곳에서 만들어져 시중에 돌았다.

임금은 하반신 관절이 좋지 않았다. 소나무 가지로 빚은 술이 효험이 있자 자주 찾았다. 허나 술이라 하지 않고 차라 하였다. 그렇게 송절주(松節酒)는 송절차가 되어 침전으로 진상되었다. 술은 양지와 음지를 제멋대로 떠돌아다녔다.

"술이…… 없는가?"

비 떨어지는 마당에 천 근 무게로 시선을 내리고 세자가 다시 물었다. 좌우가 조용하고 비 떨어지는 소리만 청승맞았다. 얼마나 지났을까. 비 맞는 도롱이[35] 하나가 정적을 깨뜨렸다.

"금주는 국시이옵니다."

이선의 미간이 갈라졌다. 입을 연 자는 계방 무관 황율(黃墂)이었다. 정8품 우시직(右侍直). 미관말직. 여기 이 자리 그 어느 누가 금주가 국시임을 모르랴. 계방 무관들 사이에 낮은 탄식이 떠돌았다. 미치겠네. 아, 저런 꼴통 새끼.

계방 책임관 좌익위(左翊衛) 조유진이 그 빗속에 무릎을 꿇었다.

"하령을 모르는 바는 아니오나……"

---

35) 도롱이 : 짚, 띠 따위로 엮어 허리나 어깨에 걸쳐 두르는 비옷.

무관들 모두 좌익위 조유진을 따라 무릎을 꿇었다. 황율만이 장승이었다. 상관 하나가 황율을 잡아당겨 같이 꿇었다.

"땅이 질다. 일어나라."

이선이 말을 흘리고 내정전으로 미끄러지듯 들어갔다. 시간이 흐르고, 조유진이 일어서자 무관들이 따라 일어났다.

"황 무관"

"무관 황율."

"……."

황율을 불러놓고 조유진이 한참 동안 말이 없다. 황율은 뻣뻣하게 서서 조유진을 뻣뻣하게 바라보았다. 그의 눈빛도 한 치의 흔들림 없이 뻣뻣했다. 조유진이 허공을 보며 한숨을 깊게 내쉬었다.

"강개한 건 좋으나…… 눈치껏…… 안 되겠나?"

"저는 사실을 사실대로 말씀드렸을 뿐입니다."

황율이 씨알도 안 먹히는 얼굴로 말했다. 조유진의 코가 벌름거리기 시작했다. 난감해진 주위 무관들이 고개를 돌렸다.

"우시직 황율은 지금 당장 나가서, 술을 구해, 해뜨기 전에 복귀한다. 명령을 수행하지 못하면, 군율로 다스리겠다."

조유진의 말이 빗속에 뚝뚝 끊어졌다. 황율은 별다른 말대꾸

없이 짧게 목례하고 내정전의 차비문(差備門)[36]으로 향했다. 황율이 뚜벅뚜벅 잘도 걸어 나가는 동안 동료들 누구도 입을 열지 않았다. 데리고 온 군사를 다 풀어 온양 일대를 싹 뒤진다 해도 나올까 말까한 일이었다. 황율이 모를 리 없다. 원리원칙주의자이긴 하지만 바보는 아니라고, 동료들은 알고 있었다.

온궁을 나서자 황율은 말에 올랐다.

칠흑 같은 밤이었고 비가 오고 있었다. 게다가 여기 온양은 지나가 본적도 없는 낯선 곳이었다. 팔도에 금주령이 떨어지고 난 뒤, 주막들은 하나둘 문을 닫았었다. 나루터나 재를 넘는 큰 고개 아래, 객들이 머물다갈 봉놋방[37]으로만 근근이 명색을 유지했다.

해 뜨는 시각인 평명(平明)은 두 시진 정도 남았다. 시간도 없었고 갈 곳도 없었다. 게다가 황율의 지난 행적으로 보아 밀주를 파는 주막을 발견한다 하더라도 관아에 고해 엄히 다스릴 것을 요구할 인간이었다. 주위에선 그런 황율을 보며 혀를 찼다.

'고리타분한 인간.'

---

36) 차비문(差備門) : 임금이 거처하는 전각의 정문.

37) 봉놋방 : 주막집 대문 가까이 있는 여러 사람이 합숙하는 큰방.

'인정머리가 없어.'

'제 명에 못 살아.'

황율도 알았다. 원칙을 향한 자신의 맹목이 주변을 불편하게 하고 스스로를 옥죄고 있다는 것. 자신의 무정한 원칙이 종래에는 스스로에게 칼이 되어 돌아올 것이라는 것. 그렇다고 해서 황율은 자신이 가진 삶의 태도가 부끄럽거나 바꾸고 싶지 않았다. 한마디로 황율이라는 인간은 처세라는 말을 모르는 인간이었다. 따라서 그는 대부분 혼자였고, 무리를 이루는 곳에서는 쉽게 이탈되었다.

황율은 말이 가는 대로 내버려두었다. 질척거리는 땅 위로 말은 달리고 싶어 하지 않았다. 어디가 어딘지 분간할 수 없는 곳에서 말은 어딘가로 느리게 움직였다. 작은 내를 건너 개활지를 지나 작은 언덕을 넘었다. 장애물에 상관없이 말은 일직선으로 움직였다. 주인을 닮은 말. 언덕 위에 오르자 어둠 속에서 반짝이는 작은 불빛이 저 멀리 보였다.

말은 걸음을 멈추고 허연 김을 뿜어냈다. 어찌할 테요? 말이 물었다. 가 보자. 황율이 답했다.

두 칸 초가는 금방이라도 쓰러질 듯 보였다.

장대 끝에 매달린 낡은 용수[38]가 비 맞는 소리를 내고 있었다. 처마 밑에 대롱거리는 주등. 반쯤 지워져 있는 글자 주(酒). 술꾼들과 나그네들은 이곳을 점순이집이라고 불렀다. 주모의 코 옆에 붙은 점을 보면 왜 그녀의 주막을 점순이집이라 부르는지 알 수 있었다.

주모 점순이는 솜씨가 좋았다. 그녀가 쪄내는 돼지고기 수육도 좋았지만 너비아니와 떡산적도 일품이었다. 양지머리로 뽑아낸 시래기 장국밥도 점순이집의 인기 품목이었다. 게다가 그녀는 술을 잘 빚었다. 탁주와 청주, 소주는 물론이고 과거 보러 가는 양반네들을 위해 만드는 방문주(方文酒)도 일품이었다. 거기에다 점순이는 소리를 잘했다. 나름 강짜가 있어서 천금을 주어도 내키지 않으면 소리 않는다는 점순이는, 비 오는 날 밤이면 지게문을 열어놓고 흔들리는 주등을 따라 소리를 했다.

"친구나 영산 명산봉에 바람이 분다고 쓰러지랴. 성벽 같은 굳은 절개 내 마음 하나나 허락하리. 몸은 비록 화류계일망정 절개조차나 잊을 손가. 얼씨구나 좋다 지화자 좋네. 아니 노지는 못하리라."

진천 사람이 듣고는 그녀의 고향이 진천이라고, 소릿값이라

---

38) 용수 : 싸리나 대오리로 만든 둥글고 긴 통. 술이나 장을 거르는 데 쓴다.

며 무명을 닷 자나 끊어주고 좋아하며 갔다. 봉놋방 흙바닥에 거적을 깔고 누운 과객들은 점순이의 출신을 놓고 내기를 벌이곤 했다. 기생 중에서도 한때 끗발 날리던 평양 기생이 당상관 기첩으로 들어앉았다가 님이 죽고 나서 안방마님한테 치도곤을 당하고 쫓겨난 뒤 이 촌구석으로 왔을 거라는 자도 있었고, 그리 빼어난 용모도 아닌데다 술 빚는 솜씨와 요리하는 솜씨로 보아 어디 대갓집 찬모로 먹고살다 남자 잘못 만나 여기까지 굴러왔으리라 말하는 자도 있었다.

하지만 그 어떤 추측에도 점순이는 답하지 않았다. 몇 번 점순이집을 들르던 단골 중에 슬그머니 손을 잡고 옷고름을 풀려는 사내들도 있었지만 점순이는 응하지 않았다. 손이 커서 딱한 사정만 들으면 외상도 척척 내주던 점순이에게는 의리로 맺은 오라비도 많아 분란이 생기면 언제든 달려와 주먹을 쳐들곤 했다. 그럴 때면 한밤중에 바지춤을 붙잡고 쫓겨나는 자도 있었다. 그런 점순이도 계절이 바뀔 때면 한 번씩 주등을 내리고 아궁이 지키던 중노미도 내쫓고 누군가를 맞았다.

"어이. 왔어?"

애꾸가 말했다. 하얀 도복을 입은 애꾸가 개다리소반에 놓인 장국밥을 한 숟갈 뜨고 있었다. 애꾸는 문을 열고 서 있는 사내를 향해 웃어 보였다. 애꾸의 다른 손은 일 척 오 촌쯤 되는 횟대검을 잡고 있었는데 검날의 절반 정도가 옆에 앉은 주모 점순이의 배를 뚫고 있었다.

"나리."

자신이 칼 맞은 상황이 아직 제대로 실감 나지 않는지 멍한 눈길의 점순이가 겨우 숨을 돌려 문 밖에 선 사내를 향해 입을 열었다. 문 밖의 사내는 코를 팽하니 풀고는 짚신도 벗지 않은 채 털레털레 들어와 애꾸의 건너 자리에 털썩 앉으며 말했다.

"에미나이 하나 게지구…… 쪽팔리지 않네?"

"죽장검. 평안도. 들개 광백."

사내가 들고 있는 대나무 지팡이를 보며 애꾸가 글 읽듯이 대꾸했다. 점순이는 신음도 흘리지 못하고 붉게 물든 눈으로 대나무 지팡이를 짚고 애꾸 앞에 앉은 사내를 보았다. 등 뒤에 매달려 덜렁거리는 낡은 삿갓, 무명천으로 질끈 동여맨 더벅머리, 낡은 삼베 동저고리, 행전 차림에 짚신. 볼품없는 행색에 어디 지게꾼으로 입에 풀칠할 것 같은 허름하고 비루한 몰골. 하지만 짐승의 눈빛으로 번뜩이는 사내. 그녀가 계절마다 이 주막으로 맞아들이던 그 사내, 광백(狂伯)이었다. 애꾸가 점순이를 돌아보며 말했다.

"주모. 석 달 기다린 보람이 있어. 그지?"

점순이의 눈이 촉촉해졌다. 이내 눈물방울이 볼을 타고 내렸다.

"에미나이 놀던 소리는 인제 그만 다 들었구만기래."

광백이 입맛을 다셨다. 애꾸가 자기 가슴팍을 툭툭 치더니 장국밥 비우던 손을 품에 넣었다가 뺐다. 광백 앞으로 주머니 하나가 나뒹굴었다. 물끄러미 애꾸를 보던 광백이 주머니를 열어 보았다. 엽전만 한 은덩어리 여남은 개가 주머니 안에서 굴러다니고 있었다.

"그쪽 살림 다 정리하고 우리 쪽으로 들어와."

그렇게 말하고 애꾸가 다시 장국밥을 비우기 시작했다.

"기래니까 니래 애꾸 눈까리에 허여멀거이 해댕기는거이 은린살막의 흑우 동생 백호 아이갔어?"

시큰둥하게 은덩어리를 보던 광백이 주머니를 내던지듯 놓고 비에 젖은 머리를 털었다. 애꾸가 웃었다. 광백이 손바닥으로 이마를 훑었다.

"이 은덩어리 몇 개 게지구 날 사갔다?"

"일 년 치라 생각하면 돼."

광백이 힐끔 점순이와 점순이의 배를 보았다.

"긴데 에미나이는 와 쑤시네?"

"장국이 말이야. 간이 안 맞아."

애꾸가 점순이를 보고 웃었다. 광백이 푸르르 한숨을 내쉬고 소반 위의 순무 깍두기 하나를 집어 먹었다.

"백호 니 말이야. 내래 니를 기다렸다믄 어케 되갔어?"

애꾸가 웃음을 거뒀다. 광백이 손가락에 묻은 깍두기 국물을 쪽쪽 빨았다.

"야. 어떡하네? 니 모가지 돈 걸렸어."

광백이 툭툭 자기 가슴팍을 쳐보였다. 품에 손을 넣겠다는 시늉이었다. 애꾸가 끄덕였다. 광백이 품에서 뭔가를 천천히 꺼냈다. 두루마리였다. 광백이 두루마리를 펼치자 용모파기화(容貌疤記畵)[39] 하나가 드러났다. 애꾸눈을 가진, 애꾸의 얼굴이었다. 광백이 다시 한숨을 내쉬었다.

"이것 보라. 해먹어도 적당히 해먹어야디 이집 저집 다 거덜내고 다니믄 어떡하네? 사람 모가지 장사도 상도의가 있지 않갔어? 상도의 문란해지믄 질색하는 인간들이 나오지 않간?"

애꾸의 외눈이 가늘어졌다.

"청부한 자가 누구냐?"

"종간나…… 우덜 사업에 뭐 기딴걸 다 물어보간?"

광백이 쉰 웃음을 터트렸다. 애꾸는 웃지 않았다. 웃는 대신

---

39) 용모파기화(容貌疤記畵) : 어떤 사람을 잡기 위하여 그 용모를 기록한 그림. 몽타주.

애꾸의 손이 빠르게 움직였다. 점순이를 찌르고 있던 횟대검이 빠져나왔다. 거의 동시에 광백의 발이 개다리소반을 찼다. 장국밥 남은 찌꺼기와 순무 깍두기 종지가 애꾸의 얼굴로 날아들었다. 애꾸의 횟대검이 날아드는 개다리소반 너머에 있을 광백을 향해 찔러 들어왔다.

횟대검이 광백의 오른쪽 어깨 위로 비켜갔다. 광백의 대나무 지팡이가 허공에 뜨는가 싶더니 길고 가는 은색의 검이 빠져나왔다. 죽장검이었다. 광백의 죽장검은 애꾸의 얼굴로 날아간 개다리소반을 뒤따라 곧장 찔러갔다. 파열음과 함께 개다리소반이 뚫리고 그 뒤의 물체를 뚫었다. 죽장검은 애꾸 뒤의 토벽까지 파고들었다.

점순이는 피가 쏟아지는 배를 부여잡고 그 상황을 지켜보았다. 눈물에 가려 분간하기 힘들었지만 애꾸의 목이 뚫리는 걸 똑똑히 보았다. 애꾸는 비명 한 자락도 없이 앉은 채 죽었다. 광백이 죽장검을 빼내 애꾸의 옷에 닦았다. 그 뚫린 목에서 피가 지나치게 많이 나오고 있었다.

"나리."

점순이가 광백을 불렀다. 광백은 별 반응 없이 죽장검과 애꾸가 던져 준 은덩어리 주머니와 자신이 꺼냈던 두루마리를 챙겨 일어났다.

"나리."

점순이가 다시 광백을 불렀다. 광백이 나가려다 말고 점순이와 점순이의 배를 보았다.

"기건 말이야. 수가 없어. 이쪽 살막 아새끼들이래 횟대검에 독 발라 다니는 독종들 아이갔어? 하루 꼬박 기카다가 가디."

점순이는 울었다.

"끝내주세요. 나리가…… 끝내주세요."

광백이 입맛을 다셨다. 점순이가 자꾸 울었다. 피 묻은 손으로 눈물을 찍어내자 얼굴이 피범벅이 되었다. 광백은 다시 대나무 지팡이를 들었다. 점순이는 피와 눈물로 얼룩진 눈을 똑바로 뜨고 광백의 죽장검이 한 치의 어긋남도 없이 자신의 심장을 찔러오는 순간을 바라보았다. 그리고 자신을 찌르고 있는 광백을 보았다. 점순이는 그 순간 광백이 울기를 바랐는지도 몰랐다. 하지만 점순이가 죽어가면서 마지막으로 본 광백의 눈은 어떤 흔들림도 없었다. 그저 고요하고, 깊고 차가웠다. 점순이가 나직이 읊조렸다. 다행이야.

광백이 지게문을 열고 나가는 소리가 저승의 문턱에서 어렴풋이 들렸다.

황율의 말은 주등을 따라 초가 주막 마당으로 들어섰다.

그와 동시에 사내 하나가 짚신을 신은 채 툇마루로 나왔다. 둘의 시선이 마주쳤다. 순간 황율은 초가 주막을 휘감아 도는 불길한 기운을 느꼈다. 빽빽하고 불쾌하고 섬뜩한 기운이었다. 말 잔등이 긴장으로 팽팽해졌다. 툇마루에 선 사내가 뒤로 손을 뻗어 지게문을 닫았다. 사내가 마당을 향해 거칠게 코를 풀었다.

"장사 않소."

황율은 별 대답 없이 사내와 사내가 신은 짚신과 사내가 닫고 나온 지게문을 바라보았다. 사내가 부엌으로 가며 지게문에 대고 소릴 질렀다.

"기나올 생각 말고 있으라! 불은 내래 볼 테니까."

이제는 한풀 꺾인 빗줄기 속에서 황율은 꼼짝도 않고 사내의 동선을 바라보고 있었다. 부엌문을 잡던 사내가 황율을 돌아보았다.

"장사 안 한다…… 하지 않간……"

"그런데 주등은 왜 켜놓았나?"

황율이 무뚝뚝하게 말했다. 사내가 황율과 주등을 번갈아 보다 주등으로 다가갔다. 그러고는 패대기치듯 주등의 불을 꺼버렸다. 사내가 다시 부엌으로 향했다.

"손님 받는 봉놋방은 흙바닥인가?"

황율이 물었다.

"길티요."

컴컴한 부엌 안으로 들어가면서 사내가 답했다.

"안방도 흙바닥인가?"

"……."

부엌 어둠 속에서 사내는 조용했다. 황율은 시커먼 부엌문 안으로 사람의 형체를 찾으려 눈을 부라렸다. 한참 후에 사내의 소리가 흘러나왔다.

"안방은…… 기름종이를 깔았디."

"그런데 왜 자네는 짚신을 신고 안방에서 나왔나?"

"……."

또 대답이 없다. 황율은 도롱이 안 허리춤으로 손이 갔다. 환도의 손잡이가 느껴졌다. 안방으로 들어가는 툇마루 아래로 두 켤레의 신발이 보였다. 여자의 것으로 보이는 작은 미투리와 남자의 것으로 보이는 나막신이었다. 호롱불 불빛이 지게문 안에서 은은히 배어 나왔다.

두 명의 남녀가 안에 있다. 그중 여자는 분명 주모일 것이다. 부엌으로 들어간 자는 말투로 보아 기둥서방일 테고. 기둥서방은 짚신을 신고 안방에서 나왔다. 비가 와서 질척거리는 이 날씨에, 기둥서방이 짚신을 신고 자신의 안방을 드나들고 있다.

이치에 맞지 않는다. 황율은 그런 생각으로 사내가 사라진 부엌과 그가 나온 안방의 지게문을 보았다.

황율은 소리 없이 말에서 내렸다. 지게문 쪽으로 다가갔다. 시선을 부엌에다 던져두고 지게문을 열었다. 피 냄새가 와락 달려들었다. 애꾸눈에 허연 도복을 입은 사내가 벽에 기대앉은 채 죽어 있었다. 애꾸 사내의 목에서는 피가 흘러나오고 있었다. 애꾸 사내의 옆에 주모로 보이는 듯한 여자가 가슴에 손을 얹고 누워 있었다. 손가락 사이로 피가 흥건했다. 여자는 눈을 뜬 채, 황율을 바라보고 있었다. 여자도 죽어 있었다.

황율은 자신의 손을 내려다보았다. 어느새 환도를 들고 있었다. 아마도 지게문을 열고 피 냄새가 풍겨올 때, 꺼내 들었으리라. 사내가 들어간 부엌을 바라보았다. 부엌은 계속 어두웠고 조용했다. 황율은 환도를 들고 부엌 앞마당에 섰다.

"나오라."

사내가 부엌에서 자루 하나를 들고 나왔다. 사내는 환도를 겨누고 서 있는 황율을 보며 일말의 긴장감도 보이지 않았다. 부엌의 어둠 속에서 사내는 제 할 일에만 바빴던 모양이었다. 사내가 황율과 반쯤 열린 안방의 지게문을 보며 무심하게 물었다.

"보았더랬니?"

"네가 죽인 것이냐?"

사내는 툇마루에 자루를 올려놓고는 털썩 주저앉았다. 구시렁구시렁 혼잣말하며 자루 안을 들여다보았다. 사내는 자루에서 엽전 꾸러미를 꺼내 조몰락거렸다.

"에미나이…… 마이도 벌어게지구……"

"저 시신들…… 네가 죽인 것이냐고 물었다."

사내가 황율을 바라보았다.

"니래 왜 가라고 눈치 줄 때 안가고 기래? 기거만 알라. 내래 할 만큼 했어."

사내에게서 종잡을 수 없는 어떤 살기가 꾸역꾸역 황율에게로 밀려왔다. 사내는 대나무 지팡이 하나밖에 없었다. 황율의 칼이 움직이면, 사내는 피할 도리가 없다.

사내와의 거리 일곱 보. 환도의 길이 삼 척 삼 촌. 칼날이 한 번 소리를 내면, 사내는 두 동강이가 날 것이다.

황율은 의주에서, 송도에서, 경주에서 사람을 베었었다.

칼로 입신한 자들이었고, 이러저러한 이유로 나라의 민심을 희롱하던 자들이었다. 황율은 대궁으로 호랑이를 잡던 착호갑사 황경의 아들이었고, 걸음마보다 칼자루를 먼저 잡았던 아이였다. 아버지 황경의 몸속에는 활의 피가 흐르고 있었고 아들 황율의 몸속에는 칼의 피가 흐르고 있었다.

황율은 무(武)로 태어나서 무로 자라 무인이 되었다. 황율은 아버지의 소원대로 무과에 나갔다. 별시 무과에 삼차로 급제하였고 황율의 칼솜씨를 눈여겨본 왕세자 이선에 의해 세자익위사에 발탁되었다. 2년을 근속하면 정6품 참상관이 될 수 있는 좋은 기회가 온 것이다.

"니래 날 죽이고 싶네?"

사내가 대나무 지팡이를 조몰락거리며 희번덕거리는 시선을 보내왔다. 죽장검일 것이다. 양쪽 날을 세운 기다랗고 뾰족한 창포검이 저 대나무 안에 들어 있는 게 틀림없다. 베기보다 찌르기로 만들어진 검.

사내가 대나무를 분리하듯 천천히 손을 놀리자 검이 빠져나왔다. 역시 죽장검이었다. 방 안의 두 시신이 당했음이 틀림없는 검이었다. 사내의 동작 하나하나에 세월에 쌓인 살기가 진득이 담겨 있었다. 하지만 그 눈은 지극히 덤덤했다. 해서, 황율은 혼란스러웠다. 이 자를 베거나 또는 베지 않아도 혼란이 멈출 것 같진 않았다.

상황은 간단해 보였다. 이 사내가 주막의 재물을 노리고 야밤에 칼부림한 것이다. 주모를 죽이고 손님으로 와 있는 객마저 죽였다. 그 와중에 황율이 온 것이다. 제압해서 인근 관아에 넘길 일이다. 게다가 저군께서 행차한 고을에 이런 흉흉한 변고가 일어나선 안 되었다. 계방의 무사로서, 현장을 목격한 유일한 목격자로서 그냥 넘어갈 일이 아니었다. 반항이 거세다면, 죽일 수도 있는 일. 황율이 무미건조하게 말했다.

"날 따라가면 살 테고, 끝까지 반항하면 어쩔 수 없다."

"종간나…… 입은 삐뚤어져두 말은 똑바로 하라. 니래 따라가면 뒈질 것이고 끝까지 반항하다보믄 살 길이 나오지 않간?"

사내가 피식거렸다. 틀린 말도 아닐 터. 빗물이 환도를 가득 적셨다. 황율이 환도의 손잡이를 다잡았다.

"오라."

"니미…… 비 오는데……"

사내가 마지못한 듯 허리를 세우며 일어났다. 사내가 창포검을 이리저리 휙휙 내둘렀다. 그렇게 느긋하게 구는가 하더니 느닷없이 황율에게로 날아들었다. 빨랐다. 낮게 포물선을 그리며 날아온 죽장검은 황율의 다리를 노리고 들어왔다. 상단에 신경을 쓰고 있었더라면 꼼짝없이 당할 수였다. 황율이 창포검을 쳐내듯이 막아내고 옆으로 비켜나자 사내가 구르듯 후퇴했다. 사내가 괴이한 웃음소리를 냈다.

"ㅇㅎㅎㅎㅎㅎ."

황율이 환도를 치켜들었다. 거정세(擧鼎勢)였다. 솥을 드는 격으로 위로 살(殺)하고, 왼쪽 다리와 오른손을 써서 평대세(平擡勢)로 앞을 향해 베어치고, 가운데로 살(殺)하는 퇴보군란(退步裙襴)의 세(勢).

도롱이는 비에 젖어 무거웠고, 이 사내는 교묘한 자였다. 시간을 끌어 유리할 것이 없었다. 게다가 어디선가 닭 우는 소리가 들렸다. 곧 평명. 돌아갈 시간이었다.

황율이 거침없이 발을 굴러 사내에게로 날았다. 일도양단의 기세. 속도가 곧 파괴력이라는 황율의 믿음. 황율이 지닌 최고의 기교. 환도의 칼날이 빛과 굉음을 초가 마당에 뿌렸다. 소리보다 빨리 황율의 칼날이 사내를 두 동강낼 듯 날아들었다.

사내는 피하지 않고 서 있었다. 곧 피가 사방으로 뿌려질 것이다. 하지만 황율의 칼이 닿을 듯하던 순간 눈앞에서 허연 연기가 터졌다. 사내가 허공을 가르고 들어온 황율의 칼을 쳐내고 바닥으로 굴렀다. 허연 연기는 아궁이 재였다. 사내가 바지춤에 넣어두었던 아궁이 재를 황율의 얼굴에 뿌린 것이었다.

황율은 순간 호흡을 놓쳤다. 재로 범벅이 된 눈을 비빌 틈도 없이 등으로부터 찌르르한 불쾌감이 전해져왔다. 사내의 죽장검이 황율의 등을 뚫고 가슴팍으로 빠져나와 있었다. 등 뒤에서 사내의 코 푸는 소리가 들려왔다.

"가랄 때 갔으믄 잘 살았지 않갔어?"

무릎에 힘이 빠져나가며 후들거렸다. 황율은 한 가지 생각에 만 사로잡혔다. 제발…… 그냥…… 서 있자. 하지만 황율의 무릎은 힘없이 꺾여 버렸다. 황율은 땅바닥에 엉덩방아를 찧고 말았다. 사내의 혀 차는 소리가 들려왔다.

"가만 있으라. 칼은 빼야지 않간?"

사내가 황율의 등을 밟고 죽장검을 빼냈다. 황율의 입에서 핏덩이가 쏟아져 나왔다. 황율은 그대로 앉아 있었다. 뒤에서 부스럭거리는 소리가 들렸지만 돌아볼 수 없었다. 돌아보고 싶었지만 고개가 돌아가지 않았다. 몸속의 모든 기운이 주저앉은 엉덩이를 통해 땅으로 빠져 나가고 있는 것 같았다.

사내가 엽전이 든 그 자루를 들고 황율의 앞으로 왔다. 자신의 짚신과 황율의 가죽신을 번갈아 보더니 황율의 가죽신을 벗기기 시작했다. 사내가 가죽신으로 갈아 신고 황율의 도롱이를 벗겨서 입을 동안 황율은 피만 흘리고 있었다. 사내는 황율의 가죽신과 도롱이가 마음에 드는 표정이었다. 풀쩍풀쩍 뛰고 휘적휘적 걸으며 황율의 주변을 맴돌았다.

황율은 아직도 손에 쥐고 있는 자신의 환도를 보았다. 무과에 나가던 날 아버지 황경은 자신의 활을 팔아 아들의 칼을 사왔다. 그리고 말했었다.

"조선 최고의 마조장(磨造匠)[40]이 날을 세운 칼이다. 이 칼이 너를 주인으로 여기게 해라."

사내가 황율의 환도를 보았다. 아주 당연하다는 듯, 사내는 황율의 손에서 환도를 빼앗아 들었다. 환도를 휘둘러보고는 만족해했다. 그리고 눈물인지 빗물인지 알 수 없는 물방울을 흘리고 있는 황율을 내버려 두고, 황율의 말을 끌고 갔다. 신발도 도롱이도 칼도 말도 빼앗긴 황율은 그대로 그 자리에 주저앉아 비를 맞았다.

황율의 눈이 서서히 감길 때쯤 동녘 하늘이 뿌옇게 밝아 왔다.

황율이 눈을 떴다.

여러 사람들이 자신을 내려다보고 있었다. 누가 누군지 분간이 가지 않았다. 알 듯 모를 듯한 사람들. 천 근 만 근 바닥에 붙어 있는 자신의 몸을 여러 사람이 만지고 있었다. 황율은 죽어버린 자신의 몸을 사람들이 염하고 있다고 생각했다. 그리고 주막의 사내에게 빼앗긴 환도와 말이 생각났다. 내 칼. 아버지가 주신 내 칼.

40) 마조장(磨造匠) : 돌이나 쇠붙이를 갈아서 물건을 만드는 장인.

"계방 무사가 강도질이나 당하고 말이야."

누군가 혀를 차며 말했다. 익숙한 목소리. 좌익위 조유진이었다. 황율은 소리를 쫓아 겨우 초점을 맞췄다. 자신을 내려다보고 있는 조유진의 얼굴이 선명해졌다.

"형님 찾아오라는 좌익위 나리 하명이 없었으면 어떡할 뻔했소? 도대체 어쩌다……"

우세마 벼슬을 하는 계방의 막내 김용철이었다. 황율은 그제야 상황이 짐작되었다. 주막 사내에게 당하고 얼마 뒤, 복귀하지 않는 자신을 찾아 동료들이 주변을 훑었을 테고, 사경을 헤매는 자신을 발견하고 온궁으로 데리고 와 살린 것이다. 황율은 주변을 돌아보았다. 자신의 몸을 뒤채고 있는 건 세자 저하를 따라온 동궁의 어의들과 간병의녀들이었다. 약을 쓰고 붕대를 감고 뜸을 들이고 있었다.

어찌 감히…… 황율의 말은 목구멍에서 맴돌았다. 소리가 되어 밖으로 나오지 않았다. 소리는 입으로 나오지 못하고 눈으로 올랐다. 어의가 그 눈빛을 읽었다.

"괜찮네. 저하께서 반드시 살려내라 이르신 것이니……"

어의는 아무 걱정하지 말고 푹 자두라 말하면서 방 안의 사람들을 재촉해 일으켜 세웠다. 동료들이 모두 밖으로 나가고 어의도 나갔다. 물수건을 챙긴 의녀 하나만이 황율의 머리맡에 앉아 움직이지 않았다. 황율이 그 의녀를 보았다. 의녀는 부드러운 미소를 띠고 황율의 이마에 맺히는 식은땀을 닦아 주었다. 의녀의 미소는 자연스럽고 온기가 있었다.

"나리. 푹 주무시어요. 주무시고 나면 원기가 많이 돌아올 것입니다."

의녀는 수건을 거두고 황율의 손을 주무르기 시작했다. 간병 의녀가 한낱 천한 비녀이긴 하지만 동궁의 간병을 맡기도 했다. 황율은 저하의 옥체를 보듬었던 손이 자신의 몸에 닿아 있다는 것이 민망했다. 망극한 일이다, 라고 황율은 생각했다. 황율의 입술이 달싹거렸다. 의녀가 귀를 기울여왔다. 황율의 입술을 따라 의녀가 말을 받아 읊었다.

"나는…… 하찮은…… 우시직 벼슬……"

그렇게 의녀가 말했다. 숨이 차오는 황율을 의녀가 보았다. 의녀는 다시 황율의 손을 주무르기 시작했다.

"말씀 마시고 푹 주무셔요, 나리."

의녀가 살포시 웃었다. 무슨 말을 더 하고 싶었지만 황율은 눈을 감았다. 열심히 혈기를 돋우는 의녀의 손길이 따뜻했다.

의녀는 황율을 극진히 간병했다.

매일 대소변을 받아내고, 미음을 먹이고 탕약을 먹였다. 반드시 살려내라 명한 세자의 지엄한 하령 탓도 있었겠지만 의녀는 제 혈육인양 열심이었다. 깊은 밤, 황율이 고통으로 뒤척일 때면 언제나 옆에서 손을 잡아 주고 상처를 확인했다. 의녀는 잠을 자지 않는 듯했다. 황율의 옆에서 쪼그리고 앉아 쪽잠 드는 것이 전부였다.

황율은 놀라울 정도로 빨리 회복되었다. 황율의 상태를 처음 보았던 어의는 만약 살아나더라도 두어 달은 넘게 누워 있어야 할 것이라 말했었다. 하지만 황율은 사흘간 사경을 헤맨 뒤로는 급격하게 상태가 호전되었다.

워낙 단련된 몸이기도 했지만 초인적으로 회복된 이유는 의녀가 매일같이 받아내는 대소변과 고통의 신음 사이로 그녀가 잡아주던 손길이었다.

움직일 수 없는 상태로 누운 황율의 바지춤을 의녀가 벗겨내면, 황율은 이를 악 다물었다. 먹으면 나오는 것이 당연지사. 하지만 황율은 다스릴 수 없는 자신의 몸을 저주했다. 눈시울마저 붉어진 채 황율이 천장을 뚫어져라 노려보고 있으면 의녀는 사람 좋은 미소를 머금었다.

"늘 하던 일입니다. 개의치 마셔요."

의녀는 궁중에서 늙은 상궁들의 마지막을 간병하는 일이 잦았다. 혜민서에 불려 나가 손을 돕는 일도 잦았다. 마차 바퀴에 깔린 자들, 준천사업에 동원되었다 바위에 뭉개진 자들, 팔도를 떠도는 유랑패들에게 칼을 맞거나 살략계 패거리들에게 강도질을 당한 자들의 몸은 말 그대로 걸레 조각이었다. 의녀가 보기에 황율은 개중에 양호한 환자 축에 들었다.

의녀가 능숙하게 손을 놀렸다. 변을 들여다보고 냄새를 맡으며 건강상태를 짐작했다. 황율은 의녀가 고마울수록 더없는 무력감에 빠져들곤 했다.

"이름이…… 무엇이오?"

황율이 물었다. 남자의 하초를 닦아내면서도 아무렇지 않던 의녀가 그때 처음으로 얼굴을 붉혔다.

"개울이라 합니다. 개울가에서 태어났다 하여……"

그 의녀, 개울이 상기된 얼굴로 황율을 보더니 멋쩍게 웃었다. 개울이 황율의 몸을 이불로 감싸고 장지문을 열어 환기 시켰다. 그리고 황율의 코를 얇은 삼베 수건으로 덮어주었다. 향기나는 꽃잎이 들어 있었다. 말린 매화 잎이었다. 그윽한 매화향이 났다. 의녀 개울의 배려는 매화 향처럼 그윽하고 요란하지 않았다.

"내…… 잊지 않겠소."

황율이 눈을 부라리고 이를 악 다물고 말했다. 개울이 빙긋 미소 짓고는 기저귀와 대야와 요강을 내갔다.

황율은 사력을 다해, 몸을 추슬렀다. 열흘이 지나가자, 황율은 대소변을 직접 해결했다. 의녀 개울이 극구 말렸지만 황율은 개울을 나가게 한 뒤 일어나 앉아 요강에 일을 보았다. 개울은 그때 알았다. 설령 몸이 조각조각 부서져도 이 남자 다시는 누운 채로 똥오줌 수발을 받지 않을 것이다. 황율은 그런 인간이었다.

세자 이선은 부지런했다.

온궁에 있는 동안 날마다 경연을 열었고 노인들을 불러 위로연을 열었으며 임금이 계신 북쪽을 향해 망궐례를 행했고 지역 민심을 다독였다. 온천욕과 활쏘기도 빼놓지 않았다. 왕세자는 온궁에서 건강하고 여유로웠으며, 근면하고 풍요로웠다. 왕세자에게 그늘 같은 것은 보이지 않았다.

내일은 저군이 창덕궁으로 환궁하는 날, 세자의 행차가 서울로 다시 올라가는 날이었다. 그날 밤 이선이 황율을 찾았다. 황율은 개울의 도움으로 의관을 정제하고 일어나 앉아 있었다. 이선이 어의와 조유진과 내관들과 함께 방으로 들어왔다.

"은혜, 망극하옵니다."

황율이 조아렸다. 이선이 어의에게 물었다.

"벌써 앉아 있어도 되는 건가?"

"황 무관의 기력이 신통하고 놀라워 신도 경탄할 따름이옵니다."

"둘이 있고 싶다."

그렇게 말하고 이선이 상석에 좌정하자 따라 들어온 사람들이 밖으로 나갔다. 사람들이 나가자 이선이 물었다.

"술을 찾으러 갔었다고?"

"그러하옵니다."

"술은 찾았나?"

"찾지 못하였사옵니다."

"그래. 술을 찾으면 내게 가져올 생각이었나?"

황율은 고개를 들지 못했다. 식은땀이 흘렀다. 가슴을 감은 붕대에서 피가 배어 나왔다. 이선은 미간을 찌푸렸다.

"누우라."

"아니옵니다."

"네가 누우면 내가 편하다."

"신이 어찌 감히……"

"밖에 의녀 있느냐?"

개울이 조심스레 들어와 조아렸다.

"환자를 누이라."

개울은 황율을 당겨 눕혔다. 작고 여린 손길이었지만 단호하고 거침이 없었다. 개울이 다시 조아리고 뒷걸음을 놓았다.

"거기 있으라."

개울이 움찔 멈춰 섰다.

"의녀 개울이 널 살렸다."

개울이 황망히 그 자리에 조아렸다. 황율의 상처에서 피가 더 많이 배어 나왔다.

"나는 내일이면 여길 떠나 환궁 길에 오른다. 내가 없는 온궁에서 네가 거처할 곳이 없다. 해서 관아에 일러두었으니 정양할 곳을 내줄 것이다. 몸이 낫는 대로 올라오라."

누운 채, 황율의 눈시울이 뜨거워졌다.

"저하……"

"개울을 두고 간다. 개울은 약과 식량을 받아 환자를 도우라."

"명을 받자옵니다, 저하."

개울이 곱게 대답했다. 황율이 다시 일어나 조아렸다. 붕대는 이제 붉게 물들었다.

"저하. 차마 감당할 수 없사옵니다."

"어찌 그러한가?"

"신은 무능하여 계방을 욕되게 하였으며 신은 무지하여 저하의 성은을 욕되게 하였습니다."

이선은 한동안 말을 하지 않았다. 황율은 식은땀을 더 흘렸고 붕대를 더 붉게 물들였다.

"언젠가 그대와 술을 한잔 하고 싶다."

황율이 황망히 이선을 바라보았다. 이선은 어디 먼발치로 시선을 던져두고 있었다. 그의 눈빛은 장지문을 뚫고 온궁을 넘어 어딘가로 하염없이 멀어지고 있었다.

"내가 만약 보위에 오른다면…… 말이다."

황율이 다시 조아렸다. 이선의 말이 무서웠고 이선의 눈빛이 아득했다. 이제 황율의 붕대를 적신 피는 바닥으로 점점이 떨어졌다. 이선이 일어났다.

"자네가 나의 사람이 되어준다면…… 말이다."

황율은 고개를 들지 못했다. 답도 하지 못했다. 황율의 눈물이 방바닥을 적시고 있었다. 개울이 곧장이라도 다가올 듯 무명천을 부서질 듯 쥐고 황율을 바라보았다. 이선이 문밖으로 나가며 개울에게 말했다.

"피 떨어진다. 붕대 갈아라."

3. 광백(狂伯)

광백은 하루하루가 지날수록 오른손이 저리고 아파왔다.

처음에는 대수롭지 않게 여겼는데 온양을 떠나 수원에 도착할 무렵에는 젓가락질도 할 수 없을 만큼 심각한 상태가 되었다. 이유를 알 것 같았다. 그 무관 때문이었다. 점순이네 주막에서 일전을 벌였던 그 놈. 냅다 환도를 휘둘러대던 칼잡이.

"무식한 아새끼래……"

녀석의 얼굴에 재를 뿌리는 한 수는 성공했다. 하지만 미처 피하기도 전에 검결이 날아들었고 겨우 막아내기는 했지만 충격은 고스란히 검을 잡은 오른손으로, 어깨로 파고들었다. 계산하고 훈련하고 실험하고 체득했던 필살기였지만 칼잡이 무관의 환도는 지나치리만큼 빨랐고 광포했다. 칼날을 정면으로 막았더라면 두 동강이 났을 것이다. 비켜 막으며 구른 덕에 살 수 있었다. 그렇게 빠른 칼은 처음이었다. 녀석의 칼과 기세는 단순하고 무식했다. 그저 내려찍는 일도양단의 기세.

그 후유증이었다. 그 칼을 받아낸 뒤 오른팔이 조금씩 죽어가고 있는 것이 느껴졌다. 광백은 할 수 없이 약쟁이 송하거사가 살고 있는 화산(花山)으로 걸음을 옮겼다.

떠돌이 약쟁이 송하거사가 눌러앉은 곳은 수원 화산이었다.

"용의 기세가 칠백 리를 뻗어 온 데다 청룡과 백호가 호응하고 뒤로는 용을 보호하는 물이 모여 현무로 입수하니 명당 중의 명당이다. 내가 살 만하다."

송하거사는 커다란 소나무가 있는 언덕에 집을 짓고 스스로 송하거사라 자처하며 인근 주민들에게 약을 팔거나 부적을 팔아 연명했다. 원래 화산은 효종 임금의 장지로 거론되다 노론의 반대로 무산된 곳이었다. 그때 흘러나왔던 지관(地官)들의 말을 주워들었음이 틀림없었다.

제대로 된 의술은 배워본 적도 없지만 송하거사는 재주가 좋았다. 손톱, 머리카락, 오줌, 똥 같은 재료로 종기약을 만들어 잘도 팔았고 천연두를 앓는 데는 감꼭지 말린 것을 달여서 효험을 보기도 했다. 그가 제일 많이 쓰는 것은 부적인데 낫지 않는 종기 주변에 뱀 사(蛇)와 범 호(虎)를 써서 돈을 벌었다.

"종기란 놈은 주변에다 범 아홉 마리와 뱀 일곱 마리를 쳐 둘러놓으면 맥도 못 추고 물러가게 돼 있다."

임금님이나 장안의 북촌 사대부들이 쓴다는 웅담고는 꿈도 못 꾸는 주변의 가난한 이들은 송하거사의 치료가 유일한 희망이었다. 그렇게 떠돌이 약쟁이는 송하거사가 되었고 때때로 인근의 아전들도 찾아와 머릴 숙이고 약을 구했다. 사람들은 그런 송하거사를 산중도인으로 보았고 효험을 본 자들은 임금 떠받들 듯 받들었다.

존경과 칭송이 극에 달하자 많은 말들이 만들어졌다. 그가 사실은 인간이 아니라 계룡산의 신선인데 계룡산 신선들의 파행에 분노해 계룡산을 떠나 수원 화산에 정착했다는 말도 있었고, 그의 성이 원래 정씨인데 이는 바로 정감록에서 예언한 정씨 왕조의 창업군주가 될지도 모른다는 말도 있었다.

게다가 송하거사는 돈도 많이 벌어 아흔아홉 칸 큰 집을 지어놓고도 주로 소나무 언덕 아래 예전 초가에 가서 혼자 도를 닦거나 예고도 없이 한밤중에 환자의 집을 찾아와 명약을 내놓고 사라진다는 것이었다. 그 어느 말이든 송하거사라는 인간은 이곳에서, 일종의 성공한 이방인이었던 것이다.

광백이 황율에게서 빼앗은 말과 환도를 들고 송하거사가 머물고 있는 아흔아홉 칸 큰 집으로 찾아왔을 때는 8월 초하루였다. 그날은 세자 이선이 온양을 떠나 서울로 환궁하는 날이기도 했다. 광백의 방문을 송하거사는 반기지 않았다.

"어이 김칠복이. 잘살고 있는 모양이디? 살이 마이 붙어서리……"

"칠복이가 뭐요? 송하거사라 불러주시오."

"지랄. 쇠똥에 기름칠할 소리."

이런 이유 때문이었다. 송하거사 김칠복은 정감록의 정씨도 아니었고 계룡산 신선도 아니었다. 광백에게는 그저 떠돌이 약쟁이에다 솜씨 좋은 장물아비에다 자잘한 살인청부 거래를 따오던 거간꾼일 뿐이었다. 김칠복은 광백을 피해 왔다. 워낙 경우가 없고 포악한데다 자신이 나이가 다섯이나 위인데도 나이 어린 광백이 윗사람 행세를 했다. 비루했던 시절에 만난 사람이라 항시 무시하는 눈빛을 띠었다. 그래서 돈이 생기고부터는 일이 있으면 사람을 시켜 일을 보았다. 이래저래 광백이란 존재는 김칠복에게는 불편한 것이었다.

부리는 아랫것들이 눈치라도 채면 곤란해지는 터라 김칠복은 사람들을 물리고 집안에서 빚은 밀주로 상을 차려 내놓았다. 술이 고팠던지 광백이 잘도 먹었다. 그렇게 밤이 깊었다.

“요즘은 뭐하고 사슈?”

“내래 너 같은 재주가 있간? 사람 모가지 따는 일 말고 뭐 하간?”

“어쩐 일이슈?”

“손모가지 고쳐 보라.”

광백이 오른손을 들어 보였다. 저리고 아픈 탓인지 드는 것도 힘들어 했다. 그러고 보니 술잔도 젓가락질도 왼손이었다. 김칠복이 맥도 짚어보고 손목을 돌려보기도 하고 어깨를 주무르기도 했다.

“니래 이거 고치면 송하거사라 불러주갔어.”

서당개 삼 년이면 풍월도 읊는다 했다. 길에서 배운 김칠복의 사이비 의술은 세월이 쌓이자 눈을 뜨기 시작했다. 워낙 많은 환자들과 질병들을 다루다 보니 병의 전조와 진행, 결과를 손금 들여다보듯 하는 경지에 이르렀다.

김칠복이 보기에 광백의 손이 문제가 아니었다. 어깨가 문제였다. 겉보기에는 아무렇지도 않지만 속으로 내상을 단단히 입었음이 틀림없었다. 당분간 젓가락질은 어림도 없다. 잘못하면 영영 오른손을 쓰지 못할 수도 있었다. 오른손잡이 살수라면, 치명적이다. 그런 김칠복의 머릿속을 광백이 재빨리 읽어냈다.

“내래 생각하고 있는 거이 맞지비?”

"이제 형님은 뒈진 거요."

김칠복이 퉁명스레 내뱉었다. 광백이 아무 말 없이 무심하게 김칠복을 바라보았다. 김칠복은 아차 싶었다. 광백 같은 살수라면 왼손으로도 김칠복은 얼마든지 죽일 수 있는 인간이었다. 그런 실력과 그런 품성으로 뭉친 자 아닌가. 광백이 기괴한 웃음소리를 내뱉기 시작했다.

"으흐흐흐흐흐."

그러더니 급기야 호탕하게 웃었다. 술상을 치기도 하며 박장대소했다. 김칠복의 얼굴이 더 굳어졌다. 그 꼴을 보고 광백이 젓가락으로 상을 탕탕 때려가며 말했다.

"니래 살살 거짓말했음 이 젓가락으로 모가지 뚫었을 기야."

김칠복이 똥 씹은 얼굴로 광백을 바라보았다. 광백의 눈과 코가 술로 붉게 물들었다.

"누구요? 이런 검상(檢傷)은 처음 보는데."

"칼 맞았다 안 했는데 어찌 알았간? 니래 이제 도사 다 됐구만기래."

"약을 쓰고 조리하면 숟가락은 들겠지만 다른 건 장담 못 하오."

"까딱하단 칼 잡는 건 글렀다 그 말이네?"

"나보다 형님 감이 맞지 않겠소?"

"기래니까 니 말대로 뒈진 거 맞구만 기래. 칼밥 묵는 놈이 칼 못 쓰면 뒈진 거 아이갔어?"

"그 말은 어떻게 하다 보니……"

광백이 벌러덩 드러누웠다. 멍하니 천장을 바라보았다. 김칠복이 그 꼴을 보고 있자니 은근히 광백이 측은해 보였다. 그러다 문득 진저리를 쳤다. 광백 같은 인간을 측은하게 생각한 것이 아찔했다. 돈만 된다면 사람 목숨을 파리 목숨 보듯 하는 인간이지 않나.

사람 백정 광백. 돈벌이가 붙으면서 예전에 하던 살인 청부 거간은 줄여나갔던 김칠복이었다. 자신과 광백은 달라도 많이 달랐다. 살인청부 거간꾼. 원한을 갚겠다고 부탁해 오는 자들의 사정을 헤아려 듣고 도움을 준 것이 자신의 일이었다. 게다가 비록 정식으로 공부한 의술은 아니지만 여러 사람의 목숨을 살렸지 않나. 하지만 광백은 언제나 기분 나쁜 반말과 파행으로 일관하는 자, 살귀가 천성인 자. 광백을 보며 다시 한 번 김칠복은 되뇌었다. '나는, 너 같은, 인간이, 아니다.'

"이케되믄 은퇴하라는 이바군데……"

광백이 천장을 뚫고 밤하늘을 바라보는 시선으로 말했다. 김칠복은 광백이 여기 화산에 눌러앉을까 걱정되었다. 병치레를 핑계로 얼마든지 그럴 인간이었다.

"형님. 제대로 된 사람 하나 만나보시겠소?"

"제대로 된 사람?"

"나도 보기는 한 번밖에 못 봤지만 덩어리가 틀립디다."

"뭐 하는 작자간?"

"내관이요."

"내관?"

"내시 말이요. 거 부랄 없는 놈들 있잖소?"

"부랄 없는 놈을 뭐에 쓰간?"

"일단 내거는 돈이 달라요. 한 모가지 값 쳐 주는 게 형님이 해치우는 열 놈 모가지 값이요."

광백이 비스듬히 일어나 앉았다. 돈 얘기가 나오니 동하는 모양이었다. 광백이 간간이 음음 소리를 내며 들은 김칠복의 말은 이랬다.

지금 궁중에 방귀깨나 뀌는 내시가 하나 있는데 이 양반이 물건이라 조선 최고의 비밀살막을 하나 구상 중인데 자신은 뒤에서 자금을 대고 살막을 운영할 꾼을 찾고 있다, 자신이 원하는 대상을 제거해 주면 돈은 얼마든지 주겠다, 게다가 살막 운영자가 평시에 다른 청부로 돈을 벌어도 상관하지 않는다, 라는 것이었다.

"지금 팔도에서 굵직굵직한 살막들은 다 그 양반한테 기웃거

린다 들었소."

"그케 돈을 많이 준다믄 누구 모가지를 따란 기야?"

"저번에 나한테 부탁한 거는 좌포청 포도대장 모가지였소."

광백이 일순 눈을 동그랗게 뜨고 김칠복을 보았다. 김칠복이 날 못 믿소? 하는 눈으로 쌍심지를 켰다. 광백이 젓가락으로 김칠복의 머리통을 갈겼다.

"이 아새끼래……"

김칠복은 거짓말이 아니라고 박박 우겼다. 자신도 처음에는 믿지 못했다가 나중에 보니 진짜 같아서 일감을 광백에게 넘기지 않고 거절했다는 것이다. 돈도 좋지만 함부로 상대할 인물이 아니었다고 했다.

"관상을 척 보건대, 사고를 쳐도 단단히 칠 인간이었소."

"긴데 나보구 만나라?"

"형님이 보통 사람이오? 둘이 만나면 아주 불꽃이 튈 겝니다."

광백은 그 뒤로 별 말없이 술병을 더 비우고 잤다. 이른 아침 동이 트기 전에 일어난 광백은 김칠복에게 그 내시가 사는 곳과 이름을 물어보고는 화산을 떠났다. 그리고 황율에게서 빼앗은 말과 환도를 좋은 값에 처분해 달라며 김칠복에게 맡겼다.

송하거사 김칠복은 떠나는 광백에게 넙죽 인사하며 배웅했다. 꼴 보기 싫은 인간이 떠나 주어서 좋았고 어쩌면 다시는 저 얼굴을 보지 않을지도 모른다는 생각이 들어서 좋았다. 자신이 던진 미끼를 물고 광백이 사지로 걸어 들어가고 있다고 느껴졌다. 자신이 본 그 내시의 관상이 맞았다면, 광백이 조금만 실수해도 죽일 것으로 생각되었다. 그 내시는 그러고도 남을 권력과 섬뜩함을 가지고 있었다. 피도 눈물도 없는 인간, 그런 눈빛을 가지고 있었다.

광백은 화산을 떠나 한양으로 향했다.

김칠복은 제생원(濟生院)이 있는 계생동(桂生洞)이 그 내시가 살고 있는 동네라 했다. 그 동네에는 내시들이 많이 살고 있었다. 조선의 내시들은 중국의 내시들과는 달리 하초를 자르지 않고 거세만 했다. 내시들의 결혼도 허용되었고 퇴근하면 궁 밖의 사가에서, 양자를 들여 가족을 이루며 살았다. 그 내시도 그중 하나였다. 광백은 내시의 집으로 곧장 가지 않고 주변에서 며칠 동안 머물며 자신이 만날 사람에 대해 알아보았다.

김칠복이 가르쳐 준 내시의 이름은 안국래(安國來)라고 했다. 직책은 임금의 전교를 전달하는 대전승전색(大殿承傳色). 정4품의 내시부 중간 품계였지만, 끗발은 하늘을 찌르고도 남는 자리였다. 한때 왕조 초기 내시부의 권력이 강하던 시절에는 정승들도 눈치 보는 직책이 대전승전색이었다.

사흘 꼬박 계생동을 배회하던 광백은 집주인이 퇴근하기를 기다려 그 내시의 집으로 찾아갔다. 그 날은 왕세자 이선이 온양에서 궁으로 돌아온 날이기도 했다. 안국래의 집은 그리 크지 않았지만 정갈하면서도 은밀해 보였다. 후원에 우물이 있어 주변에서는 우물집이라 불렀다. 담장이 높아 안을 들여다볼 수 없는데다 화초들이 크고 높아 내부의 동선이 밖으로 잘 드러나지 않았다.

광백은 그 집안으로 들어서면서 묘한 살기를 느꼈다. 부리는 하인들은 단단했고 조용했다. 희고 멀끔하게 생긴 젊은 청지기가 광백을 안내했는데 동작이 절제 돼 있고 빈틈이 없어 보였다. 오랫동안 무공을 연마한 자의 보폭과 몸가짐이었다. 그것 말고도 이 집안엔 보이지 않는 그림자들이 깔렸을 거라고, 광백은 생각했다.

안국래는 사랑채에 좌정하고 광백을 맞았다.

발이 가운데 쳐져 있었다. 발 너머로 상투를 틀고 망건을 쓴 집주인의 형상이 어렴풋 보였다. 광백은 들어가자마자 큰절하고 무릎 꿇었다.

"자네가 광백인가?"

"길티요."

"왜 날 보러 왔나?"

"사람을 찾는다구 들어게지구서리……"

한동안 안국래가 말이 없다. 광백도 별말을 하지 않고 가만히 있었다. 마침내 안국래가 입을 열었다.

"자네는 살수인가?"

"……."

이제 광백이 말이 없다. 얼마간 적막이 흐르다 안국래가 들릴 듯 말 듯 말했다.

"볼 일이 없다면 돌아가게."

광백은 일어서지 않았다. 빤히 발 너머를 응시하다가 느릿느릿 말했다.

"돈 되는 일이라믄…… 이것저것 합네다."

안국래가 자신의 옆에 있는 줄을 당겼다. 발이 반으로 갈라졌다. 광백은 안국래의 얼굴을 보았다. 속이 드러나지 않는 얼굴이었다. 이 자가 자신의 얼굴을 보여준다는 건 여러 의미가 있을 것이라 생각 들었다. 거래가 성사되지 못하면 내가 죽거나, 이 집안의 여러 사람이 죽을 것이다. 광백의 속내가 안국래에게 가 닿았다.

"사람을 죽일 때 상대의 눈을 보나?"

"기칼 때두 있구……"

"보면서 무슨 생각을 하나?"

"엽전 생각만 합네다."

"간명한 자로군."

"으흐흐흐흐."

광백이 특유의 괴소를 흘렸다. 안국래는 자세를 흩트리지 않았다. 몸을 틀거나 손짓을 하거나 고개를 돌리지 않았다. 석상처럼 앉아서 입만 열었다.

"나라를 위해 큰일을 하겠다는 생각은 해보지 않았나?"

"……."

"그런 것은 관심이 없나?"

"요즘같이 살기 힘든 세상에 돈이 된다믄 뭔 일을 못하겠습네까?"

광백이 머리를 긁으며 뚱하니 말했다. 안국래가 돈궤를 열었다. 광백 앞으로 엽전 꾸러미가 던져졌다. 어림잡아도 백 푼짜리 꾸러미가 오십 개는 넘어 보였다. 거금 오십 냥이었다.

"가지고 돌아가게."

광백이 엽전 꾸러미와 안국래를 빤히 번갈아 보다 엽전 꾸러미를 들고 일어섰다. 문을 열고 나가려던 광백이 돌아보았다.

"다시 올 때는 뭘 게지구 오면 되갔습네까?"

안국래가 장부에 뭔가를 적어 넣으며 광백은 보지도 않고 무심히 대답했다.

"자네를 내게 보낸 사람."

"ㅇㅎㅎㅎㅎㅎ."

광백의 입가에서 다시 괴소가 흘러나왔다. 안국래는 웃지 않았다. 광백은 꾸벅 인사하고 문을 닫고 밖으로 나왔다. 청지기가 사랑채 안으로 들어갈 때 받아두었던 대나무 지팡이를 건네주었다.

"좋은 검입니다."

청지기가 광백을 대문 밖으로 배웅하면서 그렇게 인사했다. 광백은 히죽 웃어 보였다. 웃음이 끝나기도 전에 대문이 닫혔다. 그래도 광백은 개의치 않았다. 석양이 인왕산 너머로 꾸물꾸물 넘어가고 있었다. 광백은 사대문이 닫히기 전에 성 밖으로 나왔다. 쉬는 법 없이 부지런히 발을 놀려 수원 화산을 향해 곧장 되돌아갔다.

송하거사 김칠복은 집에 없었다.

광백은 소나무 언덕으로 향했다. 초가 마당에는 광백이 부탁한 말이 매어져 있었다. 김칠복이 타고 온 듯 보였다. 광백은 초가 마당이 보이는 나무 위로 올라가 몸을 숨긴 채 밤새 초가를 살펴보았다. 새벽녘이 되자 자루를 하나씩 맨 장정들이 초가 지게문을 열고 나와 각자 다른 길로 흩어졌다. 이십여 명이 넘었다. 마지막 사내마저 사라지고 한참 뒤에 광백이 나무에서 내려왔다.

초가 지게문을 조심스레 열었다. 방안에는 아무도 없었다. 기껏해야 대여섯 명이 앉을 만한 토방. 스무 명이 넘는 장정들이 이곳에서 나왔다. 광백의 예상대로 발자국들이 방구석 한 지점으로 몰려 있었다. 흙바닥 위에 깔려 있는 거적이 있는 곳이었다. 거적을 들춰내자 사각 모양의 궤짝 뚜껑이 보였다. 열어 보니 토굴로 통하는 사다리가 놓여 있었다.

토굴의 어둠 저 깊은 곳에서, 알싸하고 시큼한 냄새가 올라왔다. 김칠복이 내주던 그 술 냄새였다. 이곳은 바로 김칠복의 밀주공장이 있는 입구였다.

김칠복은 술 이름을 송하주라고 했다. 송하거사가 만든 송하주. 임금에게 진상되는 송절주만큼은 아니지만 김칠복의 송하주도 밀주 시장에서는 인기가 꽤 있었다. 김칠복의 주 수입원은 이 밀주였다. 어마어마한 돈을 벌어들이고 있었던 것이다. 그 돈으로 김칠복은 남도 어느 섬에다 성을 짓고 따르는 사람들을 데리고 가서 자신만의 왕국을 만들고 싶어 했다. 힘깨나 쓰는 덩치들이 김칠복을 에워싸고 있을 것이다.

광백은 오른손으로 죽장검을 들어 보았다. 힘이 제대로 들어가지 않았다. 왼손으로 재빨리 일을 보고 빠져나와야 한다. 지금 상황에서 김칠복이 사람들한테 둘러싸여서 좋을 일은 없었다. 광백은 토굴 입구 문짝 반대편으로 가서 쪼그려 앉았다. 자세를 낮추고 숨을 죽였다. 죽장검을 두 손으로 잡았다. 오른손으로 방향을 잡고 왼손으로 힘을 줄 생각이었다.

문짝 아래에서 인기척이 들려왔다. 문짝이 열리면서 눈에 익은 김칠복의 몸통이 반쯤 올라왔다. 그 뒤통수를 보며 광백이 죽장검을 내질렀다. 죽장검은 김칠복의 목을 제대로 뚫고 나왔다. 김칠복은 비명도 지르지 못하고 죽었다. 한 번에 성공한 셈이었다.

"길티."

광백이 낮게 탄성을 질렀다. 시신은 토굴 바닥으로 떨어지지 않고 토굴 입구에 반쯤 걸쳐 엎어졌다. 재수가 좋았다. 광백이 김칠복을 끌어내 바닥에 눕혀놓고 단도를 꺼내 들었다. 그 내시가 김칠복을 보고 싶어 했다. 김칠복을 가져가야 했다. 김칠복은 눈을 부릅뜨고 광백을 노려보며 죽어 있었다. 그의 입에서 모주 찌꺼기와 핏덩어리가 쏟아져 나와 있었다.

"아새끼래 얼마나 잘 처먹었으믄……"

김칠복의 굵고 뚱뚱한 목을 단도로 자르면서 광백이 나직이 중얼거렸다.

광백은 김칠복의 목을 들고 안국래를 다시 찾았다.

김칠복의 목은 청지기에게 전달되었고 안국래는 저녁상을 차려놓고 광백을 맞았다. 안국래는 김칠복에 대해 이러저러 말이 없었다. 그의 입에서 나온 건 대부분 나랏일이었다. 임금의 심기를 어지럽히는 역적들의 이야기와 조선의 백년대계 같은 것들이었다. 광백은 그저 조기를 뜯고 나물을 씹고 탕을 마시며 조용히 들었다. 저녁상을 물리고 차를 내놓고 나서 안국래가 돈궤에서 엽전 꾸러미를 꺼냈다.

"자네는 새롭게 태어나야 할 것이네."

광백은 이를 쩝쩝거리며 들었다.

"도탄에 빠진 백성들과 성상을 위해 말일세."

"길티요."

안국래는 그런 말들을 좋아하는 것 같았다. 백성, 나라, 충성, 역적, 성상……

"깊고 깊은 곳에 터를 잡고 학교를 만들어 보게."

광백이 빤히 안국래를 보았다. 잘못 들었나?

"가뭄에 흉년에 버려진 아이들이 팔도에 가득할 것이네. 사내 계집을 가리지 않고 그 아이들을 거두어 보게."

"기래서요?"

"자네가 보듬고 가르쳐 인물로 만드는 것이지."

"기래서요?"

"쓰일 때가 반드시 오지 않겠나?"

"애들을 잡아다 살수로 키워라?"

안국래는 대답하지 않고 조용히 찻잔만 들었다. 광백은 찻잔에는 손도 대지 않고 돈궤만 보았다. 안국래가 돈궤를 열어 엽전 꾸러미를 꺼냈다. 광백이 들고 가기에도 힘든 무게였다.

"내 말을 알아듣는다면, 가져가게."

광백은 엽전 꾸러미를 들고 일어났다. 애들을 키운다? 귀찮긴 해도 손해 볼 것은 없었다. 게다가 오른팔이 제대로 놀 때까지 할 만한 일일 것이다 생각했다. 버려진 애들은 차고 넘쳤다.

광백은 경강주막에 맡겨놓은 말과 환도를 소달구지와 교환했다.

송하거사의 집에서 찾아낸 그 말과 환도였다. 점순이네 주막의 그 무관에게 빼앗은 것이었다. 깊고 깊은 곳이라…… 월악산이 좋을 듯했다. 흉흉한 무리들이 자주 일어난 곳이라 인적이 드물었고 관아의 눈길도 미치지 않는 곳이었다. 금을 캐기 위해 만들어졌다가 버려진 산채가 몇 군데 있었고 광백이 점찍어둔 곳도 있었다.

광백은 느긋하게 소달구지를 끌며 월악산으로 방향을 잡았다. 동냥하는 애들에게 먹을 걸 내주자 냉큼 달려들었다. 쉬웠다. 소달구지에 너도나도 타겠다고 달려들어 떼어 놓는 게 고역일 뿐이었다. 광백은 문득 아픈 어깨가 고맙다는 생각이 들었다. 아픈 어깨 때문에 김칠복을 찾았고 김칠복이 안국래로 연결되고 안국래가 지금 현재, 거저먹는 사업으로 이어졌다는 생각이 들어서였다.

월악산으로 가는 길은 평탄했고 거칠 것이 없었다. 그 길 소달구지 위에 안국래의 나라 따윈 없었다. 광백의 나라는 엽전 꾸러미 안에 온전히 들어앉아 짤랑거리고 있었다. 볍씨 서 말을 갚지 못해 맞아 죽은 부모와 길가에 버려져 굶어 죽은 동생들과 사과 한 알 때문에 아홉 살 나이에 살인을 저질렀던 광백의 조선이, 그 속에 있었다.

4. 이금(李衿)

분승지 이심원은 상기되어 있었다.

"세자의 행차가 임하는 곳마다 세자의 덕이 탁월함을 알게 되었고, 부로(父老)[41]나 서인(庶人)[42]들 치고 세자의 덕을 칭송하지 않는 자가 없으니, 이는 곧 신민의 복이옵니다."

이심원은 분승지로 세자의 온궁행을 배종하고 돌아와, 임금이 있는 경희궁에서 그간의 일을 보고하고 있었다. 이심원이 목격한 세자의 행차는 성군의 행차였다. 거리마다 백성들이 넘쳐났고 천세를 외쳤으며 끝이 보이지 않는 행렬을 이뤄 세자를

41) 부로(父老) : 나이가 많은 남자(男子) 어른.

42) 서인(庶人) : 일반 서민(庶民).

따랐다. 저자에서 돌던 세자에 대한 부정적인 소문들은 격앙된 칭송으로 바뀌었다.

세자가 정신병에 걸렸다, 포악무도하다, 정사를 방기하고 여색에 빠져 있다, 심지어는 세자가 꼽추 등에 사팔뜨기라는 소문들 모두 거리에 나타난 세자를 목격한 이후 씻은 듯이 사라졌다.

이심원은 세자가 얼마나 정성을 다해 백성들을 살피고 구휼했는지 보고했다. 나라와 임금의 근심이 못미더울 세자에게 있다는 세간의 의심이 잘못되었음을 임금에게 알리고 싶었다. 심려를 놓으소서, 이심원은 그 말이 하고 싶었던 것이다.

긴 보고를 마치고 고개를 들었을 때 이심원은 불편하고 건조한 공기가 이 편전 안에 흐르고 있음을 느꼈다. 편전 안은 지나치게 조용하고 무거웠다. 영의정 김상로만이 속내를 알 수 없는 그 하회탈 같은 미소로 이심원을 바라보고 있었다.

도승지 이경호가 그 정적을 깼다.

"세자가 문안하기를 하령하옵니다."

"고생 많았으니, 올 것 없이, 쉬라고 일러라."

한동안 말없이 묵묵히 있던 임금이 답했다. 이심원은 임금의 말을 이해할 수 없었다. 생애 처음으로 먼 길을 갔다 돌아온 세자였다. 분조까지 해가며 떠났던 왕세자의 대행차가 복귀해 문안을 드리려 하는데 오지 말란다. 편전에서 물러나면서, 이심원은 세자가 있는 동궁 저 너머에서 먹구름이 밀려오는 것을 보았다. 짙고 검었다.

조선 21대 임금인 이금(李衿)은 태령전 뒤 서암으로 나갔다.

서암은 원래 왕암으로 불렸었다. 왕암이 있는 곳에 광해군이 서궐을 짓고 경덕궁이라 이름 하였다. 이금은 왕이 된 뒤 원종 임금의 시호가 경덕이라 음이 같은 것을 피하기 위해 경희궁으로 바꿔 불렀다. 왕암은 숙종 임금이 상서로운 바위라 하여 서암이라 이름 지었다.

왕암. 왕의 기운이 서린 바위. 이금은 이 서궐이 좋았고 이 서암이 좋았다. 임진란 때 불에 타 버린 경복궁도, 그 이후 정궁으로 쓰던 창덕궁도 이금에게는 온전히 자신의 것이 아닌 것 같았다.

창덕궁은 어지럽고 혼탁했다. 창덕궁에 있으면 황형 경종의 그림자가, 보위에 올라 지금에 이른 그 시간들이, 동궁에 자리 잡은 아들 이선의 현재와 미래가 밤낮없이 이금의 자리를 어지럽혔다. 게다가 석양이라도 시뻘건 날이면, 창덕궁은 소론의 그 핏빛으로 물들었다.

임금이라는 것은 무엇인가, 임금이 된다는 것은 무엇인가. 창덕궁 속에 있으면 이금은 그런 질문들 속에서 갈피를 잡아야 했다. 특히 아들 이선, 나이 마흔에 얻은 유일한 적자, 삼종의 혈맥, 보위를 이어갈 왕세자, 그리고 이제는 그 속을 알 수 없는, 장성한 아들. 그 아들 이선을 정의할 수 있어야 했다.

치세 36년. 나이 예순일곱의 이금은 동궁이 있는 창덕궁을 떠나 이궁(離宮)[43]으로 쓰던 이 경희궁에 있으면서 비로소 자신과 아들의 관계를 간명하게 정의할 수 있었다.

정적.

정치적 적대관계.

정의가 간단해질수록, 마음속의 혼란도 줄어들었다.

이금은 영의정 김상로를 불렀다.

김상로는 표정에 변화가 없는 탈을 가진 사람이었다. 희미하게 웃고 있는 그 얼굴. 격정도 분노도 드러내지 않는 얼굴로 거당 노론을 이끌고 있는 인물. 배종하는 별감들과 내관들과 나인들을 저만큼 물리치고 이금은 김상로와 함께 했다. 서암에서 솟아나 흐르는 샘물을 보며 이금이 말했다.

"세자는 어떠한가?"

---

43) 이궁(離宮) : 임금이 머무는 정궁 외에 별도로 만든 별궁.

김상로는 쉽게 대답하지 않고 생각을 고르는 듯했다. 세자의 신체적 안부를 묻는 것인지, 세자의 정치적 안위를 묻는 것인지 알 수 없었다. 그러나 김상로는 답해야 했다.

"강하옵니다."

이금이 낮게 신음을 내뱉었다. 김상로는 미동도 하지 않았다. 세자 이선에 대한 노론의 태도는 분명했다. 폐세자 그리고 택군(擇君). 세자를 폐하고 다른 이를 선택해 보위에 올린다.

노론은 소론의 경종 아래에서, 이금을 왕세제로 추대한 뒤 대리청정으로 정국을 주도한 경험이 있었다. 이금을 보위에 올린 선례가 있었다. 소론의 임금 아래에서도 노론은 성공했었다. 하물며 노론이 추대한 왕 이금 아래에서, 그들이 어려울 것은 없었다.

왕세자 이선을 폐하고 노론의 인물로 택군하려는 것이 노론의 당론이었다. 임금 앞에서는 아무도 입 밖에 드러내지 않았지만 노론 대신들도 임금도 알고 있었다. 임금의 결심이 중요했다. 임금은 그 누구보다 격렬하게 세자에 대해 분개하고 세자를 적대시했다. 하지만 만 번을 결심한다 해도, 혈육이고 아들이었다. 나이 마흔에 낳은 유일한 아들.

그 누구도 임금의 아들을 폐하자고 임금의 면전에 말할 순 없었다. 소론의 숙청 그 이상의 피바람이 노론을 향해 불어올지 알 수 없었다. 그들의 왕 이금은 충분히 그러고도 남을 사람이었다. 불안과 연민과 공포와 분노의 왕.

한참이 지나고 이금이 다시 입을 열었다.

"세손은 어떠한가?"

"강하옵니다."

김상로는 세손에 대해서도 준비되어 있었다.

"허나 공경하고 삼가는 자질이 지극하여 만민의 홍복이옵니다."

이것 또한 김상로는 준비하고 있었다. 이금이 김상로를 보았다. 아들을 버리고 손자를 택하소서, 그런 말이었다. 노론의 대의가 세손 이산에게 기울어 있음이 분명했다. 허나 그 또한 언제든 변할 수 있었다. 세손이 제 아비처럼 노론의 당론을 거부할 때는 또 다른 허수아비를 찾을 것이다.

이금은 그런 노론의 머릿속을 알았다. 알지만 어쩔 수 없었다. 노론은 조정 곳곳에 씨를 뿌리고 있었다. 한양은 노론의 땅이나 마찬가지였다. 노론을 척결하자면 엄청난 피를 보아야 했다. 이인좌의 난과 나주 벽서 사건으로 초토화된 소론의 옥사는 아무것도 아니었다. 조정 대신의 태반이 노론을 등에 업고 있었다. 옥과 형틀이 남아나질 않을 것이었다. 게다가 이금 자신의 정체성과 행보에 노론은 필수불가결한 것이었다. 노론의 왕,

이금.

어찌할까, 어찌할까…… 이금의 눈에 눈물이 그득그득 고이더니 떨어지기 시작했다. 예순이 넘으면서 훌쩍 눈물이 많아진 왕. 김상로가 황망히 엎드렸다. 배종하던 자들이 무슨 일인지도 모른 채 저만치서 우르르 엎드리기 시작했다.

"내 나이 예순을 넘기고도 벌써 일곱…… 너무 오래 살았다."

"전하. 어찌 차마 들을 수 없는 말씀을 하십니까?"

김상로는 엎드린 채 울먹이는 소리를 냈다. 김상로가 얼굴을 들지 않아 그의 표정이 어떤지 알 수 없었다. 이금은 김상로의 얼굴을 보고 싶었지만 김상로는 끝내 얼굴을 들지 않았다. 이금은 흐르는 눈물을 닦고, 엎드린 자들을 가르고, 서암을 떠났다.

이금은 속이 탔다.

속이 타니 자연스레 관절들이 쑤셔왔다. 뼈마디 삭신이 쑤시고 아파 견딜 수가 없는 얼굴로 앓았다.

"뼈가 끊어지는 것 같구나."

주위의 내관들과 나인들의 안색이 파랗게 질렸다. 침전으로 들고 어의가 오고 주변이 이리저리 분주해졌다. 어의가 진맥을 하고 병증을 묻고 하면 이금은 짜증을 냈다.

"하루 이틀도 아닌데 뭐가 이리 경망한가?"

이금의 호통이 커지면 다들 납작 엎드리기만 할 뿐이었다. 이금의 눈꼬리가 치켜 올라갔다.

"아무도 없나? 아무도? 아무도 내 병을 몰라?"

이때쯤이면 늘 그랬던 것처럼 내시부 상선이 나섰다.

"좋은 약도 오래 가까이하면 무뎌지지 않겠습니까? 약보다도 송절차로 우선 심기를 편안히 다스리심이 옳지 않겠습니까?"

약방제조에게 상선이 물었다. 그러면 모두가 안도의 한숨을 쉬었다. 약방제조도 상선의 말이 옳다고 수긍하면, 이금은 못 들은 척 외면했다. 한동안 법석을 떨던 사람들이 모두 나가면 송절차가 침전으로 진상되었다.

송절차. 소나무 가지의 마디로 빚은 차. 그 송절차가 삶은 밤과 함께 소반에 담겨 있다.

이금은 송절차를 연거푸 마시고 나자 좀 살 것 같은 얼굴을 했다. 기실 송절차라고 올라온 것은 송절주였다. 하반신 관절이 좋지 않을 때 이금은 송절주를 자주 마셨고 효과도 좋은 편이었다. 하지만 강력한 금주령을 시행하고 있던 터, 왕이 술을 마신다면 체면이 아니기에 송절주는 분주한 과정을 거쳐 침전으로 들어 올 수 있었다.

우선 이금의 앓는 소리가 필요하고, 주변의 난리법석이 필요하고, 어의의 진맥이 필요하고, 상선의 제안이 필요했다. 행여 술이 문제가 되면, 송절주를 송절차라 잘못 올린 내관이나 나인들이 죽어나면 그만일 뿐이었다. 허나 단 한 번도 그런 일은 없었다.

도성의 어린아이들까지 그들의 임금이 뒤로 호박씨를 까고 있단 걸 알고 있었지만 입 밖에 내지 않았다. 사대부 고관대작의 저택 은밀한 곳에서는 항상 술 냄새를 풍기는 이상한 차들이 있었다. 그들은 그들의 임금을 따라 자주 하반신 관절이 좋지 않았고 자주 차를 나눠 마시며 밤늦게까지 차에 취해 있었다.

밤늦은 시간, 이금은 병조판서 홍계희를 불렀다.

홍계희는 노론의 중진, 병조에서 잔뼈가 굵은 노론의 실세였다. 이금은 홍계희에게서 무기 든 자들의 생각을 듣고 싶었다. 왕이 연신 내어주는 차에 홍계희의 얼굴도 벌겋게 달아올랐다.

"강하시옵니다."

이놈들이 작정하고 모두 입을 맞췄나. 하나같이 강하다는 대답만 할 뿐이었다. 그러고는 홍계희가 입을 꾹 다물었다. 오늘 서암에서 김상로와 있었던 일들을 이미 노론 대신들이 주고받고 한 모양이었다. 이금이 차 한 잔을 더 내주고 자기 잔을 비웠다. 잔을 비우고 삶은 밤 하나를 안주 삼아 오물거리던 이금의 눈빛이 가늘게 찢어졌다.

"세자가 낫는다면 올해가 가기 전에 나는 태상왕(太上王)[44]으로 물러날 생각인데…… 어떤가?"

왕위를 세자에게 넘겨주고 물러나겠다는 소리였다. 홍계희의 눈이 터질 듯이 부풀어 오르더니 바닥에 머리를 찧으며 넙죽 엎드렸다.

"전하! 어찌 아니 되실 말씀을 하시옵니까? 그 말씀을 들은 제 귀를 잘라내어야 하겠사옵니다!"

물론 이금도 진심이 아니요, 홍계희도 진심이 아니었다. 전위하겠다 양위하겠다 했던 소동이 얼마나 많았던가. 임금은 갈피를 잡을 수 없는 자신의 어지러움을 신하들에게 떠넘기려 했다. 상대의 의중을 떠보기 위한 임금의 이런 행동은 수시로 있었다. 하지만 홍계희도 여우 중의 여우라고 소문난 자였다.

"내가 죽고 나면 자네들은 세자를 잘 보필할 수 있겠나?"

홍계희가 신음소리를 냈다. 대답이 궁색해진 모양이었다. 그 어떤 방향의 대답도 자신 앞에 앉은 왕의 심기를 만족스럽게

---

44) 태상왕(太上王) : 임금이 생존 시에 왕위를 선양하고 물러났을 때 부르는 칭호.

채울 수 없다는 걸 홍계희는 잘 알고 있었다. 갑자기 홍계희가 울기 시작했다. 이금은 일순 당황하다가 기분이 언짢아졌다.

"이 무슨 해괴한 짓인가? 계집처럼 울기만 할 텐가?"

홍계희는 머리를 땅에 박고 더 큰 소리로 울기 시작했다. 결국 이금이 화를 냈다.

"듣기 싫다. 물러가라."

홍계희는 울면서 내관들에 의해 끌려나갔다. 침전 밖으로 나가 뜨락의 차비문을 지날 때 홍계희의 눈물은 이미 말라 있었다. 오히려 안도의 미소가 감돌았다. 사지에서 살아 돌아온 자의 안도감. 아주 위험한 질문이었다. 그 질문에 어떤 대답을 했어도 홍계희는 안전하지 못했을 것이다.

궁을 나서면서, 홍계희는 다시 한 번 영의정 김상로가 대단한 사람임을 알게 되었다. 김상로는 서암에서 임금을 만나고 돌아온 뒤 노론의 중진들을 불러 모았었다.

"오늘 중으로 성상께서 누구든 부르실 걸세. 분명히 질문이 과하시고 답이 궁해질 때가 올 걸세. 살고들 싶다면 신중해야 할 게야."

그때 인삼차를 홀짝거리던 대신 하나가 질문하지 않았던가. 홍계희였다.

"그땐 뭐라 합니까?"

"그냥…… 울어버리든지……"

이금은 그 뒤로 송절차를 더 마셨다.

마셔도 마셔도 취하지 않는 밤이었다. 홍계희를 보내고 이금은 잠이 오지 않았다. 이리 뒤척 저리 뒤척하던 이금은 심부름 하는 대전별감을 불러들였다.

"안국동으로 좀 다녀오너라."

"바로 모셔오겠습니다."

별감이 안국동하면 누군지 알고 있는 듯 넙죽 응답했다. 대전별감이 바람같이 궁을 빠져나갔다. 안국동이면 풍산 홍씨 홍봉한이 있는 곳. 홍봉한은 아들 이선의 장인이자 세자빈 홍씨의 아버지. 지금은 호조판서로 있지만 영의정 김상로와 함께 노론을 이끌고 있는 쌍두마차. 조만간 정승에 오르리라는 건 누구나 다 알고 있었다. 외척이 득세하는 걸 극도로 경계해 왔지만 홍봉한은 흠잡을 데가 없는 인물이었다.

단 한 번도 실수한 걸 본 적이 없었다. 마음에 드는 신하였고 의지할 만한 인품이었다. 그래, 홍봉한이면 가장 정확한 답을 알고 있을 게야. 이금은 오늘따라 명확하고 선명한 답을 원했다. 세자가 온궁에 다녀온 이후 번다한 대소사로 머릿속이 분주하다가도 종래는 아들 이선의 생각으로 가득 차버렸다. 뭐가 됐든 빨리 결정해 버리고 싶었다.

얼마간 지났을까. 자다 말고 왔음직한 홍봉한이 부리나케 침전으로 들어섰다. 홍봉한의 시선에 빈 술병들과 송절주의 술 냄새가 진동하는 침전의 어지러움이 잡혔다. 임금의 어지러움과 이곳을 다녀간 신하들의 어지러움이 분별없이 다가왔다. 홍봉한은 낮게 엎드리며 부복했다.

이금이 혀 꼬인 소리를 냈다.

"늦은 시간인데 실례가 많네."

"아니옵니다, 전하."

"차 한 잔…… 하겠나?"

이금의 손에 이미 술을 채운 잔 하나가 들려 있다. 홍봉한이 조심히 다가가 두 손으로 공손히 잔을 받았다.

"차라도…… 같이 건배하세나."

임금이 오늘따라 다정다감했다. 이런 날은 극도로 좋은 일이 있거나 우울한 날이었다. 아마도 후자이리라. 홍봉한은 바짝 긴장할 수밖에 없었다. 임금과 신하가 건배하고 송절주를 마셨다. 잔을 비우고 나서 이금은 많이 비틀거렸고 상 위의 수저를 바닥에 떨어뜨렸다. 홍봉한이 급히 다가왔지만 이금이 손을 내저으며 말했다.

"경의 사위를 보았나?"

술기운으로 탁하고 갈라진 음성이었다. 홍봉한의 사위라면 이선이다. 왕세자 이선. 세자는 장인에게 서신을 보내 안부를 묻고 정세를 묻곤 했다. 사돈에게 아들을 보았냐 묻는 이금의 얼굴이 목소리만큼 탁해 보였다.

"창덕궁으로 환궁하시고 나서 서신만 한 장 받았사옵니다."

"무슨 내용이었나?"

"저와 안국동 식솔들의 안부. 그리고 다녀오신 소감을 간단하게 보냈사옵니다."

"다녀온 소감이라면?"

"굶주린 백성들에 대한 걱정뿐 전하께서 염려하시는 것은 없었사옵니다."

일순 이금의 얼굴이 싸늘해졌다. 홍봉한은 등짝에 식은땀이 흐르는 걸 느꼈다.

"경은 내가 뭘 염려한다고 생각하는가?"

대답 여부에 따라 사돈일지라도, 노론 대신일지라도 하루아침에 갓 떨어진 신세가 될 수도 있었다. 하지만 홍봉한은 신중하고 조심스러웠다.

"세자저하의 방만함…… 전하께서 경계하시는 것은 오로지 그 하나인 줄로 아옵니다."

가장 단순하고 명확한 답이었다. 홍봉한은 이리저리 돌아가지 않는 신하였다. 쉬웠다. 쉬워서 편했다. 이금이 한층 누그러진 얼굴이 되었다.

"들게. 경이라면 내 밤새도록 이 송절차를 마셔도 끄떡없겠네."

홍봉한은 이금이 내어주는 술잔을 공손히 받았다. 이금은 기분이 한결 좋아졌다. 지난했던 과거사와 시집살이하는 옹주들에 대한 얘기 등이 술상 위로 올랐다. 웃음이 터지기도 했다.

"생각나는가? 경이 별시에 급제한 날, 내 얼마나 기뻤던지……"

홍봉한은 술기운이 확 달아났다. 서른이 넘어서도 연신 과거에 떨어진 홍봉한은 딸이 세자빈이 되고 나서야 과거에 합격했다. 딸이 대혼을 치른 그해 가을, 임금의 병환이 나은 것을 핑계로 치른 별시에서였다. 하지만 그 별시는 사실, 왕세자의 장인이었던 홍봉한 하나를 합격시키기 위해 치른 별시나 마찬가지였다.

반쪽짜리 과거라고 주변에서 얼마나 수군거렸던가. 과거도 안 보고 음보(蔭補)[45]로 관직에 나아가 처음 맡았던 벼슬이 능지기라 할 수 있는 종9품 의릉 참봉. 후락한 처지였지만 노론

45) 음보(蔭補) : 과거를 보지 않고 조상의 덕으로 벼슬을 얻음.

명문가의 후손이라 자처했던 홍봉한이 소론의 왕이라 할 수 있는 경종과 경종의 계비 어씨의 능인 의릉을 지키는 능지기가 되었던 것이다.

그런 홍봉한이 인생의 탈출구로 시도했던 게 딸의 세자빈 간택이었다. 가난한 집안 형편에다 딸의 평생이 걸린 일이라 극구 말리던 아내의 반대에도 불구하고 이리저리 빚을 내 마구잡이로 밀어붙인 일생일대의 모험이 성공했던 셈이었다.

세자빈 간택이 이루어지고 나서는 일사천리였다. 가난했지만 노론 명문가라는 배경과 몸에 밴 신중한 처신이 임금의 눈에 든 홍봉한은 승승장구했다. 외척들 중에 과거에 급제한 인물이 하나도 없었다는 것도 그의 독주가 탄력을 받은 이유이기도 했다. 과거에 합격하자마자 세자시강원 벼슬인 정5품 문학을 제수받더니 일 년도 안 돼 종2품 광주 부윤에 올랐다. 파격이었다. 상서를 올려 홍봉한의 파격을 성토한 신하마저 나왔다. 그렇게 중앙정계에 진출한 홍봉한은 노론 내에서도 입지를 다져 이제는 노론의 중심이 되었다.

진흙탕 같은 밑바닥에서 출발해 지금의 위치에 오른 인물 홍봉한. 이금은 홍봉한에게서 동질감을 느끼고 있었다. 홍봉한을 보면 궁에서 쫓겨나 사가에서 빈한하게 살았던 왕자 시절의 이금 자신이 보였다. 일생일대의 기회를 만나 놓치지 않고 아득바

득 꼭대기로 올라왔던 전력이 보였다. 홍봉한이라면 현재 이금의 심정을 가장 잘 알고 있을 듯했다. 명확한 답을 내릴 수 있는 신하. 이금은 오늘 밤 작정한 모양이었다.

"경이 보기에 세자가 강해 보이나?"

"저하께선 한없이 강하시며 또한 한없이 약한 분이십니다."

"자세히 말해 주겠나?"

"심중에 든 것을 지키려 하는 신념은 그 누구도 꺾을 수 없는 자질을 타고나셨습니다. 아마도 그것은 전하를 그대로 닮은 듯 하옵니다. 그것이 너무도 강해 아무리 감춘다 해도 드러나게 되어 있습니다."

"약하다는 것은?"

"시세를 읽는 눈, 정치를 해나갈 보폭은 한없이 나약하십니다. 신념과 상충하면 정치를 보지 않으려 하십니다. 그러니 마음의 병이 생기고 그 마음의 병이 몸으로 드러나 종창이 되고 혹은 학질이 되어 고생하시는 것입니다."

"세자의 신념은 무엇이고 세자의 정치는 무엇인가?"

세자의 신념과 정치. 이 두 명제는 곧 세자의 생사를 갈라놓을 수도 있는 문제였다. 노론의 병풍으로 둘러싸인 조정에서, 게다가 나주 벽서 사건으로 소론에 대한 임금의 분노가 하늘을 찌르는 상황에서도 세자는 소론을 껴안고 있었다. 그것이 노론으로 하여금 세자에게 등을 돌리게 한 가장 큰 이유였고, 왕 이금이 아들을 두고 갈팡질팡하게 된 이유이기도 했다.

이금은 아들 이선을 회유하려 숱하게 노력했다. 겁박도 해보고 달래보기도 했지만, 아들 이선은 소론을 주살한 아버지를 멀리했고 아버지의 정치를 불신했다. 나날이 그 틈이 벌어졌다. 이금은 아들에게 아버지로도 임금으로도 존경받지 못한다는 기분이 들 때가 가장 힘들었다.

세자의 신념이 소론 살리기이며 그 정치가 아버지의 대의를 따르지 않는 것이라면, 세자는 살아남기 힘들어진다. 세자의 진심을 드러나게 하겠다는 것. 분조까지 해가며 온궁으로 세자를 보낸 이유는 그것이었다.

온궁에서 세자가 어떤 행동을 취한다면? 그러기엔 온궁은 너무나 좋은 조건을 가지고 있었다. 온궁은 아버지 임금을 향한 세자의 진심을 파악할 수 있는 가장 좋은 시험대였다. 만약 세자가 자신의 진심을 노골적으로 드러낸다면? 그때 이금은 아들 이선을 자신의 정적이라고 공개적으로 선언할 수 있었다. 노론 대신들이 세자의 온궁행을 반대하지 않은 것은 그런 이금의 생각을 읽어냈기 때문이었다.

그런데 세자는 온궁에서 너무나 착실하게 정양하고 돌아와 버렸다.

"저하의……"

홍봉한이 입을 열었다. 이금의 귀가 예민해졌다. 홍봉한의 대답에 따라 내일 해가 뜬 후에 천지가 개벽할 일이 생길지도 몰랐다. 홍봉한이 옷매무새를 신중히 다듬고 무릎을 꿇었다. 그리고 한 치의 흐트러짐도 없이 머리를 조아렸다.

"세자 저하의 신념은 탕평입니다. 저하의 정치는 타협 없는 일관성입니다."

팽팽하던 이금의 긴장이 한순간 주르륵 풀려버렸다. 홍봉한의 대답은 간단했으며 명료했다. 허나 맥 빠지고 싱거웠다. 그것 말고 또 있는가. 이금이 가지고 있던 생각 그대로였다. 탕평은 이금이 제위에 오르고 나서 국시로 삼았던 명제였다. 평생 추구한 게 탕평이었다.

아들 이선이 노론이니 소론이니 당을 떠나 탕평한다면 반기고 반길 일이었다. 하지만 아버지 이금의 탕평이 소론 주살과 노론의 득세로 이어지고 있다면, 아들 이선의 탕평은 백척간두에 선 소론에 동정적인 것이 차이였다. 주위의 대신들과 임금인 아버지에게 배척당하면서도, 아들 이선은 소론을 버리지 못했다. 도대체 왜? 이선은 단지 한 집단의 기득권을 위해서 부당하게 많은 피가 소모되고 있다고 여겼다. 살육의 굿판이 벌어질 정도의 죄악은 아니라고 생각했다.

세자와 노론의 아주 작은 생각의 차이가 여기까지 오고야 말았다. 같이 돌멩이를 던지자고 요구할 때 세자 이선은 돌멩이를 던지지 않았다. 그 이유로 돌멩이를 든 자들의 돌팔매는 세자에게로 향했다. 생각이 다른 자들의 살기, 문(文)의 살기를 경계한 이유로 대리청정하는 저군을 향해서도 돌팔매는 거침이 없었다.

침전 안은 지나치게 조용했다.

세자 이선의 신념이 소론이 아니라 탕평이라 한 홍봉한의 대답이 나온 뒤로 이금은 침묵했다. 아들 이선의 신념이 소론 살리기라고 했다면 세자는 내일 아침 살아날 수 있을까. 딸의 사위이기 때문일까. 세자가 임금이 되면 국구(國舅)[46]에 오를 수 있기 때문일까. 홍봉한은 자신의 거대일당 노론을 거역하고 정치적 신임을 계속 유지할 수 있을까.

그런데도 홍봉한은 탕평이라고 했다. 노론의 거두가 세자를 껴안는 발언을 했다. 노론이라면 이가 갈리도록 죽이고 싶은 작자들이 소론이다. 행여 소론이 살아날 조그만 불씨도 남겨둬선 안 되는 것이었다. 만약 홍봉한의 입에서 탕평이 아니라 소론이

46) 국구(國舅) : 임금의 장인.

라는 말이 나왔다면 이금은 아들 이선을 칠 명분으로 홍봉한을 전면에 내세웠을 것이다. 어쩌면 아들을 친 연후에 그 정리 작업으로 홍봉한을 희생양으로 돌려세울 수도 있을 것이다. 이금은 그런 면에서 노련하기 이를 데 없는 정치고수였고 홍봉한은 그 점을 파악하고 경계했을 것이다.

홍봉한은 신중하고 영악했다.

지금 조정의 대신들 대부분이 그랬다. 아버지와 아들의 불꽃 튀는 신경전 앞에서 모든 대신들은 신중하고 영악해야지만 살아남을 수 있었다. 간단하게 정의내린 홍봉한의 그 해답 앞에서 이금은 아무것도 달라질 게 없는 새벽을 맞이했다.

이금은 선을 긋고 싶었다. 오늘 밤이 가기 전에 혼란을 해치울 선을 그어서 이쪽과 저쪽을 분명히 해두고 싶었다. 필요하면 칼을 들고, 필요하면 아들의 피를 바쳐서라도 명확하게 선을 긋고 싶었다. 하지만 홍봉한이 내민 선은 명료함에도 불구하고 이쪽과 저쪽을 가를 수 있는 명분을 주지 않았다. 이금은 홍봉한을 내보내면서 술 취한 음성으로 느릿느릿 몇 마디 말을 덧붙였다.

"나중에 경의 생각이 바뀐다면…… 세자의 생사가 경의 세 치 혀에 달렸다는 생각이 들 수도 있겠네 그려."

홍봉한은 얼굴이 파래지며 침전 장지문 밖 복도에 납작 엎드렸다. 홍봉한이 고개를 든 건 이금이 술상 옆에서 그대로 잠이 들어 코 고는 소리가 침전 안을 쩌렁쩌렁 울릴 때였다. 홍봉한은 내관들과 나인들이 술상을 내가고 왕의 이부자리를 보살필 때까지 그렇게 침전 복도에 부복하고 있었다. 엎드린 홍봉한은 한겨울 사시나무 떨듯 떨었다.

5. 안국래(安國來)

달이 크고 밝았다.

광통교 아래 시냇물 위로 달이 천연덕스럽게 누워 있었다. 그 다리 위에 서서 하늘에 뜬 달과 물 위에 뜬 달을 하염없이 바라보던 사내가 몸을 돌려 자리를 떴다. 깊은 흑립(黑笠)[47]에다 청에서 수입한 최고급 비단 도포를 입은 사내. 그 흑립의 사내가 걸음을 놓을 때마다 좋은 향이 났다.

흑립의 사내는 천변 뒷골목을 이리저리 거닐다 어느 엽초전(葉草廛)[48] 앞에 멈춰 섰다. 엽초전 입구에는 덩치 큰 왈패 두 놈

---

47) 흑립(黑笠) : 검은색 옻칠을 한 갓.

48) 엽초전(葉草廛) : 담배를 파는 시전.

이 경계하듯 서 있었다. 그 덩치들은 엽초전 출입을 감시하는 중이었다. 행인들 몇이 들어가려다 덩치들에게 떠밀려 쫓겨나고 있었다. 흑립의 사내가 그들에게로 다가갔다. 덩치들이 사내를 아래위로 훑었다.

"알고 오신 게요?"

흑립의 사내가 말없이 소매에서 빨간 종이를 꺼내 덩치에게 내밀었다.

'月下同煙'

빨간 종이에는 달빛 아래 같이 담배를 피운다는 뜻의 '월하동연' 네 글자만 쓰여 있었다. 덩치가 길을 터주자 사내가 미끄러지듯 엽초전 안으로 들어갔다.

엽초전 안에는 담배 연기가 이미 자욱하게 차 있었다.

갓 쓴 사내들이 모여 앉아 장죽을 물고 있었다. 하고 있는 차림새로 보아 여항의 한량들이 아니었다. 금옥과 수정, 산호로 치장한 갓끈만 보아도 이들이 당상관 대감은 차고도 넘침을 알 수 있었다.

그들이 피우는 담배도 최고급이었다. 평안도의 삼등초와 전라도의 진안초, 그리고 한양의 종성연이 기본이었다. 담배침도 금과 은으로 호화롭게 장식되어 있었다. 부귀와 권력. 그 두 개의 인광이 이 퀴퀴하고 좁고 어두운 엽초전 안을 부라리며 앉아 있었다.

방금 안으로 들어온 흑립의 사내가 자리에 앉자 누군가가 장죽 하나를 건넸다. 흑립의 사내가 능숙하게 불을 붙여 장죽을 물자 장죽을 건넨 사내가 좌우를 돌아보며 말했다.

"승전색 안국래 영감이오."

장죽을 건네받았던 흑립의 사내, 안국래가 공손하게 인사했다. 주변의 사내들이 모두 가볍게 끄덕이며 말없이 인사를 보냈다. 흑립 아래로 안국래의 시선이 그들을 훑었다.

안국래 옆에 앉은 사십 대의 남자는 새로 계비가 된 김씨의 아비이며 국구이자 금위대장인 김한구였다. 그 옆으로 묵묵히 장죽의 담배 연기를 피워 올리는 인물은 홍봉한의 배다른 동생이자 한성부 우윤으로 있는 홍인한이었다. 그 옆으로 경강에서 세자를 배종했던 경기감사 윤급이 앉아 있었다. 상석에 앉아 있는 사내는 영의정 김상로였다. 그 김상로 옆에 병조판서 홍계희가 있었다. 들어오던 안국래에게 장죽을 건넨 사내, 이 모임의 사회를 맡고 있는 자가 홍계희였다.

모두가 쟁쟁한 인물들이었다. 천변 뒷골목 엽초전에는 전혀 어울리지 않는 조정의 거물들이 한 자리에 모여 있는 셈이었다. 김한구, 홍인한, 윤급, 홍계희 그리고 김상로까지. 이들은 자신의 모임을 야연회(夜煙會)라 불렀다.

야연회는 노론의 핵심 거물들로 구성되어 있었다. 호조판서 홍봉한도 이 야연회의 일원이었지만 임금의 장인인 김한구가 야연회에서 자리를 잡아나가자 슬그머니 발을 빼고 있는 상태였다. 대신 동생 홍인한이 그 자리를 메우고 있었다. 그 야연회의 모임에 안국래가 초대받은 것이었다.

"승전색 되신 지 두 해가 넘었지요?"

장죽을 땅땅, 재를 털며 말을 건넨 자는 김상로였다.

"그렇습니다."

"매사 일 처리에 공정하고 충심이 깊어 칭찬이 자자하더이다."

"감사합니다."

"내시부에선 상선 벼슬이 제일 위라지요?"

"그렇습니다."

김상로는 거기에서 말을 멈췄다. 안국래도 더 이상 말을 하지 않았다. 좌중에 조용히 담배 연기만 올랐다. 내시부에서 상선 벼슬이 제일 높은 건 누구나 다 알고 있었다. 몰라서 던진 질문이 아니었다. 안국래를 상선 벼슬에 올릴 수 있는 능력을 가진 사람들. 한동안 정적이 흐르고 나서 홍계희가 나섰다.

"승전색 영감은 여기 이 자리가 얼마나 중한지 잘 알게요."

시선이 안국래에게 쏠리고, 안국래가 신중한 표정으로 자세를 고쳐 앉자 홍계희가 말을 이어갔다.

“우리 야연회는 조선의 백년지대계를 이끌어가는 자부심으로 뭉친 모임이오. 조선 사대부의 살아있는 정신이 바로 우리 야연회라 할 수 있소.”

한동안 길어질 듯한 홍계희의 말을 툭 하니 끊고 나오는 자가 있었다. 홍인한이었다.

“당신이 한다는 그 사업…… 좀 들을 수 있겠소?”

서른여덟의 홍인한은 날카로운 매의 눈을 하고 있었다. 가장 젊은 축에 드는 나이였지만 언변과 눈빛이 가리고 어려워하는 기색이 없었다. 안국래가 한 모금 길게 담배 연기를 피워 올리고 나서 장죽을 입에서 떼었다. 좌중을 둘러보는 안국래의 눈빛도 만만치 않았다. 내관들의 수동적인 소심함 따위 보이지 않았다. 한마디로, 불알 없는 사내의 기색은 없었다.

“저는 성상의 언로를 전달하는 승전색입니다.”

모두 묵묵히 안국래의 말을 들었다. 안국래가 홍인한에게 홍인한과 같은 시선을 던졌다.

“그리고 또, 사람을 처리해 드립니다.”

담배 연기가 허공에서 멈췄다. 홍인한이 손을 휘저으며 또 나섰다.

"사람을 처리한다는 것은?"

"같은 하늘 아래에서 같이 숨쉬기 곤란한 자가 있다면, 처리해 드립니다."

"청부…… 살수를 한단 말이오?"

누군가의 목젖이 크게 울렸다. 윤급이었다.

"그렇게 해석해도 무방합니다만."

서로 말문이 막힌 모양이었다. 안국래는 거침이 없었다. 만약 그 말이 사실이라면 내일 당장 끌고 가 목을 댕강 날릴 사람들 앞에서, 거침이 없었다. 안국래가 끊었던 말을 이어나갔다.

"오로지 재물로만 일을 맡진 않습니다."

"허어 거참……"

김한구였다. 심히 듣기 거북한 모양이었다. 하지만 안국래는 차분하게 말을 이어나갔다.

"몇 가지 조건이 있습니다. 시정의 잡다한 개인사는 청부받지 않습니다. 나랏일에 이로운가를 따져 일을 합니다. 그리고 군자의 당을 위해서만 일을 합니다."

군자의 당이라면……? 모두가 안국래의 마지막 발언에 귀를 기울였다. 홍계희가 나섰다.

"군자의 당이라면 어딜 말하는 게요?"

"지금 조선에 군자의 당이 여러 개가 있답니까? 대신들께서 타고 앉으신 당이 바로 군자당이라 알고 있습니다."

안국래는 노론을 위해서만 일을 한다는 뜻이었다. 군자의 당이라서? 그 이유만으로는 뭔가 부족했다. 역시 홍인한이 집요했다.

"이유는?"

"거대 일당이기 때문입니다."

안국래의 이유는 단순했다. 노론은 거대 권력이었다. 가장 강력한 권력을 위해 일한다는 말이었다. 단순했기 때문에 안국래의 말은 설득력이 있었다.

"충심에서 하는 일인 게로군."

김상로가 수염을 쓸어내리며 하회탈 같은 웃음을 지어 보였다. 그제야 번다한 상황이 정리되는 모습이었다. 안국래가 작게 기침 소리를 냈다.

"그래서 드리는 말씀입니다만."

시선이 다시 안국래에게로 모여 들었다.

"제 사업을 인정해 주신다면 여러분들이 원하시는 사람을 처리해 드릴 수 있습니다."

모두들 침을 꿀꺽 삼켰다.

"그게…… 누구요?"

윤급이 물었다. 안국래는 준비된 사람처럼 차분하고 담담했다.

"왕이 되어선 안 되는 사람."

숨소리도 흘러나오지 않았다. 안국래가 장죽을 조심스레 내려놓고 별다른 대답을 듣지도 않은 채 엽초전을 나가고 한참이 지났지만 누구 하나 입을 여는 자가 없었다. 엽초전 안은 극단적으로 무겁게 가라앉은 채, 인경의 북소리를 맞이하고 있었다.

며칠 후, 안국래는 누군가의 호출을 받고 경강의 정자로 향했다.

안국래가 정자 위로 오르자 작은 소반 앞에 갓 쓴 사내가 기다리고 있었다. 야연회에서 사회를 보던 병판 홍계희였다.

"어서 오시오."

홍계희가 자리를 권하며 앉게 했다. 안국래는 정자 주변 곳곳에 소리 없는 살기들이 은닉하고 있다는 걸 직감했다. 병조판서 홍계희. 지금 조선의 병권을 쥐고 있는 핵심. 그가 마음먹는다면 내시 하나 비명횡사하는 건 일도 아닐 터. 하지만 안국래는 그 어떤 긴장감도 보이지 않은 채 홍계희의 맞은편에 앉았다.

소반 위에는 두 개의 주전자가 놓여 있었다. 홍계희가 그 주전자를 번갈아 보며 안국래에게 농을 치듯 말했다.

"차를 드리리까? 술을 드리리까?"

"술은 마셔 본 적도 없고 마시지도 않습니다."

홍계희는 짧게 탄성을 짓고 수염을 쓸었다. 가만히 생각에 젖는 듯하더니 주전자 하나를 들어 자신의 잔과 안국래의 잔에 차를 따랐다.

"승전색께선 어찌하다 그런 일을 하시게 됐소?"

홍계희가 앞뒤 없이 밀고 들어오고 있었다. 조용하고 기품 있게 차 한 입을 베어 물고 잔을 내려놓은 다음 안국래가 조심히 입을 닦았다.

"성상께 받은 성은이 망극하여 그 은혜로움을 어찌 갚을까 고민하다 그리되었습니다."

홍계희가 입을 쩝 다셨다.

"오로지 충심으로…… 그리하신 게로군요."

"그렇습니다."

홍계희가 담배 연기를 피워 올리고는 안국래를 삐딱하게 바라보았다.

"당신…… 한 방에 갈 수도 있어."

안국래는 별다른 미동 없이 홍계희를 응시했다.

"당신이 이 일로 벌어들인 돈 말이야. 이건 뭐 장난이 아니야."

홍계희가 재를 터는 요강에다 장죽을 땅땅 내리쳤다. 안국래는 어떤 미동도 없었다. 더 투명해진 눈동자로 홍계희를 바라보았다.

"강원도 영월하고 황해도 신계에 땅이 어머어마하고 말이야. 그 어디냐 전라도 장수하고 진안하고 거기 남초밭도 거의 다 자네 것이었어. 한양에도 있두만. 계생동에 가옥이 몇 채인지도 몰라."

홍계희가 누런 이를 드러냈다. 웃고 있는 듯이 보였다.

"뒷조사를 했지 않겠나? 이거 말고도 안국래 자네의 재산이 얼마나 될지 참……"

홍계희가 다시 찻잔을 들었다. 차가 목구멍을 타고 넘어가는 소리가 미끄덩 들려왔다. 홍계희가 찻잔을 비우고 물었다.

"자. 다시 한 번 묻겠네. 어쩌다 이 일을 하게 되었나?"

안국래는 소매에서 장죽을 꺼내 물었다. 담뱃잎을 채우고 불을 붙이는 과정이 느리고 길었다. 더할 나위 없이 차분했다. 오히려 초조한 건 답을 기다리고 있는 홍계희였다. 길게 연기를 내뿜은 안국래가 마침내 입을 열었다.

"천하 경영의 요체는 무엇이라 생각하십니까?"

"뭐라?"

"질문 그대로입니다. 천하를 경영하신다면 가장 중요한 동력은 무엇이라 생각하십니까?"

위험한 질문이었다. 천하를 경영한다, 이것은 어좌를 향한 질문이 될 수도 있다. 홍계희는 자신의 노쇠하고 늙은 털이 피부마다 곧추서는 느낌을 받았다. 이 대화를 누군가 듣고 오해한다면…… 역모로 몰릴 수도 있는 상황이었다.

"어디서 그따위 망발을……"

안국래가 장죽을 땅땅 내리쳤다. 요강에 담뱃재가 흩날렸다.

"저 같은 한낱 내관이 내릴 수 있는 답은 하나입니다. 군주와 사대부도 마찬가지일 테지요. 그것은 돈입니다."

홍계희의 얼굴이 일그러졌다. 노여움이 가득한 음성으로 홍계희가 자리에서 벌떡 일어났다.

"이놈이 뉘 앞이라고 그 따위 망발로 개수작을……"

정자를 감싸고 있는 살기들이 일제히 분주해졌다. 홍계희의 분노에 따라 그 살기들은 일어섰다 앉기를 반복하며 안국래를 주시하고 있었다.

"영월에 있는 전답 이백 마지기를 대감께 드리지요."

일순 홍계희가 벼락 맞은 듯 굳어버렸다. 안국래가 다시 낮고 조용히 읊조렸다.

"앉으시겠습니까?"

홍계희가 취한 듯 자리에 앉았다. 안국래가 비어 있는 두 개의 찻잔에 차를 채웠다.

"돈이 없는 군주는 군사를 일으킬 수 없고 돈이 없는 사대부는 사람을 불러 모을 수 없습니다. 천하를 경영하는 원동력. 그 어떤 것보다 명확한 요체는 돈입니다."

"지금 돈으로 날…… 농락하겠다는 것이냐?"

안국래가 담뱃잎을 꾹꾹 눌러 담은 장죽을 홍계희에게 공손히 내밀었다.

"계생동의 가옥 세 채도 대감께 드리겠습니다."

장죽을 받는 홍계희의 손이 떨렸다.

"작은 돈이지만 시작일 뿐입니다. 앞으로 더 많은 돈이 대감에게 갈 것입니다."

홍계희의 입술이 가늘게 떨리고 있었다.

"그 돈으로 천하를 경영하십시오. 노론 사대부의 천하…… 그 주인이 되십시오."

"그대는 그럼 무엇을 원하는가?"

안국래가 묘한 웃음을 지었다. 홍계희는 생전 처음 보는 기괴한 웃음이었다. 입꼬리는 올라가고 있었지만 그 눈빛은 깊은 토굴처럼 한없이 아득하고 어두웠다.

"저는 그저 성상의 망극한 성은을 갚을 뿐입니다."

달빛이 사라지듯 안국래가 그 자리를 떴다. 귀신이 왔다간 것 같았다. 홍계희는 그 자리 그대로 주저앉아 안국래가 건네준 장죽을 빽빽 물어댈 뿐이었다.

승전색 안국래가 훈육실로 뜨자 소내시 훈육관들이 일제히 긴장하며 일어섰다.

훈육실 안에서는 열 살 무렵의 소내시들 예닐곱 명이 훌쩍훌쩍 울고 있었다. 훈육관들에게 된통 혼이 난 모양이었다. 하늘 같은 대전별감 승전색 안국래가 훈육실 안으로 들어서자 소내시들은 안도감을 느꼈다. 승전색 나리라면 언제나 소내시들 편이었다.

"적당히들 해두시게. 아직 어려서 잘 모르지 않나?"

역시 승전색 나리였다. 안국래가 떴다 하면 늘 있는 풍경이었다.

하지만 훈육관들은 바짝 꼬랑지를 내리고 긴장한 표정들이었다. 지금의 훈육관들이 십여 년 전 소내시로 들어왔을 때 가장 악랄했던 훈육관은 바로 안국래였다.

왕가의 가장 은밀한 곳에서 지엄한 밀명을 수행하거나 그들을 보필해야 하는 환관들의 첫째 덕목은 비밀 엄수였다. 안국래는 훈육관이 되자 무지막지한 벌칙과 훈육을 감행했다. 고문을 통해 고통을 참아내는 훈련을 시켰다. 두 팔을 묶어 대들보에 매달아 놓고 매질을 가했다. 자다가 느닷없이 끌려가 물고문을 당했다. 안국래의 훈육은 집요하고 잔인했다. 안국래의 훈육을 견디다 못해 자살한 어린 소내시가 여럿이었다.

신실한 내관 양성이라는 명분 아래, 안국래는 어린 영혼들을 짓뭉갰다. 고통과 두려움으로 아이들은 안국래의 심복이 되어 갔다. 안국래의 심복이 되면 공포의 훈육에서 해방돼 온갖 혜택을 누렸다. 그렇게 내시부에서 안국래의 심복들이 만들어졌다. 그 심복들은 안국래의 정보통이 되었다. 정보야말로 안국래의 힘이었다.

내전에서는 어떤 이야기가 오가는지, 궁녀들이 사는 내명부에서는 어떤 궁녀가 후궁으로 물망에 오르는지, 새로 착공하는 궁궐 공사는 어떤 것이 있는지, 지방관으로 거론되는 인물은 누가 있는지, 누가 어떤 벼슬에 오르고 누가 누구를 탄핵하는지…… 모든 정보는 안국래에게 흘러들어갔다.

그 정보 속에서 안국래가 주목한 것은 원한이었다. 조정은 원한으로 가득했다. 권력이 만들어내는 가장 무수한 부스러기는 원한이었다. 조정은 끊임없이 누군가를 탄핵하고 누군가의 죽음을 원했다. 무리를 이루고 당을 이루어 그들은 하루도 쉬지 않고 싸우고 있었다.

원한에 주목하자 돈이 보이기 시작했다. 특히 사대부들의 그 살의에 주목했다. 그들의 원한은 끝 모를 듯 깊고 깊어 퍼내고 퍼내도 마르지 않는 샘물 같았다. 말 한마디로 그들은 조상의 원수, 부모의 원수가 되었다. 글자 하나로 같은 하늘을 이고 살 수 없는 철천지원수가 되었다. 안국래는 원한이 깊은 자들에게 접근했다. 조정에서 풀지 못한 원한을 안국래가 풀어주기 시작했다. 날래고 재주 좋은 자들로 심복을 꾸려 사업을 시작했다. 엄청난 돈이 안국래의 돈궤에 쌓여갔다.

아쉬움이 없을 만큼 돈이 모이자 다른 것이 보이기 시작했다. 돈이 없는 자들은 사정을 봐 달라 빌었다. 제거 대상이 된 자들은 목숨을 살려 달라 빌었다. 사대부의 흑립을 쓰고 한낱 내관이라 손가락질하던 그들이 안국래의 발아래서 울며 비는 꼴은 볼만했다. 저울 양쪽에 그들을 올려놓고, 그들의 생사를 틀어쥔 안국래는 가슴속 저 깊숙한 곳에서부터 차오르는 희열을 느꼈다. 용상의 임금이 이럴 것이다.

결국, 그 희열은 중독으로 이어졌다.

6. 갑수(甲手)

이제 대충 올만도 한데 비는 그치지 않았다.

여름 내내 그토록 오지 않던 비가 가을을 지나 입동이 다가오자 하루 이틀이 멀다 하고 쏟아져 내렸다. 곳곳에서, 사람들이 하늘을 향해 삿대질을 하고 욕을 했다. 춥고 질퍽질퍽한 땅 위로 불평과 저주의 말들이 굴러 다녔다.

외양간 안은 추웠다.

아무리 지푸라기를 긁어모아도, 가마니를 두세 겹 둘러도, 외양간 안은 추웠다. 토벽 틈새마다 칼바람이 들어찼고 축축한 한기가 뼛속까지 파고들었다.

"형아 추워……"

동생이 말했다.

"알아."

형이 대답했다.

"형아. 진짜 추워……"

"안다니까."

동생은 칭얼댔고 형은 달리 뭘 해 줄 수가 없었다.

누군가 버리고 간 이 폐가의 나무란 나무들은 다 뜯어다 모닥불로 땠다. 그마저 이제 씨가 말라 앙상한 돌담과 흙벽만 남았다. 이 집에 들어왔을 때부터 멀쩡한 건 아무것도 없었다. 문짝도 없었고 지붕은 무너졌으며 인기척은 고사하고 쥐새끼 한 마리 보이지 않았다.

들개처럼 떠돌던 고아 형제에게 남은 건 그나마 형태를 갖추고 있던 외양간 하나. 아이들은 주변에 흩어진 돌과 흙을 긁어모아 구멍 난 토벽을 메웠다. 지푸라기를 주워 모으고 가마니를 찾아냈다.

사람들이 떠난 집. 그런 집은 흔했다. 사람들은 오랜 가뭄에 앉아 굶어 죽느니 솥과 이부자리만 챙겨 온 가족을 데리고 어디론가 길을 떠났다. 그중에 태반은 남의 종살이로 들어가고 그마저 자리가 없는 사람들은 낯선 곳에서 굶어 죽거나 병들어 죽었다.

아이들의 부모도 그렇게 낯선 길에서 병들어 죽었다. 버려진 아이들은 음식 냄새를 쫓아 거리를 떠돌았고 대부분 한 해를 넘기지 못하고 부모 뒤를 따라 굶어 죽거나 병들어 죽었다.

"형아. 배고파……"

형은 별 대답 없이 가마니를 젖히고 일어났다. 추위를 이기려 다 헤어져 너덜거리는 저고리와 바지춤 안으로 지푸라기들을 쑤셔 넣었다. 동생이 힘없이 형을 바라봤다.

"어디 가?"

"어디든…… 배고프잖아."

비가 쏟아지는 밖을 내다보던 형이 한참을 주저하다 결심한 듯 뛰어나갔다. 버석거리는 바지춤을 붙잡고 비 오는 문밖으로 내딛는 열한 살 아이…… 갑수의 입술이 파리하게 떨렸다.

마을 어귀로 내려올 동안 먹을 만한 건 아무것도 없었다.

쥐새끼 한 마리 보이지 않았다. 껍질과 가지를 빼겨 헐벗은 소나무들만이 추위에 오들오들 떨고 있었다. 그 소나무를 갉아 먹은 건 짐승이 아니라 굶주린 인간들이었다. 마을은 더 비참했다. 이곳에서 열흘 넘게 헤매다 산으로 올라가지 않았던가.

갑수에게 다가올 겨울은 생사의 갈림길처럼만 느껴졌다. 이

대로라면 동생은 곧 죽을지도 몰랐다. 날이 어두워졌다. 비에 젖은 옷은 날을 세워 살갗을 베었다. 갑수는 마을 여기저기를 무작정 돌아다녔다. 태반이 불도 켜지 않은 채 집안에서 허기진 배를 부여잡고 있는 듯 보였다. 그 어디에도 밥 짓는 연기는 오르지 않았다.

역시 마을에는 아무것도 없었다. 사람의 흔적조차 잘 보이지 않았다. 거리는 텅 비어 있었고 개 짖는 소리조차 들리지 않았다. 마을 전체가 아사 직전의 몰골로 갑수의 배회를 지켜보는 듯했다. 불현듯 동생이 떠올랐다. 동생은 며칠 전부터 자주 신음소리를 냈다. 숨을 쉴 때마다 어둡고 탁한 냄새가 올랐다. 그런 것이 죽음의 그림자라고, 갑수는 생각했다.

어미가 떠나기 전, 그런 모습이었다.

어느 담벼락에서 어미는 죽었다. 갑수와 동생을 꼭 껴안은 어미는 밭은 숨을 내쉬었다. 초봄이었고, 아비는 먹을 걸 구하러 길을 나선 지 며칠이 지나도 돌아오지 않을 때였다. 겨우내 가족은 가까스로 살아남았다. 먹을 수 있는 건 모두 먹었다. 소나무 껍질, 이파리, 정체를 알 수 없는 버섯들, 들쥐, 땅강아지까지.

그렇게 혹독한 겨울을 치른 뒤, 어미는 기력을 다했다. 다행히 볕이 포근하게 드는 자리에서 어미는 죽었다. 죽기 전 동생을 재워놓고 어미가 갑수에게 말했다.

"아비는 돌아오지 않아. 지금까지 안 왔음 어디서 맞아 죽었거나 쓰러져 죽었을 거야. 그런 말들이 있더라. 저 북쪽에서는 사람을 먹는대. 그 말 들었을 땐 질겁했는데 이렇게 되고 보니까 그럴 수도 있겠다 생각 들어. 어미가 줄 수 있는 게 아무것도 없어. 내가 죽거든 갑수야 나를 먹어."

갑수는 대답하지 않았다. 울지도 않았다. 하고 싶은 말들이 목구멍 아래에서 요동치고 있었지만 나오지 않았다. 어미가 눈을 감았다. 어미의 눈물 한 방울이 동생의 볼 위에 떨어졌다. 갑수는 동생의 얼굴을, 어미의 눈물을 닦아주고 그 옆에서 하루를 꼬박 보냈다. 다음날 갑수는 어미를 먹는 대신 담벼락 아래 땅을 파고 어미를 묻었다. 지나가는 사람도 없었고 지켜보는 사람도 없었다. 세상 모두가 허기진 몰골로 외면하고 있을 뿐이었다.

갑수는 동생이 있는 산으로 되돌아가기로 했다.

올라가는 길에 손에 잡히는 대로 남아있는 소나무 잎을 뜯고 나무껍질을 긁어냈다. 무엇이 됐든 입에 넣고 씹을 수 있는 것들이 동생에게 필요했다. 칠흑 같은 어둠을 뚫고 불빛이 보였다. 동생이 있는 외양간 쪽이었다. 동생이 불을 지피고 있는 것일까. 그럴 기력도, 불씨도 없는 상태지 않은가. 심장이 쿵쿵거리기 시작했다.

갑수의 걸음이 빨라졌다. 외양간에서 흘러나오는 불빛이 틀림없었다. 소가 끄는 달구지 하나가 외양간 앞에 서 있는 게 보였다. 갑수는 무작정 날카로워 보이는 돌멩이 하나를 쥐어 들고 외양간으로 뛰어들었다.

불덩이가 외양간 한가운데 있었다. 한기로 가득 찬 외양간을 지켜주던 가마니와 지푸라기가 깡그리 타고 있었다. 그 불덩이 너머로 동생이 무 하나를 허겁지겁 먹어대고 있었다. 동생 옆으로 괴사내가 앉아 있었다. 돌을 들고 외양간 안으로 뛰어 들어온 갑수를 흥미롭게 바라보았다. 사내는 두툼한 도롱이를 입고 대나무 지팡이를 차고 있었다. 몰골사나운 더벅머리에 지나치게 번뜩이는 인광. 사내는 무를 깎아 먹던 조그만 칼로 갑수를 가리키며 동생에게 물었다.

"니래 형이간?"

사내가 바닥에 풀어놓은 보따리에 무 여러 개가 나뒹굴고 있었다. 동생이 그중 하나를 냅다 집어 들고 갑수에게로 뛰어왔다.

"형아!"

사내는 별말 없이 그 꼴을 보며 히죽거렸다. 누런 이 사이로, 사내의 알 수 없는 과거와 짐작하지 못할 미래가 비집고 나왔다. 갑수는 동생을 등 뒤로 돌려세우고 사내를 노려보았다.

"고 아새끼래 눈까리 하난 맘에 드누만."

동생의 입안에서 아삭거리는 무 소리가 잦아들자 사내가 몸을 일으켰다. 위압적인 덩치는 아닌데다 오히려 굼떴지만, 사내의 몸에서 날카롭고 위험한 쇠붙이 냄새가 풍겨왔다.

"느들 배터지게 먹어본 거이 얼마간 됐어?"

갑수는 아무 말도 하지 않고 사내를 노려보고만 있었다. 갑수의 손에 들린 돌멩이를 본 사내가 다시 누런 이를 드러내고 웃었다.

"괴기 국물 구경한 거이 오래되지 않았간?"

동생은 무 조각 하나에 벌써 생기를 찾고 있었다. 시퍼렇게 죽어가던 입술도 붉어졌고 눈동자가 살아 돌아왔다. 고기 국물이란 말이 들리자 동생은 갑수의 옷깃을 잡아당겼다. 나빠 봐야 어딘가 종살이로 팔아넘기는 자일 것이다. 종살이도 자리가 없어 죽어 나자빠지는 판국에 나쁜 일도 아닐 것이라고 갑수는 생각했다. 갑수의 손에서 돌멩이가 떨어졌다. 씩씩대던 갑수의 호흡도 차분해졌다.

"우리한테 나쁜 짓 하면 가만 안 둔다."

갑수가 가슴팍을 있는 대로 앞으로 내밀고 콧구멍을 벌렁거렸다. 길게 가래침을 뱉고 나서 괴상한 웃음소리를 냈다.

"이거이…… 제대로 건졌구나야."

갑수는 돌멩이를 버리고, 괴사내를 향한 적개심을 버리고, 바닥에 나뒹구는 무를 집어먹으며 밤을 보냈다. 다음날 비가 그치고 해가 뜨자 갑수와 동생은 사내가 모는 소달구지에 올랐다. 가는 곳이 어디든 여기에서 죽는 것보단 나을 것이라고 갑수와 동생은 속삭였다. 산골 깊숙한 곳으로 달구지가 갈수록 바람은 더 차가워지고 비를 품은 안개는 짙어졌다.

사내의 산채에 다다른 건 소설도 지나고 대설이 다가올 때즈음이었다.

비는 눈으로 변해 산을 에워싸고 있었다. 산채가 다가올수록 알 수 없는 불안감이 갑수와 동생 주변을 조여 왔다. 산채는 나무로 지은 통나무집이었다. 개 짖는 소리가 산채 뒤편에서 크게 울렸다. 적막하고 황량한 산등성 어디를 둘러보아도 이 산채 말고는 없었다. 인기척이라곤 보이지 않았다. 동생이 울음을 터트렸다.

"여기 싫어."

사내는 다짜고짜 손바닥을 치켜들어 동생의 얼굴을 후려갈겼다. 동생의 입과 코에서 피가 쏟아져 나왔다. 갑수는 사내에게 달려들었다. 대나무 지팡이가 갑수의 배를 가볍게 찔렀다. 갑수는 배를 움켜쥐고 바닥에 나뒹굴었다. 숨을 쉴 수 없었다. 갑수가 바닥에서 엎드려 쓴 물을 토해내며 헐떡이는 동안 사내는 동생을 강제로 끌고 갔다. 갑수의 눈물 콧물 사이로 끌려가는 동생이 보였다. 갑수는 사력을 다해, 동생을 불렀다. 갑수의 목구멍에서 신음이 새어나왔다.

"을수야……"

사내와 동생 을수가 산채 뒤편으로 사라지고 얼마쯤 뒤, 을수의 비명이 들려왔다.

아득하게 먼 곳으로 사라지는 그런 소리였다. 갑수는 겨우 몸을 일으켜 세웠다. 사내가 산채 뒤편에서 모습을 드러냈다. 갑수는 손에 잡히는 대로 돌멩이를 쥐고 사내를 노려보았다. 사내가 저만치서 멈춰 섰다. 산채 뒤편에서 또 다른 무언가가 모습을 드러내 사내 옆으로 다가왔다. 검고 커다란 물체. 날카로운 이빨을 가진 검은 개였다. 아니면 개로 길들여진 늑대였다. 그 검은 개의 입가에는 피가 번져 있었다. 누군가의 피. 어쩌면…… 동생의……

갑수의 눈에서 눈물이 꾸역꾸역 나왔다. 목구멍에서 쇳소리가 흘러나왔다. 지금 갑수가 내릴 수 있는 상황 판단은 간단했다. 아이들을 잡아먹는 개. 그 개를 기르는 주인. 그리고 뒤편으로 끌려간 동생 을수.

갑수는 돌멩이를 움켜쥐고 사내와 검은 개를 향해 달려갔다. 산채가 떠나가라 고함을 내지르며 달려드는 갑수를 보던 사내가 검은 개의 엉덩이를 툭 쳤다. 검은 개가 발작적으로 튕겨 일어나 갑수를 향해 달려들었다. 검은 개는 가볍게 갑수의 돌멩이질을 피하고 갑수의 목을 물고 바닥에 내동댕이쳤다. 입에 문 채 도리질이라도 하면 금방 부서져 버릴 작고 연약한 아이의 목. 사내가 검은 개와 갑수에게로 다가와 혀를 찼다.

"에헤이. 그만하라."

검은 개가 갑수의 목에서 이빨을 빼내자 피가 솟구쳤다. 피보다 먼저 갑수의 눈물이 솟아올랐다. 더운 피를 흘리며 갑수는 질질 울었다. 사내가 다시 혀를 찼다.

"사내새끼래 눈물은 많아게지구서리……"

갑수는 산채 뒤로 끌려갔다. 산채 뒤 너른 공터에는 우물 같은 구덩이들로 가득했다. 사내는 그중 하나로 갑수를 내던졌다. 갑수는 지옥의 아가리 같은 그곳으로, 세상으로부터 도태된 찌꺼기처럼 버려졌다.

화롯불에 올려놓은 놋쇠 주전자에서 뜨거운 김이 올랐다.

개똥쑥 말린 잎으로 뜨거운 차를 만들어 내놓고 광백은, 오랜만에 편히 앉았다. 통나무로 만들어진 산채 안은 아늑했다. 의자에 깊이 몸을 묻고 눈 내리는 창밖을 보고 있자니 이런저런 생각들이 밀려왔다. 겨울이면 점순이가 쪄주던 고구마를 광백은 좋아했다. 광백이 고구마를 먹을 때면 점순이는 살얼음이 낀 동치미를 같이 내놓았다. 동치미 내놓던 그 손을 잡으면 발그레하니 고개를 돌리던 점순이.

"점순이 니래 내가 좋으니?"

"네."

"못생긴 얼굴이 뭬가 좋간?"

"누가 못생겼다고 그래요? 잘나기만 했는데……"

그럴 때면 광백은 넙데데한 점순이 엉덩이를 툭툭 건드리며 농을 쳤다. 하지 말라 요란을 떨지만 점순이는 내심 싫지 않은 기색을 띠었고 그런 날 밤이면 둘은 첫날밤 가시버시처럼 살가웠고 뜨거웠다. 점순이와 함께 있을 때 광백의 눈엔 온기가 돌았고 심장에서 사람 소리가 났다.

점순이가 있던 온양에서 광백은 사람이 되었고 필부가 되었다. 점순이와 함께 있을 때는 느긋하고 기다란 늦잠 같은 시간들을 보냈다. 얼핏 이런 기분을 행복하다고 하는 것인가, 광백은 궁금해하기도 했다. 하지만 그런 시간들이 더없이 좋으면서도 광백은 알 수 없는 불안감에 휩싸이곤 했다. 따듯한 구들장 속으로 빠져들어 녹아버릴지도 모른다는 불안감. 사육되고 있는 들개의 충동적인 불안감. 무뎌지는 살수의 감각이란 건, 곧 죽음을 의미했다.

해서, 은린살막의 백호가 난리를 치는 통에 점순이가 죽어갈 때, 광백은 상실감과 함께 묘한 해방감을 느꼈다. 점순이는 더할 나위 없는 구들장이지만 오래 지지다가는 궁둥짝에 반드시 불이 날 것이란 게 광백의 생각이었다. 자리에서 일어나 화롯불에 땔감을 쑤셔 넣으며 광백이 중얼거렸다.

"잘된 거이다."

그 사이, 창밖의 눈은 더 풍성해지고 요란해졌다. 오늘 밤이 지나면 몇 놈이나 뒈질지 모른다. 굶고 있는 구덩이들이 꽤 된다. 역시 굶고 있는 개들도 꽤 된다. 쉴 만큼 쉬었다. 광백은 도롱이로 손을 뻗었다. 검상을 입은 어깨가 말썽을 부리며 쑤셔왔다. 욕지기가 나왔다. 이런 날은 정말 점순이의 구들장이 그리워졌다. 밖에서 개들 짖는 소리가 그치질 않았다. 광백이 도롱이를 입고 문을 열고 나왔다.

얼마간 정신을 잃었던 갑수가 눈을 떴다.

누운 채로 눈을 떠 하늘을 보니 동그란 하늘에서 눈이 내리고 있었다. 갑수가 본 하늘은 구덩이의 입구였다. 갑수가 누워 있는 곳은 우물 같은 구덩이 바닥이었다. 벽은 진흙처럼 미끄러워 올라갈 수가 없었다. 어른 키 세 배는 될 듯한 깊이. 바닥은 수시로 흙을 파고 개고 엎었는지 푹신거렸다. 바닥에서 짙은 똥오줌 냄새가 났다. 사람의 배설물을 수시로 파묻었던 것이다. 아래로 떨어진 갑수가 살 수 있었던 건 그 이유 때문이었다.

그곳에는 갑수 말고도 다른 아이들이 있었다. 대여섯 명의 아이들이 갑수를 둘러싸고 있었다. 아이들은 모두 대나무 죽창을 들고 있었다. 모두 퀭한 얼굴에 짐승의 눈빛을 하고 갑수를 내려다보고 있었다. 구덩이 바닥의 배설물들은 이 아이들의 것이었다. 그중 한 아이가 갑수를 내려다보며 말했다.

"빨리 인나. 곧 개가 와."

다른 아이가 갑수를 발로 툭툭 찼다.

"살았으면 저 안쪽으로 가 있어. 여기 있으면 방해만 돼."

갑수가 별 대답 없이 허리를 세워 앉자 구덩이 한쪽 벽으로 토굴 같은 것이 보였다. 구덩이의 아이들이 눈비를 피하고 잠을 자는 곳 같았다. 그 안쪽으로 누워 있는 아이가 어슴푸레한 어둠 속으로 보였다.

갑수는 심장이 벌렁거렸다. 그 어둠 속을 뚫어져라 쳐다보았다. 어둠 속의 아이가 갑수 쪽으로 고개를 돌리는 듯하더니 부리나케 뛰어 나왔다. 동생 을수였다. 을수는 개먹이가 되지 않고 이곳으로 떨어져 살아있었다.

"형아!"

"을수야!"

을수가 달려들어 안겼다. 을수가 갑수의 품에 안겨 엉엉 울어댔다. 아이들이 갑수와 을수를 밀치듯이 안쪽으로 몰았다. 구덩이 위에서 개 짖는 소리와 낑낑대는 소리가 요란하게 들려왔다. 아이들이 죽창을 잡고 바짝 긴장한 투로 구덩이 위를 바라보았다. 아이들의 눈동자가 예민해지고 근육들이 날카롭게 팽팽해졌다. 구덩이 위로 갑수와 을수를 데리고 왔던 그 사내, 광백의 얼굴이 나타났다.

"바짝 굶었더랬지?"

아이들은 두려움과 기대감으로 구덩이 위를 바라보았다. 목줄에 끌려온 늑대개 한 마리가 보였다. 아이들의 입에서 거친 입김이 쏟아졌다. 오줌을 지리는 아이도 있었다. 광백이 느물거리는 웃음을 물었다.

"묵고사는 거이 다 느들 하기 나름 아이갔어? 잘들 해보라."

광백이 끌고 온 개를 구덩이 안으로 밀어 버렸다. 구덩이 바닥으로 떨어진 개는 요란하게 으르릉대며 허우적거렸다. 크고 험상궂게 생긴 늑대개. 아이들이 함성을 지르며 죽창으로 개를 공격하기 시작했다. 죽창에 이리저리 찔린 개가 고통과 흥분으로 몸을 비틀어댔다. 피가 솟구쳤지만 개는 미친 듯이 날뛰었다. 쓰러지지 않고 곧장 반격에 나섰다. 아이 하나가 다리를 물려 쓰러지자 개가 목을 물고 마구 흔들어댔다. 물린 아이의 비명소리가 날카롭게 구덩이 안을 때렸다. 죽창들이 다시 거세게 찔러 들어왔지만 개는 번뜩이는 인광을 쏟아내며 집요하게 아이의 명줄을 끊어놓고 있었다.

갑수와 을수는 그 광경을 보며 몸서리쳤다. 아이들의 죽창이 개를 찔러댔고 개의 이빨이 구덩이 아이들을 물었다. 개와 아이들의 혈투가 좁은 구덩이 안에서 치열했다. 뜨거운 김이 연신 올랐고 피와 비명이 구덩이 바닥을 가득 채웠다.

아이들에게 밀린 개가 갑자기 구덩이 안쪽 토굴로 뛰어들어왔다. 을수가 혼비백산하며 고함을 지르자 늑대 개가 을수에게로 달려들었다. 개는 아이들의 피와 자신의 피를 뒤집어쓰고 야차가 되어 미친 듯이 날뛰었다. 개가 을수의 허벅지를 물었다. 갑수가 바닥에 놓인 돌멩이를 집어 들고 개의 정수리를 내려쳤다. 개는 맞으면서도 을수의 허벅지를 물고 놓지 않았다. 을수의 비명이 갑수의 귓전을 때려 윙윙거렸다.

갑수는 구덩이 토굴 밖에 서 있는 아이들을 애타게 바라보았다. 그 누구도 선뜻 안으로 들어와 도와주지 않았다. 갑수가 짐승처럼 욕을 하고 비명을 질러댔다. 그러자 그중 하나가 죽창 하나를 갑수에게 내밀었다. 갑수는 죽창으로 개를 마구 찔렀다. 개의 목이 뚫리고 피가 분수처럼 쏟아졌다. 개는 죽어가면서도 을수의 허벅지를 물고 놓지 않았다. 개의 숨소리도 잦아들고 을수의 비명도 잦아들었다. 갑수는 피투성이 몰골로 개를 밀어내고 동생을 안았다. 동생의 허벅지에서 피가 멈추지 않고 쏟아졌다. 갑수는 누더기 옷을 벗어 을수의 상처를 싸맸다.

을수는 곧 죽을 것 같았다. 구덩이 아이들은 목이 뚫려 죽은 개를 토굴 밖으로 끌고 나갔다. 아이들은 갑수와 을수의 생사엔 관심조차 없어 보였다. 아이들은 작은 단도로 개를 해체하기 시작했다. 갑수는 피를 흘리며 신음하는 동생에게 아무것도 해 줄 수 없었다.

두 밤이 지나고, 동생 을수는 갑수의 품에서 죽었다. 아프다고 내내 고함지르고 울다가 죽었다. 아비도 어미도 다 떠나보내고 갑수에게 남은 마지막 혈육인 동생마저 죽었다. 을수의 차가워진 손을 잡고 갑수는 밤새 꺼억꺼억 울었다. 눈이 그치고 새벽이 왔지만, 갑수는 울음을 그치지 않았다.

싸워서 이긴 쪽이 허기를 면할 식량을 구할 수 있었다. 짐승이든 아이들이든, 이기는 쪽이 한동안 배를 불리는 방식으로, 광백의 살막은 유지되었다.

광백은 다음날 줄사다리를 구덩이 아래로 내려 산 아이들과 죽은 아이들을 위로 올렸다.

한때 금을 캐던 구덩이는 곳곳에 가득했고, 그 악랄하고 흉포한 환경 속에서도 아이들은 끈질기게 살아남았다. 갑수도 죽지 않았다. 광백은 통나무 산채로 갑수를 불러들여 뜨거운 고깃국을 내밀었다. 갑수가 고깃국을 거부하고 광백을 노려보자 광백이 말했다.

"니래 힘이 있어야 복수를 하디 않갔어? 일단 살아남고 몸뚱아리래 커지믄 기때는 날 죽일 수 있디 않간?"

한동안 광백을 노려보던 갑수가 고깃국을 먹기 시작했다. 광백이 히죽거리며 웃었다.

"길티. 요거이 인물 되갔어."

갑수가 바닥까지 싹싹 비우고 빈 그릇을 내려놓자 광백이 화롯불에 달군 인두를 꺼내 들었다.

"표시 좀 하자우. 니래 일흔일곱 번째 온 놈이야. 기케서 칠십칠노미. 기게 니 이름이야. 잘 외워 두라."

광백이 갑수를 나무 기둥에 묶었다. 구덩이 아이들 어깨마다 있던 그 인두자국. 구덩이 아이들의 일련번호.

'七七'

갑수의 어깨에 새겨질 번호였다. 인두가 살갗을 지지며 칠칠 두 글자를 새길 때 갑수는 신음소리도 내지 않았다. 이를 악 다물고 갑수는 참아내었다. 앞으로 열심히 고깃국을 먹고, 이곳에서 살아남기로 결심했다. 다 자라 어른이 될 때까지, 그때까지 어떻게든 살아남기로 마음먹었다. 그때가 오면, 이 사내의 심장을 물어뜯을 수 있을 것이다.

칠십칠노미 갑수는 인두질로 번호가 찍힌 구덩이 아이들 중 유일하게 울지 않은 아이였고 그 겨울이 가기도 전에 열두 번째 구덩이의 왕초가 되었다.

한때 금을 캐던 구덩이는 산채 뒤로 수십 개나 있었다.

깊은 것은 열 자도 넘었고 위에서 누군가 줄을 내려주지 않으면 올라올 수 없는 구조였다. 광백은 구덩이 하나에 대여섯 명씩 아이들을 채웠다. 그 구덩이는 아이들의 집이었지만 무덤이 되기도 했다. 큰비가 오거나 병이 돌면 구덩이 하나의 아이들이 모두 죽어 나가기도 했다. 하지만 데려올 아이들은 많았고 들어갈 구덩이도 많았다.

가끔 아이들은 구덩이 벽에서 조그만 금조각을 캐내기도 했다. 그런 날은 광백이 푸짐하게 양식을 내려주었다. 아이들은 굶주림을 면하기 위해 금조각을 찾아 벽을 파고 들어갔고 수직의 구덩이 바닥에는 수평으로 뚫린 다른 토굴이 자연스레 생겨났다. 그 토굴은 비와 추위를 면할 좋은 거처가 되었다.

하지만 이미 버려진 금광에서 나올 금붙이는 많지 않았다. 대부분 아이들은 굶는 게 일이었고, 죽을 만한 때가 되면 광백은 산짐승을 던져 넣어 혈투를 벌이게 했다. 그렇게 살아남은 아이들을 골라 살수 훈련을 시켰다.

초급반이라 할 수 있는 훈련장에서는 무작정 싸움을 붙였다. 아이들은 서로 죽고 죽이는 싸움을 해야 했다. 살아남기 위해서는 짐승이 되어야 했다. 인간의 피를 쏟아내고 짐승의 피를 채워 넣었다.

중급반이라 할 수 있는 훈련장에서는 무기 다루는 법과 격권을 배웠다. 짧은 단검이나 비도로 사람의 급소를 노리는 훈련이 많았다. 중급반까지 살아남는 아이들은 열에 둘셋 정도밖에 되지 않았다.

상급반은 적어도 열다섯이 넘어가는 아이들을 위해 준비 중인 광백의 최종 과정이었다. 이 구덩이에서 삼 년은 버티고 초중급반을 모두 거친 아이들 중에 정예를 뽑아 가르칠 생각이었다. 그 정도 세월이면 아이들은 자신의 개가 될 거라 광백은 예상했다. 광백이 알고 있는 대부분의 고급 기술들이 전수될 예정이었다. 잠입술과 은신술을 비롯해 살수가 배워야 할 모든 기술을 가르칠 예정이었다. 그 과정을 통과한 아이는 광백의 오른팔이 되어 광백 살막을 이끌 주력으로 만드는 것이 광백의 목표였다. 광백은 이런 계획을 세워 놓고 스스로 뿌듯해했다.

하지만 아이들은 지나치게 빨리 소모되었다. 구덩이에서 질병과 굶주림으로 죽어 나가는 게 태반이었다. 어차피 태생적으로 강한 놈만 키울 생각이었지만 상급반까지 오를 놈이 보이질 않았다. 그런데 갑수가 나타난 것이었다.

칠십칠노미. 이 녀석은 달라도 뭔가 달랐다. 집요하고 강인했다. 동생을 잃은 분노와 독기와 반항심이 끈질긴 생명력을 불어넣어 준 것 같았다. 잘만 한다면 상급반까지 살아남아 수년 내에 만금을 벌어줄 기둥뿌리가 될 듯했다.

7. 개울

왕세자의 행차가 장안으로 떠난 지도 보름이 지났다.

왕세자는 온양 행궁을 떠나며 부상당한 황율과 그를 보살필 의녀 개울에게 거처할 집과 식량을 내주었다. 볕이 잘 드는 집. 뒤로는 자그마한 언덕이 등을 대고 앞으로는 조그만 냇가가 있는 좋은 집이었다. 온양의 벼슬아치 서넛이 왕세자의 눈에 들자고 이리 뛰고 저리 뛰어 구한 집이었다.

어의들이 일러주고 간 처방은 예전에도 개울이 다루던 약제들이었다. 지혈과 진통을 위한 백지와 당귀, 생지황과 목단피. 기를 보하는 인삼과 황기, 백출과 황백 같은 것들이었다.

당귀로 혈액순환을 돌보고, 황기로 기를 보호하고, 호박으로 세포 내 수독을 빼내고, 백출과 복령으로 체내의 습열과 독소를 배출했다. 개울의 지극정성으로 황율은 하루가 다르게 호전되고 있었다.

뛰어난 근골과 강인한 의지 탓이기도 했다. 허나 비정상적일 정도로 빠른 회복의 원인은 다른 데 있었다. 그 주막의 사내. 자신의 등에 죽장검을 꽂은 사내. 아버지가 주신 환도를 가져간 사내. 무력했던 스스로에 대한 분노와 그 괴사내를 향한 복수의 감정이 황율의 세포를 각성시키고 있었다.

하지만 그런 환자의 상태는 개울에게 고민거리가 되었다. 이것은 낫고 있는 것이 아니다, 마음이 몸을 속이고 있는 것이다, 마음이 급해 몸에 시간을 주지 않은 치료는 반드시 탈이 생긴다, 그것도 돌이킬 수 없는 큰 탈.

"나리. 이리 서두르시면 예후가 좋을 리가 없습니다."

황율은 몸을 가눌 지경이 되자 걸으려하고, 걷자마자 칼을 들려 했다. 저군의 행차를 따라가는 어의가 분명히 개울에게 말했었다.

"못해도 석 달이다. 겉은 멀쩡해 보여도 속이 완치되어 기가 허통하게 되려면 적어도 석 달이다. 그동안 일러준 섭생과 안정을 책임져야 하느니라."

하지만 황율은 결코 석 달이란 시간을 방구석에서 누워 보낼 생각이 없어 보였다. 개울이 지켜볼 때는 자중하는 듯했지만 새벽 시간이나 늦은 밤 개울이 잠들어 있을 때면 밖으로 나와 서성였다. 그저 서성일 뿐만 아니라 막대기를 휘두르거나 뛰어다니려 했다. 그러다 툇마루에 쓰러질 듯 주저앉아 가슴을 부여잡고 숨을 할딱이는 것을 몇 번이나 봤던가.

"정 제 말을 듣지 않으시려면 제가 떠나겠어요."

개울은 마지막 수단을 쓰기로 했다. 황율은 눈만 껌뻑껌뻑할 뿐 별반 대답이 없다. 답답하고 억울한 건 개울이었다.

"정말 너무 하시는 거 아니어요?"

개울의 눈시울이 붉어오자 황율은 식은땀을 흘리기 시작했다.

여자의 눈물 같은 건, 황율의 인생에 들어 있지 않았다.

태어나서 돌이 지나기도 전에 어머니를 잃었다. 그 뒤로 아버지는 여자를 들이지 않았다. 누이도 없었다. 머리털이 자라고부터 황율은 착호갑사 아버지를 따라 산과 들로 떠돌며 살았다. 억센 남자들의 세상이었다. 눈 뜨면 환도를 들었고 환도를 내려놓으면 잠이 들 시간이었다. 애초 여자라는 것은 자신과는 상관이 없는 어떤 생명체, 이해할 수도 이해할 필요도 없는 세상이었다.

개울의 눈물을 보며 황율은 당혹스러웠다. 찌르는 듯한 통증이 가슴 저 밑에서부터 올라왔다. 분간할 수 없는 죄책감으로 황율은 안절부절못했다.

"정말 미안하오."

황율은 고개를 숙여 사죄했다. 하지만 개울은 단단히 화가 나 있는 듯 보였다. 황율의 사과를 받지도 않고 자리에서 일어나 밖으로 나가 버렸다. 개울의 그런 당돌한 모습은 처음이었지만 황율은 개울을 탓할 수 없었다.

저군께서 부탁한 환자다, 의녀로서는 반드시 살려내야 한다, 만약 죽거나 상태가 나빠진다면 그 벌을 의녀가 받을 것이다, 개울로서는 당연히 황율의 예후에 온 촉각이 곤두서 있음이 당연했다. 그러니 지극정성을 다해 수발을 들고 있고, 자신의 성급함에 화가 나는 것도 당연한 일이었다. 생각이 그에 미치자 황율은 개울에게 정말 미안한 마음이 들었다.

황율은 누워 있던 자리에서 일어나 개울을 찾아 문을 열었다. 마당 너머 행랑방에 불이 들어와 있었다. 개울의 방이었다. 황율이 마당으로 나서자 때마침 개울이 이부자리를 들고 문을 열고 나왔다. 개울의 미간이 찌푸려졌다.

"어딜 가려던 게 아니오. 단지……"

개울이 신을 신으며 황율에게 나직이 말했다.

"들어가세요."

황율은 무엇에 쫓기듯 후다닥 방안으로 들어왔다. 그 뒤를 따라 개울이 황율의 방 안으로 들어왔다. 얼굴은 굳어 있었고 화가 나 보였다. 황율로서는 일이 꼬여버렸다. 달리 변명할 것도 없어 마냥 엉거주춤 서 있는 황율을 보며 개울이 냉랭하게 말했다.

"앉으세요."

말 잘 듣는 똥개마냥 황율이 앉자 개울도 들고 온 이부자리를 문가에 내려놓으며 곱게 무릎 꿇으며 앉았다.

"소녀 드릴 말씀이 있습니다. 나리가 제 말을 들으실 때까지 소녀는 지금 이 자리에서 움직이지 않을 것입니다. 여기서 나리를 지킬 것입니다. 정히 나가시겠다면, 소녀를 밟고 가소서."

개울의 의도는 간단했다. 문가에서 지키고 있겠다는 것이다. 이부자리를 들고 온 걸로 보아 잠도 여기서 자겠다는 뜻. 황율의 얼굴이 노래졌다.

"누우시지요. 뜸 놓을 시간입니다."

한 치의 흔들림도 없는 따박따박 말투의 여자. 개울의 지시에 따라 눕고 옷을 올리고 뜸 놓을 순간을 기다리면서 황율은 이제껏 대적했던 그 어떤 적들보다 강력한 적을 만났음을 느꼈다. 이 개울이란 여자, 자신이 완치되는 순간까지 그 어떤 방심도 허락하지 않을 것 같았다.

도저히 이겨낼 수 없을 것 같은 상대를 만난 것이다. 막연한 두려움과 함께 정체 모를 안도감이 들었다. 이상했다. 개울이라는 여자는 두려운 상대였지만 그렇다고 기분 나쁘거나 불쾌한 기분은 들지 않았다. 어떤 말이든지, 개울이 무슨 말을 할 때면 따뜻한 피가 몸속을 돌았다.

개울은 결코 황율의 방을 나가려 하지 않았다. 잠들 시간에도 편히 누워 자지 않았다. 이불을 몸에 두르고 문가에 앉아 석상처럼 잠들었다. 식사를 준비하고 뒷간에 다녀올 때만 자리를 비웠다. 그렇게 사흘이 지나자 황율은 미쳐 죽을 것만 같았다.

"제발 물러가시오. 이러다 그대가 병이 나겠소."

개울은 입을 꾹 다물고 꿈쩍도 하지 않았다. 하루가 더 지났다. 황율은 무슨 수를 마련하지 않으면 안 되었다.

"제발 물러가시오. 이러다 내가 죽을 것 같소."

의녀는 지금 이런 식으로 황율에게 벌을 내리고 있는 것 같았다. 황율은 머리라도 조아릴 분위기로 개울을 대했다. 개울의 눈빛이 누그러졌다.

"어찌 약조하시겠습니까?"

"뭘 말이오?"

"기다리지 않고 서둘러 몸을 상하게 하는 일. 그러지 않겠다고 약조해 주사이다."

황율은 답답했다. 몸은 이미 기력을 찾은 듯 보였다. 방구석에 누워 있는 게 더 힘들었다. 이 의녀를 설득시킬 수만 있다면, 자신의 완치를 증명해 보여 줄 수만 있다면 살 것 같았다. 하지만 의녀 개울은 황율의 입에서 나온 말은 믿으려 하지 않았다. 성급한 사내들의 서투른 호언장담, 그 정도로 취급되었다. 애초에 황율이 그런 빌미를 만들지 않았나.

"어느 때가 되면 내가 다 나은 것이라 믿어 주겠소?"

개울이 황율을 빤히 쳐다보았다. 그녀의 머릿속이 분주해졌다.

"석 달은 기다려 주실 수 없겠습니까?"

"아니 되오."

"달포는?"

"아니 되오."

"연유를 물어봐도 될는지요?"

한동안 침묵하던 황율은 괴사내와 있었던 그날 밤의 일에 대해 개울에게 말해 주었다. 주막에서 살인을 저지른 괴한을 만났고, 지나치게 긴장해 허점을 보였고, 일격에 쓰러진 일. 그리고 아버지가 주신 환도를 그 사내가 가져갔다는 이야기. 그 살인범 사내를 잡아야 하는 것도 일이지만, 아버지의 환도를 찾지 못한다면 살아있을 이유가 없다는 등의 이야기를 해 주었다. 한껏 비통한 심경을 담아 비통한 표정으로 말했다.

개울은 그런 황율을 보며 달리 위로의 말을 하지 않았다. 표정의 동요 없이 묵묵히 황율의 이야기를 들어주었다. 남자의 어리석은 맹목이 개울에게는 와 닿지 않았다. 단지, 남자가 원하는 것을 할 수 있도록 돕고 싶었다.

"한 달만 제게 주셔요. 그러면 어떻게든 해보겠어요."

이부자리를 들고 자리에서 일어나며 개울이 그렇게 말했다. 똥줄 타는 한 달이 되겠지만 황율은 그러마고 약속했다. 개울은 자신의 방으로 돌아갔다. 황율은 개울이 돌아가고 나자 살 것 같았다. 처음에는 그렇게 좋을 수가 없었다. 그러다 시간이 지나자 개울이 앉아 있던 자리가 눈에 들어왔다. 일체의 흔들림 없이, 빈틈없이 앉아 있던 그녀의 자리.

황율은 개울의 향취가 아직 코끝에 남아 있음을 알았다. 개울에게서는 언제나 매화 향기가 그윽하게 났었다. 개울에게서는 언제나 정갈하게 씻은 여인의 살 냄새와 머리카락 냄새가 났다. 생각이 거기에 미치자 황율은 화끈 얼굴이 달아올랐다. 죄짓는 기분이 들어 주먹을 쥐고 고개를 세차게 흔들었다.

동이 터오자 밖으로 나갔다.

뒷마루에는 개울이 떠다놓은 세안수가 놓여 있었다. 개울은 벌써 일어나 황율이 씻을 세안수를 떠놓고 아침 준비를 하고 있었다. 황율이 얼굴을 씻었다. 매화향이 얇게 돌았다. 세안수에서도 개울의 냄새가 났다.

부엌에서 개울이 나왔다. 얼굴을 닦는 황율을 보고 개울이 미소 지었다. 요즘 들어 그녀에게서 보기 힘든 미소였다. 한동안 북극의 냉기가 감돌던 얼굴이지 않았나.

"안녕히 주무셨나요, 나리?"

황율은 싹싹하게 인사하는 개울이 한결 편했다. 심각한 표정으로 고민하는 얼굴은 어렵고 힘들었다. 오늘따라 유난히 개울이 싹싹했다. 미간이 밝고 입술이 붉었다. 보일 듯 말듯 얼굴 단장을 한 모양이었다. 개울이 부엌으로 들어가며 말했다.

"방으로 오르셔요. 조반을 내오겠습니다."

개울은 인삼과 대추를 넣고 푹 고은 삼계탕을 내왔다. 삼계탕 옆에는 인삼을 꿀에 조려 낸 인삼정과가 놓여 있었다.

"지혈과 진통은 어느 정도 안정되었다고 보입니다. 이제부터는 본격적으로 기를 보하는 음식들로 진지를 드셔야 합니다. 내일부터는 장어와 개고기로 탕을 만들어 올리겠습니다."

황율은 이런 호화로운 음식들을 본 적이 없었다.

"이런 것들이…… 다 어디서 났소?"

아침 식사가 끝나자 개울이 황율을 데리고 광으로 갔다. 갖은 약재와 채소와 고기가 즐비했다.

"온궁에서 세자 저하의 행차를 준비하기 위해 마련한 것들입니다. 저하께서 환궁하시고 남아 있는 것들을 온양 관아에서 이렇게 내려주었습니다."

"내겐 너무 사치스럽소."

"일손을 도와주는 심부름 아이들도 있고 근동에 끼니가 궁한 자들이 있습니다. 오래 둘 것과 금방 상할 것을 구별해 그들에게 나눠주고 있으니 걱정 마셔요."

개울은 손도 곱고 마음도 고왔다. 황율과 자신이 먹을 것을 제외하고 주변에 음식을 나눠주고 있었다. 황율은 마당으로 나와 광을 향해 절을 했다. 세자 저하의 성은을 향한 절이었다. 그리고 다시 북쪽을 향해 절을 했다. 임금이 계신 궁궐을 향한 망궐례였다. 깊이 조아린 황율의 머릿속으로 임금의 궁궐과 세자의 궁궐이 어지럽게 교차했다.

황율은 개울의 손에 이끌려 집을 나와 냇가를 따라 걸었다.

들녘은 온통 고추잠자리들과 추수를 앞둔 황금빛 벼 이삭의 세상이었다. 국화와 방울꽃이 앞다투어 냇가를 이루고 있었다. 제비 한 마리가 낮게 황율을 지나 공중으로 솟아올랐다. 시원하게 날았다. 개울은 나지막이 콧노래를 흥얼거리며 냇가를 따라, 야생화들을 따라 종종거렸다. 날은 맑았고 바람은 고요했다. 황율은 좋은 기분이 들었다. 황율이 투구꽃을 매만지고 있는 개울에게 물었다.

"요리는 언제 그리 배웠소?"

"이곳저곳에서…… 소주방에서 곁눈질로 배운 게 제일 많고……."

소주방은 궁궐에서 수라상이나 잔칫상을 만들던 내명부 육처소 중의 하나였다.

"궁인…… 이셨던 게요?"

"심부름이나 하던 아이였어요. 정식 아기나인은 아니었고요. 무수리였던 어미가 데리고 다녔답니다."

"아."

황율이 이도 저도 아닌 소리를 내자 개울이 피식 웃었다. 황율은 괜스레 얼굴이 붉어지는 것 같아 얼굴을 돌렸다. 고추잠자리 하나를 능숙하게 잡아챈 개울이 냇가 둑길로 올라왔다. 개울이 능청스레 자기 얘기를 하기 시작했다.

"저는 이런 개울가에서 태어났어요. 어미가 혼자 낳았답니다. 아비는 누군지도 모르고요. 어미는 유랑하던 사당패의 여사당이었다고 했어요. 이리저리 몸을 팔고 살았던 여사당이었으니 아비가 누군지는 당연히 모르는 일이죠. 저를 가지고는 애를 떼지 않는다고 사당패에서 쫓겨나 이 동네 저 동네 걸식하다가 개울가에서 애를 낳은 거죠."

황율은 눈을 부릅뜬 채로 개울의 이야기를 듣고 있었다. 그런 모습이 우스웠는지 개울이 입을 가리고 웃었다. 고추잠자리를 하늘로 날려 보내고 개울은 자신의 이야기를 이어갔다.

개울의 어미는 개울을 업고 이곳저곳 찬모 노릇을 하며 연명했다. 음식 솜씨도 좋고 말 섞는 재주도 좋았던 어미는 가는 곳마다 인기가 있었던 모양이었다. 싹싹하고 일 잘하는 어미 때문에 개울은 그리 힘들지 않게 살았다고 했다. 그러다 어미가 궁궐 무수리에 뽑혀 소주간이며 침방이며 잡일을 하게 되었다. 어린 개울도 어미를 따라 궁궐 심부름을 하며 자랐다.

"그러다 소녀가 열 살 무렵인가 어미가 저를 내의원 상궁이었던 권 상궁마마에게 팔고 궐을 떠났어요. 짐작이지만 남자가 생겼던 모양이에요. 권 상궁마마에게 나중에 그 얘기를 듣고 몇 날 며칠 울었는지 몰라요. 그때부터 권 상궁마마의 몸종으로 지냈어요. 권 상궁마마가 돌아가시고는 동궁전에서 불러 주셔서 약방 비녀가 되었죠. 그리고 나리를 모시게 된 것입니다."

"어미는 살아 계시오?"

개울이 먼 곳으로 시선을 보냈다. 아까 그 제비가 허공을 가르며 이리저리 날고 있었다.

"몰라요. 그 뒤로는 한 번도 찾아오지 않았으니까. 어딘가 살아있을 수도 있겠죠. 코 옆에 있던 점이 기억나요. 지금 봐도 어미 얼굴은 단박에 알아볼 텐데……"

슬픈 사연을 토해내는 개울의 표정과 목소리는 담담했다. 묵묵히 듣고 있는 황율을 보며 개울이 밝고 큰 목소리로 다가왔다.

"나리는요? 나리 얘기 좀 해 주세요."

황율은 입을 다물고 둑길을 따라 걸음을 빨리했다. 개울이 졸졸 따라왔다.

"저는 다 해드렸잖아요. 나리도 해 주세요."

"나는 별로 할 만한 얘기가 없소."

"어서요!"

황율은 암만 생각해도 개울처럼 자신의 인생에 대해 말할 것이 없었다. 고민하던 황율이 개울의 재촉에 못 이겨 입을 열었다.

"나는 착호갑사 황경의 아들로 태어나 무를 배웠고 무인이 되어…… 그대를 만났소."

황율은 그렇게 말하고는 휘적휘적 걸어갔다. 황망히 바라보던 개울이 그런 황율의 뒤에 대고 큰 소리로 말했다.

"달랑 그게 끝?"

하루하루가 차곡차곡 지나갔다.

개울이 만든 음식들은 지혜롭고 풍성하며 건강했다. 개울은 광에 비축해 둔 재료뿐 아니라 틈나는 대로 산과 들로 다니며 산야초를 캐고 산나물을 준비했다. 섭생으로 황율의 허약해진 기를 되살리고 있었다.

개울은 늘 밝은 얼굴로 황율의 아침을 깨웠다. 환한 얼굴로 자주 웃었다. 한 번도 찡그리는 법이 없었다. 말이 고왔고 근심하거나 걱정하는 기색을 보이지 않았다. 얼굴 단장을 빼놓지 않았고 옷차림이 깨끗하고 몸에서 좋은 향이 났다. 동궁전에서 세자 저하를 보필하던 그 모습 그대로, 한 치도 흐트러짐 없이 여기 온양의 작은 집에서 이어가고 있었다.

황율은 개울의 옆에서, 그녀가 하자는 대로 했다. 개울이 내주는 음식을 먹으면 몸에 힘이 돌았다. 개울의 밝은 얼굴과 말을 취하면 마음을 짓누르는 독소가 빠져나갔다. 황율을 간호하는 개울의 손길은 몸과 마음을 두루 섬세하고 따듯하게 배려하고 다독였다. 개울이 약속한 한 달이 오고 있었다. 내일이면 개울이 약속한 그 한 달째. 애타게 기다리던 시간이 오고 있는 셈이었지만 황율은 쉽게 잠들지 못했다.

이리저리 뒤척이던 황율은 자리에서 일어나 마당으로 나왔다. 달이 높고 컸다. 개울의 행랑방이 눈에 들어왔다. 마당을 서성이던 황율은 자기도 모르게 개울의 행랑방으로 향했다. 개울의 행랑방 지게문 앞에 우두커니 선 황율은 굳어버린 듯 움직이지 않았다. 달빛이 어깨로 무수히 쏟아졌다.

내일이면 이곳을 떠난다. 개울은 상경해 동궁전으로 갈 것이다. 황율은 자신의 환도를 가져간 사내를 찾기 전에는 계방에 복귀할 생각이 없다. 아마도 개울을 다시 만날 일은 없다. 황율은 숨소리도 내지 않고 개울의 행랑방 앞에서 그렇게 굳어 있었다.

한참이 지난 후에 황율이 돌아섰다. 그때 개울의 방에서 작은 소리가 흘러나왔다.

"나리."

황율의 걸음이 멈췄다.

"들어오셔요."

개울의 목소리는 차분했다. 황율의 심장이 박동치기 시작했다. 손이 떨려왔다. 주먹을 쥐었다. 지게문 열리는 소리가 등 뒤로 들려왔다. 돌아서야 하는데…… 황율은 개울을 등에 두고 돌아서지 못하고 있었다.

"들어오셔요, 나리."

다시 한 번 개울의 목소리가 흘러나왔다. 황율은 천천히 몸을 돌렸다. 지게문이 열려 있었고 개울이 곱게 앉아 있었다. 호롱불을 밝히지 않아도 방안의 개울이 또렷이 보였다. 그 붉은 입술과 솜털처럼 날리는 귀밑머리와 가느다란 목선과 달빛을 머금은 눈동자가 거기 있었다.

개울은 하얀 속곳만 입은 채 문을 열고 있었다. 매화 향이 방안에서 쏟아져 나왔다. 황율은 다시 부서질 듯 주먹을 쥐었다. 개울은 눈을 들어 똑바로 황율을 응시했다. 황율은 그 눈빛에 박혀버린 채 움직이질 못했다. 문은 열려 있었고 개울은 기다리고 있었지만, 황율은 지게문을 넘지 못했다.

"언제까지…… 그렇게 계실 건가요?"

황율은 대답하지 못했다. 말이 목구멍을 넘어오지 않았다. 내일, 황율이 떠나는 길. 어쩌면 다시는 돌아오지 못할 길일 수도 있었다. 괴사내를 추적하는 시간이 얼마나 걸릴지도 알 수 없었고 괴사내와의 결투에서 살아 돌아오리란 보장도 없었다. 황율도 알았고 개울도 알았다.

"난…… 가야 하오."

황율이 겨우 입을 뗐다. 개울이 흔들림 없는 시선으로 황율의 말을 받았다.

"저는 나리의 짐이 되고자 하는 게 아닙니다."

황율의 피가 거꾸로 도는 것 같았다. 그 순간 어떤 분노가 일었다. 스스로에 대한 분노. 황율은 자신의 망설임이 개울에게 얼마나 모욕적인지 짐작할 수 있었다. 이 여자는 수치의 절벽에서 뛰어내릴 듯 서서 황율의 욕망과 황율의 바람을 읽고 있는 것이었다. 헌데 그녀를 잡아도 시원찮을 황율이 그녀를 벼랑 끝으로 밀고 있는 형국이었다.

생각이 거기까지 이르자 황율은 그 자리에서 자진이라도 하고 싶었다. 하지만 황율은 개울의 방으로 들어갈 수가 없었다. 개울을 향한 자신의 욕망을 정리하고 변호할 논리가 없었다. 생애 처음으로 느끼는 수컷의 욕망을 가름하지 못하고 있었다. 오직 머릿속에는 한 가지 생각만 맴돌았다. 과연, 지금, 나는, 옳은 것인가.

가슴이 싸하고 아파오기 시작했다. 한 달 동안 낫고 있던 모든 고통과 병이 한꺼번에 다시 몰려오는 듯했다.

"나리는 아무 잘못도 없으십니다."

개울의 목소리가 다시 흘러나왔다. 소리에서 좋은 향기가 났다. 아름다운 음악처럼 그녀의 생각이 소리를 타고 고개를 떨구고 있는 황율을 감쌌다.

황율은 고개를 들었다. 어둠을 더듬어 개울의 눈을 찾았다. 세상의 온갖 한기와 냉풍 속에서도 지켜낸 불씨가 그 눈 속에 있었다. 단단하고 아름다운 불씨. 황율은 크게 숨을 들이켰다. 마침내 황율은 툇마루를 넘어 지게문을 지나 개울에게로 갔다.

다음날 황율은 봇짐 하나와 장터에서 구입한 싸구려 환도 하나를 들고 그 집을 떠났다.

개울은 끝내 황율의 뒤를 보지 않았다. 황율이 그리 부탁한 때문이었다. 돌아온다는 말도 다시 보자는 말도 없었다. 개울은 눈물을 보이지 않았다. 우는 소리를 내지도 않았다. 황율은 늘 그랬던 것처럼, 집을 떠나 일직선으로 곧장, 세상 밖으로 갔다.

8. 세자빈 홍씨(世子嬪 洪氏)

세자빈 홍씨는 온궁에서 돌아온 지아비의 안색을 살폈다.

동궁전으로 돌아와 마주한 첫날이었다. 햇볕과 바람에 거칠어졌지만 밝은 기색이 가득했다. 남녘의 태양이 지아비의 얼굴에 넘쳐흘렀다. 왕세자 이선은 세자빈 홍씨의 손을 뜨겁게 잡았다.

"살 수 있을 것 같소. 내가 살아야 할 이유를 저 밖에서 찾은 것 같소."

세자빈도 그 말에 뜨거워졌다. 이선의 얼굴에는 온궁으로 거둥하기 전에는 찾아볼 수 없었던 생동감이 가득했다. 세자빈이 물었다.

"저하. 무엇을 보셨나이까?"

"교룡을…… 보았소."

교룡이라면…… 물속에 산다는 전설의 용이었다. 화려한 비상을 꿈꾸는 용. 바깥세상에서 저군은 자신의 용을 보았다.

"나의 백성들…… 그들이 용이 되어 나를 따라오고 있었소."

순간 세자빈 홍씨는 기다리던 때가 왔다고 생각했다. 드디어 세자가 보위를 향한 야망을 펼치려 한다고 여겼다. 긴 세월 동안 세자는 지나치게 가라앉아 있었다. 부왕에 대한 두려움 때문이었을 것이다. 대리청정하는 세자의 정치는 지나치게 조용하고 지나치게 소극적이었다. 철의 심장을 가진 여인 홍씨에게 그런 지아비는, 그런 세자는 위약해 보여서 싫었다. 열 살 동갑내기로 처음 만났던 그 날, 어렸지만 세자는 늠름하고 대장부다웠다.

"부모와 떨어졌다고 울지 마시오. 내가 지켜주고 아껴주고 신나게 놀아주겠소."

영특함과 강건함으로 부왕에게도 사랑받던 지아비였다. 그런 세자가 자라면서 점점 자신의 세상에 갇힌 채 자신의 생각으로만 정치를 바라보았다. 격렬하고 혼탁하고 간특한 부침의 조정에서, 세자는 지나치게 순정적인 이상주의자가 되고 있었다.

홍씨는 지아비인 세자가 머지않아 위기를 맞을 것이라 여겼다. 그런데 오늘, 세자 이선의 눈동자는 불타오르고 있었다. 정말 오랜만에 보는 눈빛이었다. 욕망이나 야망, 자부심과 패기 같은 것, 무언가를 이루 말할 수 없이 소원하는 불꽃이었다. 홍씨가 기다리던 그런 불꽃이었다. 홍씨의 눈이 붉게 물들었다.

"저하. 이렇듯 생기 충만하시니 소첩은 지금 죽어도 여한이 없사옵니다."

"난 이제껏 작은 세상에서 살고 있었던 것 같소. 혈통으로 인해 생겨난 의무와 책임감. 그런 것들과 싸우느라 인생의 진력을 다 소진하고 있었던 거요. 그런데 저 밖에서 무엇을 본 지 아시오?"

"무엇을 보셨나이까?"

"갈라진 논밭에서 목숨을 걸고 하늘과 땅과 싸우는 사람들을 보았소. 그들은 언제 죽을지 모르는 상황에서도 희망의 끈을 놓지 않으려 했소. 내가 이 부유한 공간에서 나른하게 소멸해 갈 때, 그들은 그 척박한 생사의 경계에서 온 힘을 다해 싸우고 있었소. 내일 하루를 장담할 수 없는 그 전장을 머리에 이고 날 찾아왔었소. 무수히 죽어가면서도, 내가 그들의 희망이기를 바라면서, 산을 넘고 물을 건너 나에게로 왔었소."

"저하……"

"빈궁! 나도 이제 싸우기로 했소! 나를 위해, 그들을 위해 난 싸워야겠소!"

정말 오랫동안 기다려온 말이었다. 세자빈 홍씨는 눈물을 쏟아냈다.

"저하. 어찌 이제야……"

이선이 세자빈을 따스하게 안았다.

"그동안 빈궁의 마음을 헤아리지 못했었소. 미안하오."

세자빈 홍씨는 지금 이 소식을 바로 아버지 홍봉한에게 전하고 싶었다. 그렇게 기다리던 세자의 출사표.

"저하. 안국동의 장인께 기별을 넣으셔요. 장인의 노론을 등에 업으시면 저하의 교룡은 하늘 끝까지 비상하실 겁니다."

그 순간 문득 홍씨는 세자 이선의 눈빛에서 작은 바스러짐을 보았다. 반짝하고 사라지는 유성의 빛 같은 것. 일순 타오르다 소멸하는 장작개비의 불티 같은 것이었다. 가슴 벅차오르는 기쁨도 잠시 설명할 수 없는 불안감이 스치고 지나갔다. 이선이 홍씨의 손을 더 굳세게 잡았다. 그 얼굴에서 미소가 떠나지 않고 머물러 있었다. 단호한 목소리로 이선이 말했다.

"빈궁. 난 이제 당론 같은 것들, 붕당 같은 것들을 무서워하지 않기로 했소."

이것이었다. 세자빈 홍씨의 불안감은 바로 실체를 드러냈다.

지아비이자 왕세자인 이선은 노론을 등에 업을 생각이 없는 것이었다.

"빈궁이 내 편이 되어준다면, 내 조선의 탕평을 위해, 저 헐벗고 굶주린 백성을 위해 나를 불길 속에 내던질 각오가 돼 있소."

세자빈 홍씨의 얼굴이 딱딱하게 굳어져 갔다. 홍씨가 슬그머니 이선이 잡고 있던 손을 뺐다.

"저하…… 아직도 모르시나요? 이 궁궐이 무엇으로 이루어진 줄 모르시겠습니까? 승하하신 대비께서도 왕후께서도 노론이셨습니다. 저하의 생모이신 영빈 마마는요? 모르십니까? 새로 들어오신 계비 마마는 어떻습니까? 궁궐 밖은요? 국구이신 김한구 대감도 영상인 김상로 대감도 심지어 제 아버님도! 삼정과 육조와 삼사를 거진 다 노론이 채우고 있습니다. 남인은 흔적도 없고 소론은 낡은 병풍처럼 이름뿐입니다. 백번 양보해서! 그들 모두 노론이 아니다 할지라도 대조(大朝)[49]께서! 용상에 계신 대조께서 지난 나주 벽서 사건 뒤로 어떠신지 모르십니까? 노론은 따라야 할 대세가 아니라 저하의 미래입니다. 노론이 없이는 저하의 미래도 없다는 걸 정녕 모르십니까?"

---

49) 대조(大朝) : 왕세자가 대리청정할 때 임금을 이르던 말.

말과 말 사이, 단어와 단어 사이 음절마다 행간마다 홍씨는 몇 번이나 울컥했는지 모른다. 애절한 떨림으로 지아비의 무지와 순수를 깨우치려 했다. 이선의 눈빛이 깊은 고독으로 빠져드는 듯이 보였다.

"백성의 세자가 아니라……"

"노론의 세자가 되어야 합니다! 그래야 저하께서! 세손께서! 사실 수 있습니다."

홍씨는 철벽같았다. 무서울 정도로 완고했다. 세자 이선은 입술을 굳게 다물었다. 작은 한숨마저도 새어나가는 걸 참고 있는 듯했다. 아련하게 천장과 방바닥을 오가던 이선의 눈이 다시 홍씨에게 닿았다. 숨을 고르고 한결 부드러워진 눈빛으로 다시 홍씨의 손을 잡았다.

"빈궁…… 그대에게 묻겠소."

"말씀하시어요."

"나의 아내가 되어 줄 순 없겠소? 이제 그대의 가문을 떠나 나의 생각과 나의 의지를 믿고 따라 줄 나의 사람…… 그런 사람이 되어 줄 순 없겠소?"

세자빈 홍씨는 한 치의 빈틈도 없는 얼굴로 지아비를 바라보았다.

"열여섯에 태어난 첫아이가 열여덟 제 품에서 죽었습니다.

그해 가을 지금의 세손이 태어났지요. 어떤 지옥이 와도 저는 세손을 지킬 것입니다."

"나와 함께 지키면 되지 않겠소?"

"저하께서 들어가시려는 지옥불…… 저하는 감당 못 하십니다. 저하뿐만 아니라 저와 제 식솔, 그리고 세손까지! 그 지옥불에 모두 휩쓸려 갈 것입니다."

"빈궁……"

"저하는 모르십니다! 저하는 대조를 모르십니다. 저하는 자신의 아버지를 모르신다고요!"

홍씨는 끝내 치마폭에 얼굴을 묻고 울었다. 이선은 까맣게 속이 타들어 갔다. 도대체 이 여자는 이 궁궐에서 무엇을 본 것인가. 무엇이 이토록 이 여인을 끝도 모를 두려움에 빠트리고 있는 것인가. 밀려오는 무력감에 이선은 미칠 것만 같았다. 여기서 무너지면 안 돼, 다짐하고 다짐해도 떨리는 무릎을 감당하기가 힘들었다.

이선은 비틀거리며 자리에서 일어났다. 홍씨는 아직도 그 자리에 엎드려 울고 있었다. 아내의 바람대로 노론의 세자가 되어 노론의 용상에 오를 수도 있었다. 하지만 그건 이선의 세상이 아니었다. 비틀린 일당독재의 광대가 되어 살고 싶지 않았다. 그런 왕은, 이선의 왕이 아니었다. 왕권 그 이상의 편협과 살기로 뭉친 노론은 세자 이선의 교룡이 아니었다.

이선은 아버지가 못다 이룬 꿈. 백성의 왕, 탕탕평평의 왕이 되고 싶었다. 세상 밖에서 백성의 교룡을 보고 난 후 이선은 이제 숨어살 수 없다는 걸 알게 되었다. 백성의 교룡은 이미 꿈틀대며 비상을 준비하고 있었다. 이선에게 어서 굴 밖으로 나오라 호통치고 있었다.

이선은 빈궁전을 떠나기 전, 아직도 엎드려 울고 있는 홍씨를 향해 낮고 조용히 말했다.

"빈궁. 미안하오. 난 이제 예전처럼 그렇게 살 순 없소."

홍씨의 어깨가 멈췄다. 굳은 듯 그대로 있었다. 이선이 밖으로 나갔다. 이선이 나가고도 한참 동안 세자빈 홍씨는 그대로 엎드려 있었다. 이선의 눈동자에서 온 가족의 몰락을 보았다. 자신과 자신의 친정, 아들 세손의 불안한 미래가 넘실거렸다.

홍씨가 벌떡 몸을 일으켰다. 눈물을 닦았다. 손이 뜨거워졌다. 넋 놓고 있을 시간이 없다는 걸 알았다. 영민한 두뇌가 어떤 해답을 향해 번개처럼 회전했다. 어쩌면 오랫동안 무겁게 가슴에 품고 있던 해답인지도 몰랐다. 홍씨는 흐트러진 치맛자락을 가지런히 골랐다. 깊게 호흡한 뒤 장지문 밖을 향해 누군가를 불렀다.

"거기 복례 있느냐?"

세자빈의 몸종 나인 하나가 미끄러지듯 들어와 엎드렸다.

"예, 마마."

"복례야. 의관을 다시 추슬러야겠다."

"어떤 옷으로 준비할까요?"

"문안할 것이다."

"어디로 가시게요?"

"중궁전으로 갈 것이다."

복례가 움찔 놀랐다. 세자빈의 얼굴을 살폈다. 그 어떤 일에도 기색 없는 세자빈이지만 중궁전 얘기만 나오면 미간이 갈라지곤 했었다. 열 살이나 어린 시어머니 계비 김씨가 있는 곳이 중궁전이었다.

나이 열여섯의 계비는 어린 소녀가 아니었다. 예순일곱의 임금을 지아비로 받아들인 여자, 조선의 어엿한 국모였다. 세자빈의 시어머니였다. 만날 때마다 두 여인의 자존심 대결로 서걱거리는 불협화음이 가득했던 곳, 그런 중궁전으로 세자빈이 가겠다는 것이었다.

홍씨가 궁궐로 시집오면서 본가에서 데려온 몸종 복례는 세자빈을 누구보다 잘 알고 있었다. 자존심으로 뭉친 여인이 홍씨였다. 싫은 소리 듣기를 죽기보다 꺼리는 여인이었다. 헌데 세자빈을 볼 때마다 날카로운 혓바닥으로 가슴에 칼질을 해대던 이가 계비 김씨였다. 그런 계비를 정식 문안일도 아닌데 만나러 간다면 보통 일이 아닐 것이라 여겼다. 복례의 가슴이 요동쳤다. 지레짐작으로 심장이 벌렁거렸다. 우물쭈물하는 복례를 홍씨가 놓칠 리가 없었다.

"죽으러 가는 길도 아닌데 웬 요란이냐?"

중궁전의 계비 김씨는 시중드는 나인들에게 둘러싸인 채 머리를 다듬고 있었다.

세자빈은 중궁전에 들어서고 입방하려는 보고가 있고 나서도 한참을 기다려야 했다. 한 시진이나 지났을까, 들어오라는 명이 내렸다. 복례는 미동도 않고 기다리던 세자빈이 치마폭을 부서져라 움켜쥐는 걸 보았다. 그러나 그 얼굴에는 어떤 기색도 없었다.

세자빈이 들어서서 곱게 인사를 올렸다. 상석에 앉은 계비는 앳된 얼굴로 자리하고 있었다. 열여섯 나이의 홍조가 그 얼굴에 가득했다. 세자빈이 고운 음성으로 인사했다.

"강녕하시었습니까, 마마."

"문안 일도 아닌데 어찌 오시었습니까?"

반가운 기색이라고는 전혀 없는 계비. 그래도 홍씨는 개의치 않았다.

"중전마마께 긴히 드릴 말씀이 있으니 복례는 나가 있거라."

계비에게 들으라고 한 말이었다. 복례가 일어서서 나가자 계비의 나인들이 눈치를 봤다. 계비가 자신의 나인들에게 나가라는 소리가 없다. 괜히 나인들만 안절부절못하고 있었다. 다시 세자빈이 말했다.

"긴히 드릴 말씀이 있습니다."

"나 혼자 들어야 할 말씀입니까?"

"그렇습니다."

계비가 턱짓으로 까닥였다. 그제야 기다렸다는 듯 시중 나인들이 부리나케 밖으로 나갔다.

"궁에 들어오신 지 이제 일 년이 되셨나요?"

"여태 중궁전에 문안오시고도 새삼 물으시나요?"

"어렵고 힘든 일이 있어도 워낙 내색하지 않으시니 아랫사람이 마땅히 살펴야 할 것 같아 여쭙는 것입니다."

"아래는 아래대로 위는 위대로, 처신에 맞게 궁리하고 행하면 어렵고 힘들 일이 없습니다."

계비는 똑똑 부러졌다. 정비였던 정성왕후가 승하하고 열다섯 나이에 계비로 궁에 들어온 김한구의 딸 김씨는 보통 소녀가 아니었다. 머리끝에서 발끝까지 최고라는 자부심으로 뭉친 여자였다. 자신보다 51세나 많은 임금에게 사랑을 갈구하며 궁에 들어오지 않은 것은 자명한 일. 계비 김씨는 최고로 살기 위해 계비 간택 단자를 올렸었다. 망설이던 아비와 어미에게 스스로 단언했었다.

“자신 있어요. 간택에 들 자신, 임금을 모실 자신, 최고로 살아갈 자신.”

아비 김한구는 호조참의를 지냈던 김선경의 아들이었고 노론 중심가문 출신이었다. 딸이 계비가 되자 돈령부도정을 거쳐 오흥부원군에 봉해지고 금위대장에 올랐다. 김씨의 선택은 성공하고 있었다.

문제는 같은 노론이지만 조선 제일의 외척으로 자리 잡아가고 있던 홍봉한의 집안이었다. 세자빈의 아비 홍봉한. 조만간 정승에 오를 노론의 대세인데다 임금의 총애가 컸다. 그 아우 홍인한도 한성부 우윤으로 활약하며 거침없는 소신발언으로 정계에서 눈도장을 찍고 있었다. 그 세자빈의 풍산 홍씨 일가가 새로이 외척이 된 경주 김씨 집안을 가르치려 들었다는 것이 문제였다.

처음에는 단순한 호의에서 출발한 것들이었다. 자잘한 궁중의 예법과 외척의 의무 같은 것들. 머리를 조아리며 고마워하던 계비 김씨 일가는 두어 달도 되지 않아 싫은 티를 내기 시작했다.

열 살이나 많은 양아들과 며느리, 세자 이선과 세자빈 홍씨를 계비 김씨는 이유 없이 싫어했다. 이제 갓 궁에 들어온 열여섯 계비에게 스물여섯 장성한 어른들이, 게다가 나라의 국본인 왕세자 부부가 진심으로 조아릴 순 없는 일이었다. 그 당연지사를 계비는 당연으로 여기지 않았다. 자신에게 고개를 숙이지 않는 왕세자. 계비 김씨는 궁에 들어온 지 일 년도 채 되지 않아 자신의 정적을 만들어냈다.

임금은 탕평책의 일환으로, 열 살에 죽은 첫아들 효장세자의 아내로 소론의 영수였던 조문명의 딸을 택했다. 조문명은 소론이었으나 임금의 탕평책에 적극적이던 인물이었다. 그의 딸 효장세자의 아내 현빈 조씨는 살아생전 외척의 정치개입을 반대했었고 시아버지인 임금을 극진히 모셨다. 그로 인해 임금의 애정을 받았었다.

하지만 이것만으로 탕평의 균형을 맞추기에는 부족했다. 소론의 기반 위에 서 있던 선왕 경종을 둘러싼 세상의 의문은 풀리지 않고 있었다. 그 뒤 뒤늦게 아들 이선이 태어나자 임금은 선왕 경종의 죽음을 둘러싼 소론의 소음과 의혹을 잠재우기 위해서 세자를 저승전에서 키우게 했다. 자신의 아들을 소론의 텃밭에 던져놓으며 탕평의 명분을 쌓으려 했다.

저승전은 선왕 경종이 세자 시절 대리청정하던 곳이었고, 미심쩍은 경종의 죽음으로 통한이 맺혔던 경종의 계비 어씨의 임종이 각인된 곳이었다. 어씨의 궁인이었던 두 명의 상궁이 어씨가 죽고 나서 어린 이선을 받아 키우게 되었다. 소론의 그림자로 채워진 저승전에서 세자의 어린 시절이 차곡차곡 쌓여갔었다.

그런 사실들이 계비 김씨 일가를 바빠지게 만들었다. 외척이 되고나서 계비 일가에게 왕세자는 지나치게 불안한 미래가 되었다. 소론의 사람이라 여겨지는 세자 이선이 왕위에 오르고 나면 세자를 경계하던 노론당인들이 살아남기 힘들어진다. 게다가 노론의 당론으로 계비가 되고 국구가 된 김씨 일가는 풍비박산이 날 것이라는 그림. 더욱이 서로 냉랭하기 그지없는 사이였던 계비 김씨의 미래는 너무나 뚜렷해 보였다.

왕세자를 향한 음성적인 소문의 진앙지는 계비 김씨 가문이라는 의심들이 떠돌아다녔다. 늙은 임금의 귀에 대고 속삭이는 열여섯 김씨의 밀어들이 왕세자를 임금의 마음에서 밀어내고 있다는 소문들이었다. 임금의 잠자리에 든 여인들은 모두 하나같이 노론 일색이었다. 후사를 기대해 세자를 내치려던 후궁 숙의 문씨가 그랬고, 중전이었던 정성왕후가 그랬고, 새로 들어온 계비 김씨가 그랬다. 심지어는 세자의 생모인 영빈 이씨마저도 소론을 감싸는 세자의 생각에 찬성하지 않았다. 궁중 내전의 저울추는 모두 노론으로 기울어 있었다.

수상한 편린들이 궁중을 이리저리 휘젓고 다니고 있었다. 나인들과 내관들은 굳게 입을 다물고 있었지만 세자빈 홍씨의 귀와 눈에는 또렷하게 들리고 명확하게 보였다. 그중 가장 위험한 것은 계비의 임신이었다. 만약 계비가 잉태라도 한다면, 천지개벽할 일이 일어나리라 보았다. 그렇게 되면 지금의 세자뿐만 아니라 세자빈 홍씨의 집안, 그리고 어린 세손까지 안전을 도모할 수 없는 상황이 될 것이라고 보았다.

몇 년 전, 임금이 정을 주었던 숙의 문씨의 일례도 있었다. 효장세자의 아내 현빈 조씨가 승하하고 그 처소의 나인이었던 숙의 문씨가 임금의 눈에 들었다. 이후 숙의 문씨가 임신했을 때 궁중은 극도의 긴박감으로 빠져들었었다. 왕자라도 태어난다면 노론에게 적대적인 왕세자를 밀어낼 구실이 생겨나기 때문이었다. 노론은 조직적으로 뜻을 모으고 있었고 몇몇 남지도 않은 소론의 인물들은 세자의 안위를 목숨 걸고 지키고 있었다. 왕자가 아니라 옹주가 태어나면서 모든 일은 싱겁게 끝나버렸지만 아찔했던 기억은 세자빈에게도 깊이 남았었다.

궁궐은 계비가 먼저 잉태를 하느냐, 세자가 먼저 보위에 오르느냐의 물밑 싸움이 되어가고 있었다. 하지만 언제 승하해도 이상할 게 없는 나이, 이미 예순을 훌쩍 넘긴 임금이 후사를 남기기는 힘들었다.

세자가 지금 이대로 보위에 오르는 것도 해결책이 될 수 없었다. 자신의 지아비가 이대로 왕위에 오르면 세자를 견제하던 노론 대신들은 줄줄이 낙향할 게 뻔했다. 편당으로 인해 억울하게 문책당하고 탄핵당한 인물들이 구제되고 복관될 것이고, 자신의 가문은 노론 내에서도 따돌림을 당할 것이며 세자에게도 외면을 당할 것이 분명했다.

게다가 그렇게 가만히 당할 노론이 아니었다. 집단반발과 폐위, 택군으로 이어지는 참상이 벌어질 가능성이 컸다. 세자빈에게는 그 모든 것이 주마등처럼 펼쳐져 보였다. 지아비 세자 이선이 노론으로 돌아선다면 모든 게 해결될 문제였다. 하지만 세자빈 홍씨는 자신의 지아비를 일찍 규정해 버렸다. 이상과 신념에 사로잡힌 인간. 식솔들이 모조리 지옥불에 휩쓸릴지라도 개의치 않을 사람.

열여섯 계비는 세자빈 홍씨의 불안과 긴장을 들여다보는 눈으로 말했다.

"소조의 일로 오신 건가요?"

"어찌…… 아셨습니까?"

"편치 않은 길이라 단 한 번도 예외로 오신 적이 없지요. 그런데 이렇게 오셨다면 짐작하고도 남는 일 아닙니까?"

늙수그레한 여우. 계비를 볼 때마다 세자빈 홍씨는 그런 생각이 들었다. 열여섯이 아니었다. 자신의 나이 열여섯, 첫 아이 의소세손을 낳던 그때가 떠올랐다. 아이를 낳았어도 자신은 아직 어리다고 생각했었다. 헌데 계비는 달라도 너무 달랐다.

"국구를 뵙게 해 주십시오."

전혀 예상하지 못한 말이 세자빈의 입에서 나왔다. 세자빈은 지금 임금의 장인인 국구, 즉 계비의 아버지를 만나게 해달라는 것이었다. 이러저러한 짐작으로 계비의 얼굴이 딱딱하게 굳어갔다. 쉽게 대답하지 못했다. 계비가 당혹감에 젖어들수록 세자빈 홍씨는 여유가 생겨났다. 가벼워졌다. 겨우 계비가 입을 열었다.

"아버님은 어찌 보자고 하십니까?"

"만나서 드릴 말씀이 있습니다."

"왜, 내가 그래야 합니까?"

"계비 마마 집안의 존폐가 걸린 일이라면 대답이 되겠습니까?"

미약하나마 계비의 입꼬리가 떨리는 걸 세자빈이 놓치지 않았다. 아무리 여우 짓을 해봤자 열여섯이다. 궁중 암투로 치면 십 년 이상의 선배가 세자빈이었다. 계비 김씨의 입에서 파리한 기색의 목소리가 흘러나왔다.

"내게 먼저, 말씀하세요."

대답 없이 한참 계비를 물끄러미 보던 세자빈이 무릎걸음으로 한순간에 훌쩍 다가왔다. 계비의 어깨가 순간 움찔하는 것이 보였다.

"제 말씀을 감당하실 수 있겠습니까?"

세자빈 홍씨의 나직한 말이 계비 김씨를 찔렀다. 이를 악 다물고 계비가 말이 없다. 이윽고 귀밑까지 빨개진 계비가 코앞까지 다가온 세자빈을 쏘아보았다.

"비켜나지 못해요?"

세자빈이 정중히 인사하며 뒤로 물러났다. 담담한 표정의 세자빈의 얼굴과는 달리 계비는 빨개진 얼굴을 추스르느라 정신이 없어 보였다.

"내일 다시 문안을 오겠습니다. 그때 국구께서도 마침 마마께 문안을 오신다면 좋겠습니다."

계비가 이렇다 저렇다 대답을 하기도 전에 세자빈이 인사하고 일어났다. 세자빈 홍씨가 문을 열고 나왔다. 밖에서 기다리던 복례는 잔뜩 걱정한 얼굴로 세자빈을 맞았다. 허나 기우였다. 무슨 일인지는 알 수 없지만 홍씨는 붉게 상기되어 있었다.

복례는 그런 얼굴의 홍씨를 잘 알았다. 입을 굳게 다문 채 상기된 얼굴. 전방 어딘가를 노려보며 주먹 쥐고 큰 걸음을 놓는 홍씨. 승리한 자의 보폭.

다음날 세자빈은 약속대로 다시 중궁전으로 갔다.

나인들을 물리고 찻잔을 마주하고 앉은 지 한 식경이 지나자 밖이 요란해졌다. 계비의 아비이자 임금의 장인, 노론의 떠오르는 실세 금위대장 김한구가 들어왔다. 미리 발을 쳐서 방을 갈라놓은 후라 서로의 얼굴은 알아보기 힘들었지만 말들이 오가기에는 충분했다. 김한구는 먼저 계비에게 인사하고 세자빈에게 인사했다. 두루두루 건강과 염려를 묻고 나자 침묵이 돌았다. 세자빈 홍씨가 먼저 침묵을 깼다.

"이렇듯 무례를 범해 실로 죄송합니다."

"아니옵니다. 동궁전에 청대하고 자주 인사를 올려야 하는 제가 송구할 따름입니다."

김한구가 받았다. 계비 김씨는 계속 침묵했다. 미리 아비에게 언질이 있었을 것이라 홍씨는 여겼다.

"부디 소청이 있사온데 오늘 여기에서 있는 말은 하늘이 두 쪽 나도 이 방에서 새어나가지 않기를 바랄 따름입니다."

"음……"

김한구가 신음소리를 내며 수염을 쓸었다.

"약조해 주시지 않으면 이대로 물러갈까 합니다."

"빈궁 마마의 말씀을 어찌 소신이 아무 데다 흘리겠습니까? 염려마시고 말씀하십시오."

세자빈 홍씨는 찻잔을 들어 한 모금 물었다. 목이 타고 가슴이 타들어 가는 기분이었다. 밤새 잠 못 이루고 이리 굴리고 저리 굴리던 말을 꺼내야 했다.

"세자 저하께서는……"

세자란 말이 나오자 일순간 정적이 방안을 휘감았다. 부스럭거리는 소리 하나 들리지 않았다.

"우리와 같지 않습니다."

세자빈의 말에서 우리란 말이 나왔다. 우리라는 것은 계비 김씨 일가와 세자빈 홍씨 일가, 즉 노론의 당인이 아니라는 뜻이었다.

"저하께서 보위에 오르시면……"

세자빈이 또 말을 멈추고 숨을 먹었다. 깊은 생각에 젖은 표정으로 굳어버린 듯했다. 보위라는 말은 무서운 말이었다. 김한구는 바짝 긴장하고 있었고 계비도 그 뜻을 짐작하는지 바들바들 떨고 있었다.

"대감의 가문도 저의 가문도 온전할 수 없습니다."

"아……"

끝내 김한구가 탄식했다. 다른 이도 아니고 세자의 아내, 세자빈의 입에서 나온 소리라고는 믿기지 않는 말이었다. 김한구는 이 일을 어찌 받아들여야 할지 막막한 기분만 들었다. 세자빈은 지금 적진에 홀로 들어와 쑥대밭을 만들고 있는 셈이었다. 김한구가 머리를 찧을 듯 바닥에 조아렸다. 그의 목소리가 무척이나 떨렸다.

"어찌 이리 무서운 말씀을 하십니까?"

세자빈은 개의치 않기로 한 모양이었다. 이미 엎질러진 물인 듯 막힘없이 생각을 열었다.

"저하께서는 이제 무슨 일을 꾸릴지 알 수 없습니다. 경계하고 또 경계하셔야 합니다. 제가 있는 힘껏 돕겠습니다."

"아……"

김한구의 탄식이 또 흘러나왔다.

"이제 한 배를 타지 않으면 우리는 모두 죽습니다."

세자빈은 단호했다. 계비가 입술을 깨물고 있는 것이 보였다. 세자빈이 발 너머의 김한구를 불렀다.

"대감."

"네, 마마……"

"제 아버님과 화해하십시오."

"……."

"두 분이 같이 판을 그리지 않으면 두 가문의 미래가 없습니다."

"……."

"그리해서, 뜻이 이루어지거든 한 가지 소청을 들어주십시오."

세자빈 홍씨가 발을 걷어 올렸다. 황망한 가운데 김한구가 조아리자 세자빈이 닿을 듯 다가왔다. 홍씨의 눈망울이 글썽거렸다. 김한구는 더욱 조아렸다.

"마마. 어찌……."

"세손은 아닙니다."

"마마……"

"어떤 경우에도 세손은 다쳐선 안 됩니다."

"마마……"

"세손은 보위에 올라야 합니다."

"마마……"

"세손은, 우리들의 임금이 되실 겝니다. 제가 그리 만들겠습니다."

홍씨는 그 말끝에 울음이 터지고 말았다. 김한구는 홍씨를 볼 수 없었다. 그때까지도 계비 김씨는 한마디도 하지 않고 있었다.

세자빈은 무서운 사람이었다. 자신의 지아비를 버리고 아들을 택하기로 결정한 것이었다. 백척간두에 선 중전보다는 가문을 보존할 대비가 세자빈 홍씨의 결정인 듯했다. 세자빈 홍씨의 승부수는 던져졌다.

김한구는 어떤 대답도 못 하고 벌벌 떨고만 있었다. 편전에서 노기를 띤 임금 앞에 조아리고 벌벌 떨던 기억이 났다. 어떤 기시감으로 김한구는 더욱 떨렸다. 세자가 아니었다. 자신이 그토록 경계하던 동궁전의 실체는 세자빈이었다. 세자빈을 적으로 돌린 뒤에 어떤 미래가 펼쳐질지 아득했다. 김한구는 결국 아무 답도 못 하고 세자빈을 전송했다.

세자빈이 중궁전을 떠나 돌아오는 길에 여러 새들이 울었다.

홍씨는 가마를 멈추게 하고 가마 문을 열었다. 복례가 황급히 다가왔다.

"마마. 무슨 일이라도……"

홍씨의 눈이 새소리를 쫓는 듯했다. 복례는 홍씨의 시선을 쫓았다. 허공에는 아무것도 없었다.

"무엇이…… 있습니까?"

"아니다. 가자꾸나."

홍씨는 가마 문을 닫고 다시 길을 갔다. 홍씨가 찾은 건 새가 아니었다. 문득 묵직한 파공음이 느껴졌기 때문이었다. 하늘로 비상하는 물체. 아직 설마……

교룡은 어디에도 보이지 않았다.

하늘은 무거웠다. 다행이었다. 교룡이 날아오를 만큼 가볍고 청명한 날은 내내 오지 않을 듯했다.

9. 이선(李愃)

온궁에 다녀온 경진년 가을을 보내고 겨울을 보내고 그다음 해 신사년(辛巳年)[50] 봄이 올 때까지 세자 이선에게 별다른 움직임은 보이지 않았다.

임금은 그때까지도 세자의 진현(進見)[51]을 허락하지 않았다. 병이 깊으니 올 필요가 없다고 임금은 세자를 걱정했다. 하지만 누가 보아도 임금의 배려는 거짓이었다. 아들을 향한 임금의 혼란은 정리되지 않고 있었다. 따라서 임금은 아들을 보고 싶은 생각이 없었다.

50) 신사년(辛巳年) : 1761년. 영조 37년.
51) 진현(進見) : 임금께 나아가 뵘.

그 사이 이선은 병을 핑계로 동궁 깊숙이 엎드려 있었다. 어떤 정치적 활동도 없었다. 칩거에 가까운 행보로 일관했다. 이선은 간간이 덕성합에서 약방제조들을 만나는 일 이외에는 정사에서 손을 놓고 있었다고 해도 과언이 아니었다.

동궁으로 진달되는 사안에 대해서는 오로지 우악(優渥)[52]하게 비답한다는 답장만 돌아왔다. 끊임없이, 줄기차게 이선은 같은 답만 반복했다. 노론의 생원 하나가 노론 인물을 충주의 서원에 추가 배향할 것을 요청하는 사안에 따르지 않겠다고 한 것이 유일한 다른 답이었다. 그렇게 동궁으로 향한 관심이 지쳐갈 때쯤 4월이 오고 있었다.

창덕궁에 봄이 가득했다.

홍매화와 개나리와 산수유가 저마다 풍성했다. 이선은 오랜만에 그 흐드러진 꽃길을 가로질러 창덕궁 후원의 춘당대로 향했다. 계방 좌익위 조유진과 동궁의 내관 유인식이 왕세자를 따랐다. 이선은 말을 두고 가마도 거부한 채 걸어서 춘당대로 향했다. 이선의 말을 끄는 계방 무관들이 저만치서 뒤따르고 있었다. 이선의 걸음은 느리고 한가로웠다. 바쁠 것 하나 없는 걸음

---

52) 우악(優渥)하게 : 은혜가 매우 넓고 두텁게.

으로, 이선은 꽃길을 유유자적 걸었다. 어디에도 아픈 자의 기색은 보이지 않았다.

"춘천에서 봄소식은 왔더냐?"

이선의 말은 느긋했지만, 이선의 말을 듣는 조유진과 유인식의 얼굴에는 팽팽한 긴장감이 감돌고 있었다. 좌익위 조유진이 대답했다.

"전갈로 미루어 오늘 밤이면 당도할 것입니다."

"광진 나루라 했더냐?"

"그렇습니다."

"나가 있겠다."

"저하. 어찌 미리 나가신단 말씀입니까? 도착했다는 전갈을 받은 연후에 미행(微行)[53]하셔도 될 일입니다."

조유진의 말이 빨라졌다. 이선이 발걸음을 멈췄다.

"노령에 말을 타고 한걸음에 오고 있다. 나가서 기다리는 게 당연하다."

"분부대로…… 거행하겠나이다."

완고한 이선의 대답에 조유진이 한발 물러나기로 했다. 춘당대가 가까워지자 활시위 소리가 들려왔다. 이선의 얼굴이 환해

---

53) 미행(微行) : 지위가 높은 사람이 몰래 다니는 행동.

졌다. 사대(射臺)에 선 어린아이가 저만치 보였다. 세손이었다. 활쏘기를 가르치던 세손궁의 무장들이 이선의 방문에 황급히 조아렸다. 세손이 이선에게로 뛰어왔다.

"아바마마!"

이선은 달려오는 아들을 번쩍 안아 들었다. 세손으로 책봉된 아들 이산(李祘)은 이제 열 살이지만 이루 말할 수 없을 정도로 영특했다. 임금도 아들인 왕세자에게는 거리를 두었지만 왕세손에게는 각별했다.

세손의 볼은 봄바람에 건강한 붉은색으로 물들어 있었다. 하얗게 이를 드러내고 밝게 웃는 아들의 얼굴을 볼 때마다 이선은 모든 근심이 사라지는 기분을 느끼곤 했다. 온갖 암투와 모략이 교차하는 궁중의 바다에서, 아들은 순수한 섬 같은 것이었다. 훼손되거나 다쳐선 안 될 희망 같은 것.

하지만 지금 조정에서, 자신의 피를 받아 태어난 세손의 미래는 견고할 수 없었다. 왕가의 핏줄이란 것은 제위에 오르지 못했을 경우 목숨을 보존하기도 힘든 것이었다. 이선은 왕세자인 자신이 아들의 안전을 염려하고 있다는 자체가 괴로웠다. 그런 이유로 아들의 밝은 미소를 볼 때마다 애잔하고 불안한 감정이 뒤섞여 이선을 심란하게 만들곤 했다.

이선은 아들의 머리를 안고 볼을 쓰다듬었다. 아내가 봤더라면 또 잔소리가 쏟아졌을 것이다. 왕가의 예법이 지엄한데 어찌 민가의 노복들이나 하는 모습을 보이십니까, 라고 시끄러웠을 것이다. 하지만 왕세자를 잘 알고 있는 동궁의 인사들은 아무도 나서지 않았다. 왕세자 이선이 유일하게 웃는 시간, 어지러운 마음을 놓고 가벼워지는 시간을 방해하려 들지 않았다. 이선은 아들을 내려놓고 사대로 같이 걸어왔다. 세손궁 내관들이 군궁과 유엽전을 들고 있었다.

"몇 순을 쏘았느냐?"

"일곱 순을 쏘았습니다."

세손이 쏘고 있던 활은 동궁의 군기고에서 직접 만들어 보낸 군궁이었다. 작고 가볍게 만들었지만 열 살 아이가 시위를 당기기엔 제법 매웠다.

"유엽전에 능해지고 내년이 오면 편전(片箭)[54]을 가르쳐 주마."

"편전이라면 그 작은 화살을 말씀하십니까?"

"본 적이 있느냐?"

"계방 무장들이 쏘는 걸 본 적이 있습니다."

"편전이 있느냐?"

---

54) 편전(片箭) : 30cm남짓 길이의 애기살.

이선이 주변에 대고 물었다. 누군가가 군장비가 든 수레에서 통아(桶兒)[55]와 애기살을 찾아내 가지고 왔다.

"편전은 이 통아에 애기살을 걸어서 쏘는 것을 말한다."

이선이 군궁에다 통아를 걸었다. 통아에다 애기살을 채우고 시위를 당겼다. 시위를 놓는 순간 엄청난 굉음이 일었다. 애기살은 폭발적인 속도로 과녁을 향해 날아갔다. 붉은 원이 그려진 홍심에 정확히 명중했다. 과녁을 지키던 병졸 하나가 붉은 깃발을 쳐들었다.

"관이요!"

세손은 아이다운 흥분을 감추지 않았다. 팔짝팔짝 뛰고 손뼉을 치고 입이 찢어져라 고함을 질렀다. 주변의 인물들이 모두 조아렸다.

"역시 저하의 위용은 명불허전이십니다!"

이선이 활을 내렸다. 사대에 선 이선은 늠름하고 압도적이었다. 어디에도 약방제조들이 다투어 간병해야 할 환자의 모습은 보이지 않았다.

그 무리 중에 유독 좌익위 조유진의 표정은 어두웠다. 지금 여기엔 세손궁의 관원뿐만 아니라 처음 보는 내관들과 나인들

---

55) 통아(桶兒) : 짧은 화살인 애기살을 담아 쏠 때, 활의 시위에 메어 쏘는 가느다란 나무통. 대나무나 참나무로 제작.

도 있었다. 당당하고 위압적인 세자의 모습이 여러 귀에 들어가는 건 좋은 일이 아니었다.

이선은 그런 조유진의 얼굴을 보고도 개의치 않았다. 장난감처럼 통아와 애기살을 만지작거리는 세손에게만 관심을 쏟고 있었다. 마치 다시 못 올 순간인양 이선은 아들만 바라보았다.

"아느냐? 조선의 편전은 중국 황실에도 비밀로 한 우리나라의 신기다."

"처음 듣사옵니다."

"임진란이 일어난 직후 왜국의 조총에 맞서 전세를 역전시킨 일등공신이 바로 이 편전이다. 대대로 고려활이고 조선활이다. 강궁이고 신궁이다. 명쾌하고 신묘하고 강력하길 따를 활이 없다."

아비의 말을 듣는 세손의 얼굴은 어떤 자부심으로 상기되었다. 온궁 행차 이후에는 병문안도 오지 말라 하령을 내리고 칩거에 들어갔던 아비였다. 오랜만에 보는 아비는 뭔가 달라 보였다. 이를 데 없이 강건하고 존경스러운 모습이었다. 세손이 오랫동안 기다려왔던 아버지의 그 모습이었다. 이선은 아들의 통아에 애기살을 걸어 시위를 만들어주었다.

"알아두어라. 조선의 편전은 작고 보잘것없어 보이는 모습으로 적의 방심을 적의 허영을 일격에 분쇄하는 무기다."

세손이 시위를 당겼지만 애기살은 통아에서 힘없이 빠져나와 버렸다. 세손이 실망한 듯 한숨을 쉬었다. 이선이 너털웃음을 터트렸다.

"실망하지 말라. 이 편전은 예사롭게 다뤄지는 것이 아니다. 조선의 정예 궁수들만이 쏘는 것이란다."

이선은 아들의 손을 잡았다. 아비와 아들은 사대를 떠나 춘당대 일원을 걸었다. 부용지를 휘 돌았다. 오늘따라 아비는 유난히 다정했다. 마치 먼 길을 떠나는 사람 같았다. 그 뒤를 따르는 좌익위 조유진과 내관 유인식에겐 적어도 그렇게 보였다.

"우리 조선은 땅이 작아 무(武)가 경시당하고 문약(文弱)의 나라가 되었다. 동으로는 왜가 있고 북으로는 오랑캐가 있다. 하여 항상 병기를 정비하고 무를 닦아 강병에 힘써야 한다. 지금 국경이 조용하다고 안심할 순 없다. 효종 임금께서 마음에 두신 것이 북벌이다. 이것이 내가 『무예신보』를 편찬한 이유다. 만약 뜻을 못 이룬다면 이 아비의 재능이 용렬한 탓이다. 너는 부디 문무를 겸비한 주군이 되어 선대의 사업을 이어야 한다."

"명심하겠사옵니다."

주변의 호위를 내치고 부용정에 오른 이선이 몸을 굽혀 아들의 머리를 쓰다듬었다.

"산아."

"네, 아바마마."

"너의 세상이 오기 전까지 너는 너를 드러내선 안 된다. 내 말이 무슨 뜻인지 알겠느냐?"

"명심하겠사옵니다."

"알아듣는단 말이지?"

"소자의 생각이 있다 해도 함부로 입 밖에 내지 말라는 말씀이지 않습니까?"

아들을 바라보는 아비의 눈시울이 석양의 기운을 받아 붉게 물들었다.

"너의 영민함이 널 보존할 것이다."

"아바마마. 내일 문안을 가도 되겠사옵니까?"

이선이 대답 대신 희미하게 웃는 낯을 보이며 아들의 머리를 쓰다듬어주었다. 아비는 또 칩거에 들어갈 모양이었다. 무엇인지도 잘 모른 채 해를 안은 세손의 눈도 붉게 물들었다.

"내년에는 꼭 편전을 가르쳐 주시옵소서."

이선이 아들의 머리를 꼭 껴안았다.

"그리하마."

아비의 품에 안긴 채 세손은 이상하게 그냥 눈물이 났다. 아비의 심장에서 폭포 소리가 나는 듯했다. 멀고 깊은 곳에서 울음 우는 계곡의 소리 같았다. 아비와 떨어져 오면서도 왕세손 이산은 아비의 그 심장 소리가 계속 따라오는 것 같았다.

춘당대에서 돌아오는 길에 이선은 말을 탔다.

조유진과 유인식도 말을 타고 따랐다. 이선이 유인식을 불렀다. 유인식이 다가와 왕세자와 말머리를 나란히 했다. 이선이 결연한 어투로 유인식에게 말했다.

"오늘 밤부터 시작이다. 너는 나의 자리를 대신해야 한다."

유인식이 힘을 주어 대답했다.

"하령을 받자옵니다."

"이 길은 살기 힘든 길이다. 저쪽이 널 알게 되어도 너는 저들에 죽을 것이고 네가 두 마음을 가지면 내가 너를 벨 것이다."

"각오하고 또 각오한 일이옵니다. 어찌 두 마음이 있겠사옵니까."

"좌익위."

"네, 저하."

조유진이 다가왔다.

"동궁의 나인 정복과 월항, 환관 김자호와 정규동을 잡아들여라. 노론이 심은 자들이다."

"어찌 처리하면 되겠습니까?"

"정복과 월항은 노비로 삼아 남쪽 섬으로 보내고 김자호와 정규동은 목을 베어라."

"하령을 받자옵니다."

"장안의 기방 하나를 구해 두어라. 오늘 밤 나는 밀주와 여자를 탐하러 나가는 것이다."

"하령을 받자옵니다."

"빈궁전에서는 반드시, 그리 알아야 한다."

세자빈 홍씨의 눈에 이선은, 여자와 밀주를 탐하러 다니는 파락호가 되어야 했다. 가장 무서운 적은 궁궐 안에 있었다. 그것도 세자 자신과 가장 가까운 사람. 아내였다. 세자빈이었다. 이선은 알고 있었다. 아내가 무엇을 불안해하는지, 어떤 돌파구를 마련할 것인지…….

아내는 아들 세손을 지키기 위해 왕세자인 지아비를 버릴 수 있다는 걸 이선은 알고 있었다. 노론의 눈과 귀가 되어 이선을 감시하고 있었다. 이선은 온궁을 다녀온 이후부터 칩거와 미행을 반복했다. 장안의 한량들과 어울리고 여자를 궁에 끌어들이고 술 취해 방탕한 모습을 보여주었다. 주위는 이제 권좌를 지켜낼 수 없는 무력한 국본의 모습으로 이선을 바라보았다. 이선이 바라는 대로, 주변의 날카로운 감시로부터 빈틈이 생겨나기 시작했다.

날이 저물자 이선은 평복으로 갈아입고 동궁을 빠져나갔다.

조유진이 앞장서고 계방 무관 넷이 호위하고 심부름할 내관들을 데리고 갔다. 이제 나가면 얼마나 궁을 비울지 몰랐다. 이번에는 꽤 긴 미행이 될 것 같았다. 내관 유인식이 이선의 침소에 누워 세자 행세를 하기로 했다. 유인식이 할 일은 우악하게 비답한다는 말만 되풀이하는 것이었다.

세자 일행이 창경궁 홍화문을 빠져나가 광진나루에 도착한 건 인경도 지난 깊은 밤이었다. 조유진이 미리 사람을 시켜 준비한 여객 하나가 거기 있었다. 이선은 여객에 들어서기 전 주변을 살피게 했다. 이상한 낌새는 없었다. 여객 주인과 원래 살던 종들도 하나 보이지 않았다. 궁밖에 심어놓은 조유진의 심복들이 자리를 잡고 있었다. 조유진의 일처리는 깔끔하고 믿을 만했다.

이선은 여객에 들어 호롱을 밝혔다. 만나기로 한 인물은 아직 오지 않았다. 어쩌면 동이 틀 때까지 기다려야 할지도 몰랐다. 이선은 조유진을 불렀다. 조유진은 무릎을 꿇고 한 치의 빈틈도 없이 앉아 있었다. 오늘 미행을 위해 사흘 전부터 한숨도 못 자고 바삐 움직였던 그다.

"편히 있으라. 말동무가 필요하다."

"괜찮습니다, 저하."

"하령이다. 편히 앉으라."

그제야 조유진이 못내 좌정했다.

"수고가 많았다."

조유진이 조아렸다.

"천부당만부당하신 말씀입니다. 소신이 덕이 없어 저하의 거둥이 이리 야박하니 몸 둘 바를 모르겠사옵니다."

이선의 시선이 장지문을 넘었다.

"작년 온궁에 두고 온 무관은 어찌 되었나?"

"저하께서 성은을 베푸시어 한 달여를 정양하다 원수 된 자를 찾아 떠났다 합니다. 아직 계방에 복귀하지 않고 있사옵니다."

"어찌 처리하였나?"

"성품이 투박하고 타협을 몰라 쓸모가 없지만…… 중심을 잡으면 그 누구보다 강직한 인물이라 아직 버리진 않고 있사옵니다."

"옳다. 자리를 비워두고 기다리라."

조유진이 무슨 말을 꺼내려 하는데 어려워하는 기색이 역력했다. 이선이 읽고 먼저 물었다.

"어려워 말고 말하라."

"그 무관을 간병했던 의녀가…… 동궁으로 복귀하지 않았습니다."

"연유가 무엇인가?"

"온양 관아의 보고에 의하면, 무관이 떠난 뒤 처소를 정리해 관아에 아뢰고 행방이 묘연해졌다 하옵니다. 동궁으로 복귀하지 않은 걸로 보거나, 소문으로 정리하자면 그 무관을 찾아 길을 떠난 듯합니다."

"의녀 개울."

이선이 생각에 잠기듯 허공을 응시했다.

"그러하옵니다. 게다가……"

"무어냐?"

"무관의 아이를 가진 듯합니다."

"……."

"의녀 개울은 동궁의 재산이므로 저하의 하령이 계시면 즉시 추포령을 내릴 수 있습니다."

"그런데 이제야 보고하는가?"

"소신의 태만을 군율로 다스려주소서."

이선이 무심히 조유진을 보았다.

"개울은 동궁의 의녀긴 하나 정식 나인이 아니고 비녀다. 노비 문서를 태우라. 다음 일은 그대가 뜻한 바대로 하라."

"하령을 받자옵니다."

조유진이 머리를 찧을 듯 다시 조아렸다.

계방 좌익위 조유진.

강직하기로는 둘도 없는 인물에다 충심이 깊고 무예가 뛰어난 무장. 조유진은 대대로 소론 명문가인 풍양 조씨 집안의 인물이었다. 오늘 춘천에서 날아오는 봄소식의 주인공 돈녕부영사 조재호의 조카가 조유진이었다.

조재호는 소론이지만 임금의 탕평책에 부응해 같은 소론인 이인좌의 난을 평정했던 풍릉부원군 조문명의 아들이었다. 우의정을 지낸 소론의 영수로, 세자 이선의 형수인 효장세자의 아내인 현빈 조씨의 오라버니이기도 했다.

이선은 현빈 조씨 생전에도 각별했었고 형수의 집안인 조씨 가문과 교우가 깊었다. 조재호는 계비 김씨의 책립을 반대했다는 이유로 귀양 갔다가 풀려난 뒤 춘천에 은거해 있던 중이었다. 조유진은 평소 춘천에 있던 조재호와의 연락을 담당하고 있었다. 몇 번의 서신 왕래가 있었고 오늘 때에 이르러 조재호가 비밀리에 상경, 세자 이선과 만나기로 한 것이었다.

이선이 달을 보겠다고 밖으로 나왔다. 아직 밤엔 봄바람이 차다고 조유진이 극구 말렸지만 이선은 듣지 않았다. 조유진은 알았다. 달을 핑계로 세자는 지금 밤사이 언제 올지 모르는 조재호를 맞으러 나간 것이다. 세자가 그만큼 절박하다는 뜻이었다. 그리고 그 절박함을 누구보다 잘 알고 있는 자가 조유진이었다.

세자를 따라온 내관 박문흥과 김우장이 큼지막한 횃불을 들고 세자의 좌우에서 보필했다. 횃불로나마 찬바람을 막아보겠다는 심산이었다.

"쓸데없이……"

이선은 횃불을 치우게 하고 여객촌 대로로 나왔다. 조유진이 따르고 계방 호위들이 따랐다. 말 탄 자들이 지날 때마다 조유진은 눈을 부릅떴다. 광진 나루의 여객을 드나드는 장사치들과 파발꾼들이 간간이 지나갔다. 조재호는 곧 환갑이 가까워져 오는 나이. 힘센 장정이 말을 몰아 쉬지 않고 온다 해도 밤새 도착할까 말까 한 거리. 아무래도 세자는 동이 틀 때까지 꼬박 찬바람을 맞아야 할 것 같았다.

"저하. 계방 수하들로 마중을 보내놓았으니 안으로 드셔서 기다리심이 어떻겠습니까? 강바람이 점점 매서워지고 있습니다."

조유진이 못내 권했지만 달구경 나온 이선은 꿈쩍하지 않았다. 달은 머리 위에 있건만 이선은 지금 동쪽으로 난 대로의 경계만 쳐다보고 있었다.

그때였다. 한 무리의 인마가 달려오고 있었다. 여객촌 거리로 접어들었지만 말은 속도를 줄이지 않고 있었다. 조유진은 순간 숙부 조재호가 온 것이라 직감했다. 조유진은 내관들이 들고 있는 횃불을 빼어 들고 흔들었다. 말 탄 자들이 멀리서 그 모습을 보고 속도를 줄였다. 조유진에게로 다가온 말에서 사람이 뛰어내렸다. 역시 마중 보냈던 계방의 수하들이었다. 그들 뒤로 말 한 마리가 황급히 달려왔다. 조재호가 흰 수염을 휘날리며 말 위에 타고 있었다. 환갑이 가까운 노령이지만 조재호는 풍채가 늠름하고 강건했다. 조유진의 눈시울이 붉어졌다.

"숙부……"

이선도 기다리던 조재호가 온 것을 알아보았다. 조재호도 미행한 평복 차림의 왕세자를 알아보았다. 말이 멈추기가 무섭게 뛰어내린 조재호가 급히 길바닥에 조아렸다.

"저하. 그동안 강녕하셨사옵니까?"

이선이 급히 조재호의 손을 잡아 일으켰다.

"대감. 수고 많았어요. 오신다고 정말 수고 많았어요."

"저하, 어찌……"

조재호는 이선을 보자 그만 뜨거운 눈물을 쏟아내고 말았다. 왕세자가 길에서 자신을 기다리고 있었다. 나라의 국본이 시골의 늙은 서생을 하늘에서 내려온 동아줄처럼 기다리고 있었다. 그 절박한 두 눈과 뜨거운 두 손을 접한 순간 조재호는 눈물을 주체할 수 없었다.

이선과 조재호는 주변의 이목을 피해 여객으로 자리를 옮겼다. 조재호는 방안에서 깊이 절하고 이선과 마주했다. 이선은 조유진을 불러 합석하게 했다. 조촐한 소반 위에 전과 떡과 차가 올라왔다. 이선이 담담히 말을 꺼냈다.

"저들은 폐위를 결심한 듯합니다."

조재호가 숨을 멈추고 움직이질 못했다. 긴 한숨을 내쉬는 조재호의 동공이 빛을 잃었다. 저들이란 노론을 뜻했다. 노론은 왕세자 이선의 폐위를 위한 수순을 밟기 시작했다.

"노론의 야연회가 요즘 들어 부쩍 모임이 잦아졌습니다. 김한구와 홍봉한 대감이 전격적으로 회동하고 홍계희가 수장이 된 뒤부터 야연회가 활기를 띠고 있습니다. 사람을 숨겨 넣기가 힘들어 전모를 파악하기는 힘들지만, 동궁을 향한 음해가 본격적으로 시작되고 있습니다."

조유진이었다. 노론의 거물들 모임인 야연회에서 왕세자 폐위를 위한 전략회의가 시작되었음을 파악한 것도, 그 대항마 마련을 위해 사방팔방으로 뛰어다닌 것도 다 조유진이었다.

"동궁을 향한 음해라면……?"

조재호가 물었다.

"세자 저하께서……"

조유진이 말끝을 흐렸다. 조유진으로서는 차마 입에 올리기 힘든 단어들이었다. 세자 이선이 나섰다.

"제게 광증이 있다는 말을 퍼뜨리고 있습니다."

"음……"

조재호가 신음소리를 냈다.

"조정의 인사들은 물론이고 성균관 유생들까지 조직적으로 끌어들여 여론을 조작하고 있습니다. 차마 입에 담기 힘든 말도 저자에 돌고 있습니다."

"무엇이냐?"

조재호가 조카 조유진에게 물었다. 이선이 끄덕이자 조유진이 각오한 듯 말을 뱉었다.

"동궁이 성상을 해하고 역모를 일으키려 한다……"

조재호는 한차례 부르르 몸을 떨더니 눈을 감았다. 조유진은 자신이 죄를 지은 듯 머리를 바닥에 조아리고 일어날 줄 몰랐다. 이선은 말이 없었다. 방 안 공기는 무겁게 가라앉아 숨쉬기가 힘들 정도였다. 한참 만에 조재호가 눈을 떴다. 슬픈 기운은 사라지고 결연한 무장의 눈빛으로 조재호가 이선을 보았다.

"저하의 길은 어디에 있습니까?"

"용의 길."

이선의 눈빛이 한없이 투명해졌다.

"그 길이…… 이제 저의 길이 될 것입니다."

조재호가 의복을 정제하고 바로 앉았다. 그리고 깊이 조아렸다.

"대조의 올해 춘추 예순여덟…… 태상왕으로 모실 준비를 하셔야 합니다."

오래 가슴에 품은 말인 듯했다. 무서운 말이었다. 왕세자 이선의 아비인 임금을 보위에서 내리고 태상왕으로 삼아야 한다는 것이다. 임금 자신이 그토록 조정에 시위하던 정계 은퇴가 현실이 되고, 왕세자가 보위에 오른다는 말이었다. 노론의 말대로 역모일 수도 있었다.

세자의 일생 동안 임금이 아들을 백척간두에 세운 화두가 선양(禪讓)[56]이었다. 하지만 부왕은 자신의 안위를 위해 아들을 이용했을 뿐 양위하겠다는 생각은 손톱만큼도 없었다. 더욱이 자신과 정견이 다른 세자를 위험요인으로 간주하고 있었다. 현재 노론의 기세로 보아 저군을 폐위시킨 뒤 새 임금이 오르면, 이선을 서인으로 강등하고 사약을 내릴 확률이 높았다. 그렇다면 당연히 세손도 명줄을 보존할 기약이 없었다.

이선은 살아야 했다. 아비의 불안과 아비의 혼란으로부터 자신을 지키고 세손을 살리고 백성을 이끌 수 있는 길은 용의 길

56) 선양(禪讓) : 양위(讓位). 임금의 자리를 물려줌.

밖에 없었다. 조재호는 이선에게 명확한 답을 듣고 싶었다.

"그리 하실 수 있겠습니까?"

"그리 하겠습니다."

이선이 또박또박 흔들림 없이 대답했다. 조재호가 자리에서 일어났다. 조유진도 따라 일어났다. 조재호는 다시 크게 절을 했다. 조유진도 따랐다.

"저하께서 보위에 오르시면 무엇을 하실 것입니까?"

"균형."

이선이 균형이라고 했다. 조재호의 눈빛이 밝아졌다.

"어느 쪽으로도 기울지 않는 균형을 위해, 사력을 다할 것입니다."

이선이 말을 마치자 조재호가 다시 절을 했다.

"조선은 어느덧 당론의 나라, 사대부의 나라가 되었습니다. 그들에겐 임금도 백성도 없습니다. 그들은 붓을 들어 서로 죽고 죽이는 복수와 원한으로 이 나라를 갉아먹고 있습니다. 노론이든 소론이든 거대 일당이 된 자들의 오만을 다스리지 못하는 군왕은 백성의 주인이 될 수 없습니다. 저하께서 보위에 오르시면 가장 먼저 선대의 수구들을 척결하시고 새롭고 젊은 선비들을 길러내시어 진정한 탕평을 이루어 내시길 바라옵니다."

"깊이 유념하겠습니다."

"더불어 대업을 이루신 뒤에 소신은 그 어느 경우에도 궁을 밟을 일이 없거니와 정견을 조제할 일도 없습니다. 두 임금을 섬길 수 없는 소신의 미욱함을 혜량하시고 살펴주시길 바라옵니다."

조재호는 일이 성공한 뒤에 정계에 복귀할 수 없다는 뜻을 밝혔다. 대업을 위해 위기에 빠진 왕세자를 돕겠으나 부왕의 신하로 남아 여생을 마치려는 게 조재호의 굳은 심중이었다. 반대할 일도 설득할 일도 아니었다. 이선은 그런 면으로 인해 더욱 조재호의 존재가 막중하고 고마웠다. 이선이 조재호의 손을 잡았다.

"대감께서 계신다는 것이 제겐 천군만마와 같습니다."

"시간이 많지 않습니다. 저하께서 준비해 오신 것이 있다면 소신이 듣고자 합니다."

이선은 온궁 행차 이후 다각도로 고심하고 준비해 오던 것들을 조재호에게 말해 주었다. 가장 시급한 것은 연로한 부왕이 갑자기 승하해 용상이 빌 경우였다. 당연히 왕세자 이선이 보위에 오르는 것이 순서지만 노론은 이를 저지할 것이 분명했다. 왕세제였던 이금을 노론이 기어코 왕위에 올렸듯이 새로운 인물로 택군할 것이 틀림없었다. 여의치 않다면 왕위에 오른 이선을 독살하거나 암살할 가능성도 충분했다. 궁에서, 그런 일은 놀랄 것도 새로울 것도 없었다.

이선의 가장 큰 고민은 군사 동원 문제였다. 수도를 방어하는 오군영은 대부분 노론의 인물들이 채우고 있었다. 이선이 병을 핑계로 칩거한 뒤 겉으로는 파행을 일삼으며 노론의 관심을 따돌리고 비밀리에 준비한 것들은 주로 군사 문제였다.

군사를 동원할 자금이 있어야 했고 뜻을 같이할 동지가 있어야 했다. 목숨을 초개처럼 버릴 소론의 인물들은 대부분 숙청당하거나 힘을 잃고 흩어져 찾을 수 없었다. 노론의 독선과 전횡에 대항할 인물을 찾기가 보통 쉬운 일이 아니었다.

그 와중에 이선이 찾아낸 인사들은 주로 야인들이었다. 조공무역으로 큰 재산을 쌓은 몇몇 역관들과 시전의 상인들, 그리고 『무예신보』를 편찬하면서 교우하던 무인들이었다. 오군영 내에도 노론에 질려버린 숨은 동조자들이 있었다. 이선이 행동에 들어가 병권을 장악하면 여기저기서 호응할 것으로 예상했다. 말없는 중간지대. 그들을 움직일 수 있다면 이선의 새로운 세상, 새로운 개혁은 완성될 수 있었다. 조유진이 다리를 놓았고 이선이 조심스럽게 그들을 만나기 시작했다. 조재호가 고개를 저었다.

"그것만으로는 부족합니다."

부족하다는 것, 이선도 알고 있었다.

"일이 급박하게 돌아갈 경우 세자궁의 호위들을 동원할 수 있습니다. 하지만 더 큰 정예 군사들이 바로 호응해야 합니다. 군사의 많고 적음이 문제가 아닙니다. 정예군이 저하께 호응한다는 것이 어떤 상징으로 받아들여져야 합니다. 그래야 노론의 기세를 초반에 저지할 수 있습니다."

"저를 위해 정예군을 동원할 지휘관이 누가 있겠습니까?"

"없으면 회유하고 설득해서라도 만들어야 합니다. 가장 시급한 일입니다."

"대감께서 생각하고 계신 인물이 있습니까?"

조재호는 쉽게 대답하지 못했다. 생각에 생각을 더하고 있었다. 사람을 천거하는 일이었다. 자칫하다간 역모라는 이름으로 구족이 처단 당할 사안이었다. 누굴 함부로 믿을 수도 없는 일인데다 그 누구도 함부로 나서지 못할 일이었다. 정예군사를 이끌고 있는 지휘관 중에 믿을 수 있는 자…… 쉽지 않았다.

노론에 이를 갈던 자들은 이미 나주 벽서 사건으로 씨가 마를 지경에 있었다. 그래서 그 누구보다 예민하게 주위를 찾고 있던 이선이었다. 조재호의 대답을 기다리던 이선이 먼저 입을 열었다.

"정휘량은 어떻습니까?"

혼자만의 생각에 깊이 잠겨 있던 조재호가 뒤통수라도 맞은 것처럼 눈을 번쩍 치켜떴다. 하지만 쉽게 답하지 못했다.

"대감께서 조정으로 이끈 자입니다."

현재 정휘량은 평안감사로 있었다. 세자의 여동생 화완옹주의 지아비가 정치달이었고 그 아버지가 정우량이었다. 그리고 그 정우량의 동생이 정휘량이었다. 세자와는 사돈관계인 셈이었다. 정휘량 형제의 아버지 정수기는 소론이었다. 더욱이 정휘량은 소론의 영수 조재호가 키우고 이끌어 조정에 천거한 인물이었다. 조정에 천거한 은인, 즉 정치적 주인이 조재호였다.

이선이 그 관계를 파악하고 있었고 지금 조재호에게 정휘량에 대해 묻고 있었다. 정휘량이 과연 세자의 대업에 동참할 것인가. 각별하다면 각별할 사이일 수도 있었지만 세자는 정휘량을 정확히 몰랐다. 조재호의 판단이 듣고 싶었다. 조재호는 심사숙고 끝에 입을 열었다.

"젊은 시절의 휘량은 심지 굳고 영특한 자였습니다. 허나 지금의 휘량은 소신이 판단하기가 어렵습니다."

이선은 묵묵히 조재호의 말을 듣고 있었다. 정휘량 이름 석 자를 입에 올릴 정도였으면 이선에게 마지막 대안일 수 있었다. 하지만 조재호에게 돌아온 대답은 기대 이하였다. 실망했음에도 이선은 내색하지 않았다.

"휘량의 장점은 가림이 없고 어울리길 좋아해 주변이 넓습니다. 하지만 또한 그것이 단점이기도 합니다. 깊고 무겁게 사귀는 법을 몰라 '신의' 두 글자를 알기 힘듭니다. 권세가 오른 휘량의 집 앞으로 벼슬하고자 하는 이들이 전국각지에서 몰려들고 있다고 들었습니다. 더욱이 지금 휘량의 주변에 누가 있는지 소신이 알지 못합니다. 소신은 단지 이것을 경계할 뿐입니다."

조재호는 정휘량에 대해 믿을 수 없다는 쪽으로 기울어 있었다. 정휘량은 대제학을 거쳐 호조와 공조, 이조와 병조의 판서를 두루 역임하고 평안도 감사로 평양에 가 있었다. 지금의 권세에 오를 동안 정휘량의 주변에는 노론의 대세들이 득시글거렸다. 한마디로 정휘량은 권력 지향적인 인물일 수 있었다. 하지만 이선에게 정휘량만큼 좋은 대안이 없었다. 평안감사인 정휘량이 동조한다면 관서의 정예병을 동원할 수 있었다. 이보다 더한 우군은 없었다.

"평양으로 가서 정휘량을 만나볼 생각입니다."

이선은 이미 마음을 굳히고 궁을 나온 것이었다. 이선으로서는 지금 풍전등화의 위기나 다름없었다. 오랜 장고 끝에 이선이 택한 패가 정휘량이었다. 하지만 불안한 선택이었다. 조재호의 얼굴에 어두운 기색이 흘렀다.

"대감. 가서 만나보고 신중히 결정하겠습니다. 염려치 마세요."

이선이 조재호를 달랬다. 조재호가 망극하다며 다시 조아렸다. 이선은 날이 새는 대로 평양으로 갈 계획을 세웠다. 조재호는 그 길로 곧장 삼남으로 떠나 산림에 은거하고 있는 동지들을 규합하기로 했다. 세자가 대업을 강행하면 전국각지에서 호응할 선비들을 찾을 생각이었다. 산림 유자들의 여론이란 막강한 것이었다. 조재호의 글이라면 따르는 자들이 구름떼처럼 일어날 수도 있었다. 그만큼 조재호는 아직 건재한 문(文)의 대의로 인식되고 있었다.

이선을 자리에 들게 하고 조재호와 조유진은 밖으로 나왔다. 세자가 없는 곳에서 조재호의 얼굴은 더욱 어둡고 깊게 주름져 있었다. 조유진이 그런 숙부의 안부를 염려했다.

"너무 염려하지 마십시오. 저하께서 깊이 살피시고 판단하실 것입니다."

"내가 염려하는 것은 그뿐이 아니다."

조재호는 아예 여객 밖으로 조유진을 데리고 나갔다.

"유진아 잘 들어라. 이런 상황이라면 필시 옥체를 해하려는 시도가 있을지도 모른다."

조유진은 관자놀이가 빠근해졌다. 조여 오는 두려움을 떨쳐내려 이를 악 다물었다. 숙부는 지금 세자에 대한 암살시도를 염려하고 있었다.

"노론은 용상의 주군도 암살하려 했던 자들이다."

선왕 경종에 관한 말이었다. 조유진은 입안이 바짝 타들어 갔다.

"대리청정하는 저군을 노리는 것은 아무것도 아니다. 독살과 자객 그 어느 쪽이든 이미 준비하고 움직이고 있을 것이다. 너는 계방무사로 한 치의 방심도 없어야 한다."

조재호의 말은 조유진이 평소 염려하던 것이었다. 주변을 좁혀오는 노론의 살기는 궐내에서도 항상 느끼고 있었다.

"천 번 만 번 경계하고 또 경계하겠습니다."

조재호는 조카의 손을 굳게 잡아주고 이선이 있는 방을 향해 절을 했다. 그리고 조유진에게 한 장의 서신을 써서 전했다. 정휘량을 만나게 되면 전할 조재호의 서신이었다.

"평양에 도착하거든 저하께 올리거라."

조재호는 말을 타고 여객을 떠났다. 날이 밝아 다른 이들의 눈에 띄어 대업을 망칠 수가 없다는 이유에서였다. 고령의 노구는 쉴 틈이 없었다.

이선은 방에 누운 채 잠들지 못했다. 사방이 막힌 방안에서 조재호가 가는 길을 보았다. 온양으로 거둥하던 그때의 그 길로 조재호가 갈 것이다. 그 교룡의 길로 조재호가 갈 것이다. 그리고 그 길로 다시 올라올 것이다. 그 백성의 길로 조재호가 온전히 다시 올라오길 이선은 간절히 바라고 있었다. 이선은 그런 생각으로 잠들지 못했고 날이 밝아왔다.

동이 트자 이선은 길을 떠나기 위해 준비했다.

간단하기 이를 데 없는 행차였다. 수행하는 인원은 예닐곱뿐이었다. 간단히 새벽참을 먹고 조유진이 말을 준비시키고 있을 때였다. 동궁에 있던 계방 무관 하나가 급히 말을 몰아 달려왔다. 우세마 김용철이었다. 얼굴이 하얗게 질린 채 김용철이 달려온 이유를 말했다.

"빈궁께서 오셨다가 가셨습니다. 끝내 동궁의 내관들이 침전의 문을 열지 않아 그냥 가셨지만 진노하신 채로 오후에 다시 오시겠다 하였습니다. 밖에서 저하를 큰 소리로 부르시는 모습에 동궁전 손속들이 모두 놀라 어쩔 줄 몰라 하고 있습니다. 이런 일이 처음이라 어찌 해야 할지, 유 내관은 사색이 되어 쓰러져 청심환을 먹이고……"

이선이 조유진을 보았다.

"빈궁이 무슨 눈치를 챈 것인가?"

조유진이 조아렸다.

"그럴 리는 없습니다. 만전에 만전을 기해 준비한 일입니다."

이선이 동궁이 있는 하늘을 보았다.

"허나, 빈궁은 예사 사람이 아니기로서니……"

미행을 바로 접어야 할지, 평양으로 가는 길을 밀어붙여야 할지 선택해야 했다. 잠시 생각에 젖던 이선이 말고삐를 잡았다.

"이 일행도 번다하다. 예정대로 평양을 향해 길을 나서라. 좌익위와 나만 동궁으로 돌아간다. 일이 끝나고 파주에서 합류한다."

이선은 일행들을 파주로 보내 숙박을 준비시키고 조유진과 함께 동궁으로 돌아왔다. 이선은 곧장 덕성합에 좌정하고 세자빈을 불렀다. 세자빈 홍씨는 몸종 복례만 데리고 덕성합으로 왔다. 안으로 들어와 절을 하고 자리에 앉는 아내 홍씨에게서 냉기가 흘렀다. 이선이 아내에게 물었다.

"왜 그랬소?"

아내는 대답 없이 이선을 낯선 이 보듯 바라보았다. 몇 달 동안 공들인 이선의 파행을 아내 홍씨는 꿰뚫고 있는 듯이 보였다. 아내와의 자리도 두어 달이 넘게 피하고 있었다. 그럼에도 세자빈 홍씨는 지아비의 행보를 꿰차고 있던 모양이었다. 이선이 다시 물었다.

"왜 그랬소?"

홍씨가 다부지게 입술을 물었다.

"저하. 아니 됩니다."

홍씨가 높낮이가 없는 음성으로 다시 말했다.

"저하. 아무것도…… 하지 마세요."

이선의 숨이 멈췄다. 이선의 심장에 무슨 쇠붙이가 뚫고 들어와 꽂히는 것 같았다. 아내는 어디까지 알고 있는 걸까. 분노와 염려가 동시에 일었다. 아내를 단속하지 못하고 대업의 길로 나갈 순 없는 일이었다. 하지만 이선의 앉은 자리가 무력감으로 물들었다.

"저하는…… 성공하실 수 없습니다."

아내의 말속에 울음기는 없었다. 아내는 호소하지 않았다. 낮고 담담하면서 차분한 경고였다. 단단한 냉기 같은 것이었다. 아내는 이미 다 알고 있었다. 세자의 파행도, 세자의 거짓 칭병도, 세자의 목적하는 바도 꿰뚫고 있었다.

"오늘 저녁에 안국동에서 사람을 보내올 것입니다. 아버님을 만나십시오. 저하의 마지막 기회입니다."

홍씨는 그 말을 던지고 절을 하고 나갔다. 이선은 끝내 아무 말도 하지 못했다. 세자빈 홍씨는 이선의 심장에 쇠말뚝을 박고 나갔다. 따라서 이선의 눈은 살아있는 자의 눈빛이 아니었다. 죽은 자의 눈으로, 이선이 허공을 훑었다. 벽에 저군의 사인검(四寅劍)이 걸려 있는 것이 보였다. 이선은 그렇게 주저앉은 채

아내를 베고 이 궁궐을 베고 온갖 부조리한 것들을 베었다. 눈물이 흘러나왔다. 덕성합에 좌정하고 앉아 소리도 없이 이선은 굵은 눈물을 흘렸다.

이선은 그대로 기다렸다. 주변엔 아무도 얼씬거리지 않았다. 그렇게 저녁이 되자 안국동 홍봉한 대감의 집에서 서신을 품은 자가 동궁으로 왔다. 서신이 덕성합으로 들어갔다. 잠시 후에 이선이 조유진을 불렀다. 깊이를 가늠할 수 없는 눈빛으로 이선이 말했다.

"안국동으로 가자."

이선은 서신에 적혀 있는 안국동 홍봉한 대감의 후원으로 갔다. 홍봉한이 만나자고 한 장소였다. 호위라고는 조유진 한 명이었다. 적의 흉계를 염려해 조유진이 계방 무장들을 안배하려 했지만 이선이 반대했다.

안국동 홍봉한 대감의 후원은 명물이었다.

창덕궁 후원의 부용지를 닮은 커다란 연못이 있었고 그 주위로 온갖 과실수와 야생화가 흐드러지게 피어 있었다. 그 후원 한가운데 부용정을 닮은 정자가 있었다. 정자에 불을 환히 밝히고 홍봉한이 기다리고 있었다. 이선과 조유진이 당도하자 홍봉한이 정자 아래로 내려와 조아렸다. 홍봉한은 부리는 노복도 없이 혼자 있었다. 홍봉한이 차를 올렸다. 홍봉한은 이선을 기다리면서 혼자 찻잎을 준비하고 화로를 덥히고 찻물을 끓이고 있었다.

홍봉한이 부드러운 미소를 지어 보였다. 차를 마시자고 부른 자리가 아니었다. 칭병하고 신하들의 청대를 모두 거절해 온 왕세자를 자신의 후원으로 부른 홍봉한이다. 세자빈이 이미 알고 있듯 세자의 칭병도 파행도 모두 거짓임을 이미 알고 있을 터였다.

홍봉한이 이선의 찻잔에 차를 올렸다. 조유진이 그 찻잔을 받아 들었다. 이선은 담담히 홍봉한을 보았다. 조유진이 홍봉한이 따른 차를 검식(檢食)했다. 조유진의 날카로운 눈빛이, 그 혀가 홍봉한을 굴리고 입안의 차를 굴렸다. 이상이 없었다. 이선이 끄덕이자 조유진이 정자에서 물러났다. 조유진이 멀어지자 홍봉한이 말했다.

"조정의 신료들은 성상보다 저하 뵙기를 더 두려워하고 있습니다."

"……."

"말수가 없으시고 내색이 없으시고 좋다 싫다가 없으신 저하를 어려워하고 있습니다."

"……."

"저하. 소신이 벼슬길에 올라 이제야 조금 알게 된 것이 있다면…… 정치란 것은 소통인 듯합니다."

이선은 조용히 차를 마시며 홍봉한의 얘기를 들었다. 불문곡직 담백한 화법의 장인이 오늘따라 길게 돌아가려 했다. 홍봉한답지 않았다. 이선이 찻잔을 들었다.

"왜 만나자 하셨습니까?"

이선은 일직선이었다. 홍봉한의 얼굴에 순간 당황한 빛이 어렸으나 이내 미소를 띠었다.

"소통하기 위해서입니다."

"무엇을 소통하려 하십니까?"

"저하의 안위입니다."

이선은 담담히 찻잔을 내려놓았다. 찻물이 식어 있었다.

"노론은 어찌 결론 내렸습니까?"

"저하께서 생각하시는 것…… 그 이상입니다."

한참 동안 적막이 흘렀다. 홍봉한은 이선의 잔에 다시 뜨거운 차를 채웠다. 그 차가 다시 식어갈 때쯤 이선이 입을 열었다.

"저는 장인어른의 당인이 될 수 없습니다."

"타협점이 없겠습니까?"

"없습니다."

홍봉한은 사위의 용광로 같은 패기를 잘 알고 있었다. 저 완고한 무인의 패기. 꺾이지 않는 신념. 일차원적인 단순함. 그래서 사위는 더욱 위험했다. 보위에 오른 뒤 왕세자가 걸을 정치적 행보가 눈에 선했다. 노론은 오늘 이 자리를 몰랐다. 장인이 마련한 이선의 마지막 기회였다. 자신마저 내친다면 이선은, 조정에서 고립무원의 전장을 펼치게 될 게 뻔했다. 사위에 대한 안쓰러움이 밀려왔다. 그때였다.

"선택하십시오."

이선이었다. 홍봉한은 무엇을 잘 못 들었나 귀를 의심했다.

"장인께서 어디에 서 계실지 선택하셔야 합니다."

선택이라는 단어는 이선이 아니라 홍봉한의 것이었다. 선택하라는 요구는 세자의 것이 아니라 홍봉한의 것이었다. 홍봉한의 얼굴에서 미소가 사라졌다. 이선의 눈은 한없이 고요했다.

"저는 저 밖에서 백성들의 거대한 용을 보았습니다. 그 용은 임금도 세자도 노론도 소론도 관심이 없습니다. 진정한 정치는 그 용을 두려워하고 그 용을 안온하게 하는 것입니다. 저 하나 죽고 사는 것으로 바뀌는 건 없습니다. 노론과 타협한다고 바뀌는 건 없습니다. 하루가 뜨겁고 하루가 차가운 것으로 바뀌는 건 없습니다. 그 용을 증명하는 것이 진정한 정치이며 정도(正道)입니다. 저는 이제 전력을 다해, 그것을 증명하려 합니다. 그것이 저의 정치입니다."

홍봉한의 찻잔에 이선이 차를 따랐다. 차 떨어지는 소리가 정자 안을 울리고 다녔다.

"선택하셔야 합니다. 장인어른의 정치. 그것이 어떤 정치인지…… 어디로 향하고 있는지……"

홍봉한은 대답을 못 했다. 이선은 자리에서 일어났다. 조유진을 불렀다. 조유진이 말을 끌고 왔다. 이선과 조유진은 홍봉한의 후원을 떠났다.

홍봉한은 쉽게 자리에서 일어나지 못했다. 후원을 휘감아 돌며 스산한 바람이 불었다. 소름이 돋았다. 홍봉한은 떨리는 손길로 화롯불을 더했다. 세자가 돌아간 길은 어둠에 묻혀 보이지 않았다.

홍봉한은 큰소리로, 주변을 지키고 있을 노복들을 불렀다.

파주에서 일행과 합류한 이선은 평양으로 향했다.

세자는 서둘지 않았다. 평양으로 가는 길에 세자는 별말이 없었다. 평양은 세자의 마지막 기회일 지도 몰랐다. 그래서 더욱 세자는 말이 없었고 깊은 사색으로 길을 갔다. 세자는 대동강에 도착했고 부벽루에 올랐다. 세자 일행은 산천을 유람하는 여느 선비와 다를 바 없이 보였다. 며칠 동안 대동강만 바라보던 세자가 평안 감영으로 사람을 보냈다. 서신 하나가 은밀히 평안감사의 침소로 들어갔다.

저녁 늦게 잠자리에 들려다 서신을 접한 정휘량은 소스라치게 놀랐다. 왕세자의 부름이었다. 주변에 알리지 말고 조용히 부벽루로 오라는 전갈이었다. 서신을 가져온 때는 정오경이었다. 수하들은 연경으로 오가는 사신단과 연회를 즐기던 정휘량에게 서신을 올리지 않았다. 상황을 파악한 정휘량은 질겁했다.

서신을 받은 자와 전달한 자를 찾아내 형틀에 묶어놓고 말에 올랐다. 부관 하나만 이끌고 부벽루로 달려오면서 정휘량은 안절부절못했다. 한양으로부터는 그 어떤 연락도 없었다. 그렇다면 저군의 거둥은 공식적인 행사가 아닌 셈이었다.

들려오는 소문에 의하면 저군은 병이 깊어 동궁전에서 꼼짝도 않고 있다고 했다. 임금에 대한 진현도 몇 개월째나 없었다고 했다. 신하들의 청대도 받아주지 않는다고 했다. 허나 더 깊은 소문이 있었다. 병은 핑계에 불과하고 장안에 미행하며 밀주와 기녀에 빠져 있다고 했다.

그런 세자가 평양으로 몰래 나들이를 왔다면 뻔한 이유일 것이라 생각 들면서도 안심할 수 없었다. 왕세자는 대리청정하는 저군이었다. 시정을 염탐하고 꼬투리를 잡아 내친다면 관찰사 일지언정 하루아침에 목이 날아갈 수도 있었다.

모란봉에 오르자마자 말에서 내린 정휘량은 부벽루 정자 아래 엎드렸다. 이선이 정자 위에 있었다. 이선은 바닥에서 일어나라 말한 뒤 정자로 오르게 했다. 정휘량은 정자에 올라 부복했다. 서로 사돈 관계에다 정휘량이 조정의 신료이긴 하나 이처럼 독대하긴 처음이었다.

"저하의 거둥을 미리 알지 못한 죄, 죽어 마땅합니다."

정휘량은 안온한 말투의 소유자였다. 그로 인해 심중이 깊어 보이는 인상을 주었다. 이선은 한결 가벼워진 마음이 되었다. 평양으로 오길 잘했다는 생각이 들었다.

"내 이번 길은 좌우가 알면 번다한 일이 생길 듯하여 이리 하였으니 유념해 주시오."

"여부가 있겠사옵니까. 여러 눈과 귀를 철저히 단속하였사오니 심려치 마시옵소서."

정휘량은 눈치가 빠른 사람이었다. 세자의 행차가 공식적인 것이 아니라 미행임을 알고 가타부타 다른 말로 심기를 불편하게 만들지 않았다. 조정에 대한 것도, 세자 주변 인사에 대한 안부도 꺼내지 않았다. 세자의 답변이 곤란한 것들은 꺼내지 않았다. 세자는 그런 정휘량이 마음에 들기 시작했다. 조재호가 염려하던 것들이 기우일 것이라 여겨졌다.

이선은 지금 절실했다. 사람이 절실했고 기회가 절실했다. 그런 절실한 때에 이르러 정휘량은 좋은 면으로 이선을 안도하게 하였다. 정휘량은 이선의 뜻대로 세자의 숙소를 사람들 눈에 띄지 않는 대동강 근처의 외딴 별장에 마련했다. 이선은 수시로 부벽루에 올랐다. 대동강을 바라보며 시를 짓거나 차를 마셨다. 그러길 며칠, 정휘량이 조심스레 술을 올렸다.

"대동강 물에 신선이 재주를 부린 것이오니 저하께옵서 살펴 주시길 바라옵나이다."

이선이 흡족한 듯 술을 마셨다. 정휘량은 해학이 넘쳤고 재미있는 인물이었다. 세자가 부벽루에 있는 동안 악공과 기예꾼과 미색을 자랑하는 기녀들이 다녀갔다. 세자 이선은 신선놀음으로 시간을 보내고 있었다.

이선은 조급했지만 조급함을 내비치지 않았다. 정휘량을 완전히 파악한 뒤에 사업을 논의할 생각이었다. 하지만 시간이 많지 않았다. 동궁에 있는 내관 유인식이 세자의 흉내를 내며 우악하게 비답하고 있겠지만 오래지 않아 정체가 드러날 것이 틀림없었다. 세자는 매일 술이 늘었고 기녀를 품었고 정휘량과 자주 어울렸다.

조유진은 세자가 걱정되었다. 간간이 접하는 정휘량은 손에 잘 잡히지 않는 인물이었다. 화색이 돌고 안온한 말투로 보면 신뢰가 갔지만, 화려한 언변에 비상한 눈치는 왠지 모를 불안감을 안겨 주었다.

동궁에 있는 계방 수하들이 보내는 소식에는 별다른 이상 징후가 보이지 않았다. 유인식은 세자를 대신해 우악하게 비답하고 있었고, 빈궁전도 별다른 행보가 없었다. 부벽루와 대동강은 평온했고 평양의 기운은 세자와 맞는 듯했다. 정휘량이 저하의 사람만 된다면 완벽한 미행이 될 듯했다.

그러던 어느 날이었다. 기약 없이 신선놀음하던 이선이 정휘량에게 평안 감영이 보고 싶다고 했다. 왕세자임을 알리지 않은 채 군병을 시찰하겠다는 것이었다. 정휘량은 세자를 모시고 감영을 돌았다. 북방의 국경을 책임질 관서 정예병들의 기세는 세자를 감동시키기에 충분했다.

감영을 시찰한 그 날, 세자 이선은 정휘량과 술상을 마주했다. 조재호의 서신을 이선이 정휘량에게 내렸다. 서신을 읽고 난 정휘량이 부들부들 떨었다. 정휘량이 술상을 앞에 두고 납작 조아렸다.

"신이 어찌 저하의 하령을 거역하겠나이까. 미력하나마 대업의 길에 소신이 분토가 되겠나이다."

이선은 그날 대취했다.

감영으로 돌아와 누운 정휘량은 잠들지 못했다.

조재호의 서신은 천지개벽할 내용이었다. 조정에 간신이 가득하고 나라의 국본이 풍전등화의 위기에 처한 이때 정휘량이 세자에게 호응하면 장차 천하의 대업이 완성될 수 있다는 게 요지였다. 세자가 부를 때 평안 감영의 군사를 이끌고 한양으로 진격하라는 것이었다.

생각할수록 모골이 송연해진 정휘량은 일어나 앉았다. 세자가 성공하면 자신은 새 조정의 일등공신이 될 게 틀림없었다. 하지만 세자가 실패한다면? 생각하기도 싫은 끔찍한 결과가 기다릴 것이었다. 기회며 위기였다. 정승 자리 하나 얻자고 섶을 지고 불 속으로 뛰어들어야 하나? 정휘량은 목이 타고 머리가 지끈지끈 아파오자 물을 찾았다. 잠자리를 덥히던 관기 하나가 냉큼 숭늉을 내왔다. 벌컥벌컥 물을 마시던 정휘량이 심복으로 부리는 군관을 불렀다.

"심부름 좀 가야겠다."

"어디로 가면 되겠습니까?"

어디로 보내야 하나, 잠시 정휘량이 망설였다. 아침이 되면 다시 생각해 볼까 하다가 정휘량이 머리를 흔들었다. 한시가 급했다. 풍전등화의 위기는 세자가 아니라 자신에게 들이닥치고 있었다. 정휘량은 비틀거리며 붓을 들었다. 정휘량의 필체는 술기운을 품고 있었고 다급함을 품고 있었다. 정휘량이 군관에게 서신을 전했다. 아직 갈 곳은 정해지지 않았다. 군관이 다시 물었다.

"대감. 어디로……?"

정휘량의 머릿속은 아직 정리되지 않았다. 어디더냐 어디…… 그래 거기…… 지금 장안에서 가장 뜨거운 자…… 세자를 가장 잘 알고 있는 자…… 권세가 하늘을 찌르는 그곳……

정휘량이 군관을 향해 말했다.

"안국동이다."

10. 홍봉한(洪鳳漢)

홍봉한은 자신의 후원을 사랑했다.

더욱이 아내와 사별한 뒤로 후원은 홍봉한이 마음 붙일 수 있는 유일한 안식처였다. 매일같이 화초를 돌보고 살폈다. 궐에서 퇴청하면 후원의 정자에 불을 밝히고 책을 읽거나 글을 지으며 소일했다. 하지만 요즘 후원은 심란했다. 정자에 앉아 불을 밝히고 붓을 들어 난을 치는 홍봉한의 손이 떨렸다. 홍봉한은 붓을 내려놓고 긴 숨을 쉬었다.

"열여섯 해가 걸렸구나……."

지난달에 홍봉한은 드디어 정승에 올랐다. 우의정이었다. 임금은 약원 도제조였던 김상로를 파직하고 홍봉한을 그 자리에

임명했다. 호위대장과 약원 도제조를 겸임하게 했다. 약원 도제조는 임금의 환후(患候)[57]를 책임지는 최고의 자리였다. 노론의 실세는 바로 홍봉한임을 천하에 알리는 것과 같은 일이었다. 비로소 홍봉한의 시대가 도래한 것이었다. 딸이 왕세자빈으로 책봉 받던 갑자년(甲子年)[58] 그해부터 16년이 걸렸다.

16년 전, 딸이 세자빈에 간택되었다는 소식을 들었을 때 홍봉한은 한없이 머리를 조아렸다.

"백면서생이 일조에 왕실의 척리가 되었으니 이것은 복의 징조가 아니라 화의 기틀이 될까 두려워 죽을 곳을 모르겠사옵니다."

하지만 정사 김홍경과 부사 이무가 세자빈에게 올릴 부절과 예물을 들고 오던 그때, 일가친척은 물론 장안의 유지들이 너도나도 연을 맺자고 몰려올 때, 홍봉한은 권력이라는 야차의 실체를 목도했다. 권력이란 옷은 홍봉한에게 너무 매혹적이었다. 진정 살아 숨 쉬고 있다는 생생한 감격을 안겨 주었다. 신명 났다. 복의 징조가 아니라 화의 기틀이 될지라도, 권력의 끝까지 달려가보고 싶었다.

홍봉한은 만년 과거낙제생으로, 하릴없는 성균관 유생으로

---

57) 환후(患候) : 웃어른의 병을 높여 이르는 말.

58) 갑자년(甲子年) : 1744년. 영조 20년.

외척에 올라 권력의 굿판에 등장했다. 당대 권력의 굿판은 곧 노론의 굿판이었다. 홍봉한은 사력을 다해 노론의 중심을 향해 달렸다.

끊임없는 멸시와 의심과 따돌림 속에서도 권력을 향한 홍봉한의 욕망은 흔들리지 않았다. 홍봉한은 왕세자의 장인이 아니라 능력 있는 정객으로 조정의 중심이 되고자 했다. 세자빈인 딸과 왕세자인 사위의 후광을 떠나 홍봉한 이름 세 글자로 노론의 중심, 권력의 중심이 되고자 했다. 무작정 욕망으로 되는 일이 아니었다. 외척이라는 후광으로 되는 일도 아니었다. 미세하고 정교한 감각으로 정치의 파도를 타야 했다.

홍봉한은 마침내 까다로운 임금의 신임과 총애를 받아냈고 당인들의 신뢰를 끌어냈다. 16년이 걸렸다. 그런데 문제가 생겼다. 바로 사위였다. 왕세자 이선이었다. 후광이 아니라 족쇄가 되고 있었다.

며칠 전 이선은 사위에게서 넘을 수 없는 벽을 보았다. 화해할 수 없는 전선이었다. 이쪽과 저쪽을 연결할 가교 같은 건 없었다. 세자는 단단하고 완고하고 어리석었다. 왕세자가 죽지 않고 살아 있는 건 홍봉한 자신의 공이었다. 자신이 내치면, 세자는 죽는다. 그걸 모른단 말인가, 그걸.

홍봉한은 문득 품을 쓸었다. 서신 한 장이 들어 있었다. 평안 감영에서 보내온 것이었다. 이렇게 어지러운 때에 이런 글이 자신의 품에 들어온 것이 믿기지 않았다.

"숙명이로다……"

다시 홍봉한이 긴 숨을 내쉬었다. 종이를 갈고 붓을 들 때였다. 노복이 누군가와 함께 정자 아래로 왔다. 홍봉한이 기다리던 사람이었다.

"홍 대감이 오셨습니다."

홍계희였다. 정자 위에서 홍봉한이 반갑게 맞았다. 정자 아래에서 열 살이나 많은 홍계희가 깍듯하게 인사를 올렸다.

"늦어서 죄송합니다. 우상 대감."

홍봉한은 붓과 종이를 치우고 차를 가져오라 일렀다. 홍봉한과 홍계희는 다탁을 마주하고 앉았다. 홍봉한이 노론의 정점에 올랐지만 아직 노론의 모든 것을 장악하고 있는 것은 아니었다. 대표적인 것이 야연회였다.

지금 야연회는 홍계희의 것이었다. 홍계희는 노련하고 야비한 정객이었다. 계비의 아비인 김한구와 세자빈의 아비인 홍봉한 사이를 오가며 기울지 않는 저울을 만들어 이용했다. 야연회는 그런 물밑 공작에 어울리는 최적의 공간이었다.

홍계희는 야연회에 잘 어울렸다. 김상로가 야연회의 수장 자리를 홍계희에게 넘기고 자금동원에 있어 탁월한 홍계희가 야연회를 이어 받으면서 야연회는 일거에 홍계희의 색깔로 변신했다. 수완이 좋은 홍계희는 돈을 잘 긁어모았고 잘 썼다. 더러운 일, 유치한 일도 마다하지 않았다. 공작과 음모에 능했다. 모두가 손대기 싫어하는 일, 말하기 거북해하는 일에 거침이 없었다.

노론의 수뇌부들은 이런 홍계희에게 만족해했다. 어디에서나 손에 피를 묻힐 수 있는 자, 구리고 힘든 일을 척척 해낼 수 있는 자는 환영받는 법이었다. 홍봉한의 이복동생 홍인한마저, 형이 아니라 홍계희의 지원으로 홍계희의 파벌에 자리를 깔고 있었다.

싫든 좋든 그런 홍계희와 연계하지 않으면 홍봉한은 뒷심을 받을 수가 없었다. 홍봉한은 우의정에 제배되자 우의정이 겸직하고 있던 선혜청 당상직에 홍계희를 추천해 올렸다. 홍계희에게 손을 내민 것이다. 하지만 그런 것으로 홍계희가 쉽게 홍봉한의 수중에 들어오진 않았다. 홍계희는 강성이고 격정적이면서도 능수능란하게 시류를 타는 재주가 있었다. 홍계희는 쉽게 홍봉한의 노론을 인정하지 않았다.

세자의 처리 문제를 두고 홍계희는 홍봉한을 압박하면서 노론 내에서 자신의 동조자를 확보해 나갔다. 게다가 홍계희는 자신이 동궁에 심어둔 내관들과 나인들이 세자에게 들켜 죽어나가자 조급해졌다. 그들의 입에서 홍계희 세 글자가 나온다면, 세자의 칼끝이 제일 먼저 누구에게로 향할 건지 명확해졌다. 지난 모임에서 홍계희는 홍봉한에게 최후통첩을 했었다.

"이제 대감께서 결정을 하셔야겠습니다."

홍봉한은 쉽게 대답하지 못했다. 쉽게 대답할 일이 아니었다. 하지만 홍봉한이 동의하지 않더라도 홍계희는 세자 제거 작전을 실행할 듯했다.

"어찌 보자고 하셨습니까?"

홍계희가 들던 잔은 며칠 전 사위 이선이 들던 잔이었다. 홍봉한이 그 잔을 보았다. 우군과 정적은 수시로 얼굴을 바꿔가며 이리저리 혼탁하게 홍봉한의 후원을 넘나들었다. 홍봉한이 담담히 말했다.

"세자가 어디 계신지…… 알려 드리겠습니다."

홍계희가 차를 쏟을 뻔했다. 세자의 소재를 자신에게 알려주겠다는 것, 홍봉한이 결심했다는 말이기도 했다.

"어디 있습니까?"

"평양에 있습니다."

"평양?"

세자가 미행을 나간 모양이었다. 평양에 무슨 일이 있어 간 것인지는 중요하지 않았다. 동궁전을 나왔다면 일은 더 쉬워진다.

"저는 아직도 대감의 방법에 동의할 순 없습니다."

홍봉한의 말에도 홍계희는 더 이상 앉아 있을 생각이 없는 모양이었다. 엉덩이가 들썩거렸다. 홍계희가 정자 아래로 내려가며 말했다.

"모두가 개고기를 먹으려면 누군가는 몽둥이를 들어야 하지 않겠습니까?"

"허나 이번 거사가 실패한다면 그 책임은 야연회가 져야 할 것입니다."

정자 아래로 내려가려던 홍계희가 멈춰 섰다. 홍계희가 돌아보았다. 홍봉한이 화롯불을 뒤적였다.

"그때는 제가 나서도 되겠습니까?"

세자 암살 작전이 실패한다면 그 책임을 야연회와 홍계희에게 묻겠다는 뜻이었다. 홍계희는 문득, 이번 일이 실패하면 홍봉한이 야연회를 해체하고 그 자신이 중심이 된 모임을 새로이 만들지도 모른다는 생각이 들었다. 홍봉한이 주도하는, 완벽한 홍봉한의 노론.

이제껏 일을 끌어온 것도 일국의 왕세자를 향한 충정이 아닐지도 몰랐다. 사위를 살리겠다는 인정이 아닐지도 몰랐다. 오늘 평양을 던져준 것도 어쩌면……

홍계희는 순간 모골이 송연해졌다. 점잔 빼는 저 샌님 같은 인물이 정말 무서운 사람일지도 모른다는 생각이 들었다. 하지만 지금은 이것저것 따질 상황이 아니었다. 세자 제거는 노론 내부의 주도권 문제였다. 일이 성공한다면, 홍계희는 홍봉한을 넘어서게 된다. 만약 실패한다면, 그건 그때 가서 생각해 보기로 했다.

"뭐…… 그리 하시든지……"

신발을 신는 둥 마는 둥 휭하니 홍계희가 사라졌다.

홍계희는 안국동 후원을 나와 곧장 계생동으로 향했다.

늦은 밤이었지만 주인장은 자지 않고 있었다. 오늘 홍계희가 누굴 만나고 오는지도 알고 있었다. 안국래는 집으로 찾아 온 홍계희를 안으로 들였다. 급히 오느라 숨이 차고 얼굴이 붉게 상기된 홍계희를 앉히고 안국래는 여유가 있었다.

"숨넘어가시겠습니다."

"평양."

물 한잔을 벌컥 들이켜고 홍계희가 재채기하듯 내뱉었다. 안국래가 무슨 말인지 알아듣고 고개를 끄덕였다.

"언제 출발할 수 있소?"

홍계희가 물었다.

"준비는 다 돼 있습니다."

안국래가 답했다. 홍계희가 그제야 길게 트림을 쏟아냈다.

홍봉한은 가슴에 품고 있던 서신을 꺼냈다.

서신은 간단했다.

"호랑이가 평양에 있다. 관서군을 시찰하고 뜻을 높이 세우고 있다."

서신을 가져온 자는 평안 감사 정휘량의 수하였다. 세자가 평안 감영에 갔다면 사돈인 정휘량을 만나러 간 것이다. 세자는 군사를 가지려 하는 게 틀림없었다. 극비로 소식을 전한 정휘량은 홍봉한과 거래를 트고 싶어 하는 것으로 보였다.

홍봉한은 정휘량에 대해 어림으로 알고 있었다. 소론가로 태어나 소론의 추천으로 정계에 들어왔으나 노론 권세가와 더 잘 어울리던 자. 조카가 화완옹주의 부마가 되면서 급격히 노론으로 돌아선 자. 육조의 판서자리를 두루 거치고 관찰사로 가 있는 지금의 정휘량이 노리는 다음 수는 정승일 것이다. 노론이 밀어주는 정승.

서신을 받자마자 홍계희가 떠올랐다. 홍계희는 골칫거리였다. 홍계희와 야연회는 지나치게 낯 뜨겁고 지나치게 전투적이었다. 홍봉한이 생각하는 정치는 그런 것이 아니었다.

"무식한 인간……"

홍봉한의 입에서 탄식이 새나왔다. 세자는 그런 식으로 제거되어선 안 됐다. 그렇게 해서는 노론 전체가 붕괴될 수도 있었다. 일국의 세자가, 그것도 대리청정하는 저군이 길거리에서 암살된다면 그 뒷감당을 어찌할 것인가. 과연 다음 보위에 오를 세손이 길거리에서 죽은 아비의 죽음을 용납할 수 있을 것인가.

정치로 생겨난 문제는 정치로 풀어야 했다. 세자를 죽일 수 있는 유일한 칼은 임금이 쥐고 있었다. 홍봉한은 평양에서 온 서신과 임금이 쥔 칼을 저울에 올려놓았다. 답이 나올 듯했다. 홍계희가 실패한다면 홍봉한은 두 마리 토끼를 잡을 수 있었다. 홍계희가 거세된 완벽한 홍봉한의 노론. 그리고 세자 문제를 두고 펼쳐질 홍봉한의 정국 주도. 그러기 위해서 홍계희가 불에 뛰어들어야 했다. 평양으로 달려가야 했다. 예상대로 홍계희는 앞뒤 없이 평양을 물고 갔다.

홍봉한은 두 장의 편지를 썼다. 하나는 정휘량에게 보내는 편지. 다른 하나는 국구인 김한구에게 갈 편지였다. 어느새 닭이 울었다. 날이 밝아오고 있었다. 아무리 보아도 아름답고 자랑스러운 후원이었다. 홍봉한은 새벽 후원을 걸었다. 이슬이 촉촉이 맺혀 있는 잎사귀들이 홍봉한에게 좋은 기운을 주었다.

"이렇게 조용히 살다 죽어도 여한이 없건만……"

홍봉한이 잠꼬대처럼 중얼거렸다.

II. 황율(黃慄)

괴사내의 신원은 좀처럼 잡히지 않았다.

황율은 개울과 헤어져 사고현장의 주막으로 갔다. 온양 관아는 주막 살인 사건을 단순강도 사건으로 처리했다. 황율이 구술한 것을 토대로 용모파기화를 그려 인근 여러 고을 방에 붙여 놓았으나 수사는 진척이 없었다.

관원들의 의지에 기대하기도 힘들었다. 험난한 시대였고 사건사고는 잦았다. 외딴 주막에서 천한 것들이 죽어 나간 일이었다. 그나마 용모파기화를 만들고 인근 고을에 방을 붙이고 한 정성은 부상당한 황율이 저군을 모시고 있는 계방 무관이기 때문이었다.

세자가 환궁하고 난 뒤로는 당연히 흐지부지되었다. 다른 일로도 바쁜 관원들이 발 벗고 나설 리가 없었다. 황율은 담당자를 만나보고 주변 인물들을 캐보았지만 사내의 신원조차 알 수 없었다. 황율은 일단 근동의 주막부터 캐보기 시작했다. 사내의 용모파기화를 들고 주막마다 돌아다녀 봤지만 아는 이가 없었다.

겨울이 가고 봄이 올 동안 팔도의 주막을 떠돌았다. 떠도는 봉놋방마다, 그 잠 못 이루는 밤마다 개울이 떠올랐다. 아침에 눈을 뜨면 세안수를 든 개울이 문을 열고 들어올 것만 같았다. 길을 걸으면 갈대 꺾어 문 개울이 종종 뛰어올 것만 같았다. 개울 생각에 뒤척이며 잠을 못 이루는 밤이면 밖으로 나가 칼을 들었다. 달을 벗 삼아 칼춤을 추고 나면 그나마 살 것 같았다.

그렇게 성과 없이 떠돌던 어느 날이었다. 주막을 전전하며 괴사내를 찾는 일에 지쳐갈 때쯤이었다. 나루터 주막 봉놋방에 누워 잠을 청할 때였다. 밤늦게 도착한 보상 셋이 늦은 저녁을 해먹는다고 잠을 다 깨워놓았다. 늘 그랬던 것처럼 황율이 찾고 있는 사내의 용모파기화를 꺼내놓고 아느냐고 물었다. 긴 노정에 힘들고 지친 봉놋방에서는 대부분 모른다고 돌아눕는 게 다반사였다. 그런데 너덜너덜해진 그림을 한참 보던 보상 하나가 관심을 보였다.

"뭐 하는 사람인데 찾소?"

"내 물건을 가져간 사람이오."

"뭔 물건?"

다른 하나가 관심을 보였다.

"칼이오."

칼이란 말에 셋 다 관심이 쏟아졌다. 용모파기화를 바닥에 두고 둘러앉아 말들이 분분해졌다. 저기 해주 장터에서 본 놈 같지 않냐는 말과, 안동에서 대장간 하던 놈 같다는 말과, 영변에서 개 때려잡던 놈을 봤는데 비슷하다는 말들이 나왔다. 황율이 무뚝뚝하게 있자 하나가 말을 붙였다.

"그림 말고 다른 건 뭐 없소? 특징 같은 거?"

황율은 지난 일들을 간략하게 얘기해 주었다. 동궁을 모시는 계방의 정예무관을 쓰러뜨린 자이며 평안도 사투리를 쓰고 죽장검을 들었으며 절세의 무공 실력을 가진 자. 하지만 때마침 주모가 밥상을 내오자 장사치들은 거기에 몰려들었다. 황율이 용모파기화를 접어 품에 넣었다. 한참 밥을 먹다가 하나가 잘난 체를 하고 싶어 했다.

"죽장검이라 하면 거 왈패 애들이 대나무 작대기에 칼 박아 가지구 당기는 거 아뇨. 거기에다 계방 무사까정 자빠뜨린 절세 무공이라 했으니 그런 작자가 이런 봉놋방으로 돌아다닐 리도 없구. 딱 봐도 알겠네. 전문적으로다 칼 박고 엽전 땡기는 아들 아뇨. 칼잡이네, 칼잡이. 그런 작자는 장안으로 가야지. 돈 받고 사람 죽이는 살수들 있잖여. 그런 아들 있는 데루."

황율은 한양으로 올라왔다.

이리저리 수소문 끝에 천변 뒷골목에서 살막을 소개하는 여리꾼[59] 하나를 만났다. 작은 국밥집에서 여리꾼을 만난 황율이 엽전 주머니와 함께 사내의 용모파기화를 꺼내 보였다.

"사람을 찾고 있다. 평안도 사투리를 쓰고 죽장검을 들었다."

황율은 용모파기화를 보는 여리꾼의 눈빛을 읽었다. 깊은 공포의 시선. 여리꾼은 분명 용모파기화의 주인을 알고 있었다. 여리꾼은 느닷없이 욕지기를 내뱉고는 모른다고 잡아떼고 나가버렸다. 황율은 인적 드문 골목에서 여리꾼을 쉽게 제압했다. 여리꾼 앞에 자신의 칼과 돈주머니를 같이 꺼내놓았다.

"자! 어떡하겠나?"

거친 자들만 상대해 온 여리꾼에게도 황율은 남달랐다. 눈에서 불이 나왔고 달빛도 한칼에 벨 것 같은 무인의 살기가 뚝뚝 흘렀다.

---

59) 여리꾼 : 길거리에서 만난 손님을 가게로 끌고 와 수수료를 받는 거간꾼.

"내가 알고 있는 그자의 이름은 광백. 평안도 사투리에 죽장검을 들고 다닌다고 들었소. 한때 조선에서 세 손가락 안에 드는 살수였는데 지금은 죽었는지 살았는지 난 모르오."

여리꾼은 거짓이 아닌 듯했다. 돈은 필요 없으니 그자를 만나더라도 절대 자기 얘기는 하지 말라고 싹싹 빌었다. 황율은 여리꾼을 보내주고 그 뒤를 미행했다. 분명 저 여리꾼 주변에서 더 많은 정보가 나올 것 같았다. 여리꾼이 거래하는 살막의 주인 정도면 광백이란 자에 대해 더 많이 알고 있을지도 몰랐다.

여리꾼은 황율의 미행을 눈치채고 있었다. 제집 마당 같은 천변 골목을 이리저리 돌던 여리꾼이 눈앞에서 사라졌다. 분명 어느 개구멍으로 내뺀 모양이었다. 황율은 쫓지 않기로 했다. 어느 순간부턴가 자신을 따라오는 다른 눈이 있다는 걸 알았다. 곧 다음 정보와 만날 예감이 들었다. 황율은 보란 듯이 휘적휘적 걸어 숙소로 돌아왔다.

삼경(三更)[60]이 지나고 있었다.

아주 미세한 인기척이 황율의 방을 향해 움직였다. 황율이 기다리던 인기척이었다. 아주 조용하고 절제된 호흡. 털미투리

---

60) 삼경(三更) : 하룻밤을 오경(五更)으로 나눈 셋째 부분. 밤 열한 시에서 새벽 한 시 사이.

를 덧신은 발걸음 소리. 훈련된 자들의 움직임이었다. 황율은 눈을 감고 주변으로 조여 오는 살기를 짐작했다.

장지문 밖 복도로 따라오는 것이 둘, 창밖으로 둘, 지붕 위에 둘…… 모두 여섯의 살기. 황율은 누운 채 환도의 손잡이를 움켜쥐었다.

광백이란 자는 어떤 인물일까. 여리꾼은 황율의 존재를 어딘가에 말했을 것이다. 고도로 훈련된 여섯 명의 살수들이 광백이란 자를 궁금해 한다는 이유만으로 황율에게 오고 있었다. 광백이란 자가 보낸 살수일지도 몰랐다. 그렇다면 가까이에, 그가 있다.

장지문이 소리 없이 열렸다. 얼굴을 가린 두 명의 살수가 짧은 창포검을 들고 미끄러져 들어왔다. 황율이 이불을 던지며 일어났다. 창포검 살수들은 온전하고 광포한 살기로 무기를 휘둘렀다. 이불이 갈기갈기 찢어져 방안을 날았다. 황율이 그 사이를 헤치고 환도를 두 번 휘둘렀다. 극단적으로 간결한 동작이었다. 장지문으로 들어온 두 명의 살수가 쓰러졌다. 하나는 다리를 베이고 하나는 칼 든 손목이 잘렸다.

황율은 곧장 뒤로 뛰어 창이 있는 벽 쪽으로 붙었다. 창문으로 두 명의 살수가 연달아 쏟아져 들어왔다. 역시 창포검을 들고 있었다. 그들은 이미 쓰러져 있는 동료의 모습에는 관심이 없었다. 황율이 뒤에 있다는 걸 눈치 챈 살수들이 비도를 쏟아냈다. 그 전에 황율이 날았다. 비도는 황율이 있던 벽을 맞고 떨어졌다. 역시 두 번 황율의 칼날이 허공에 번쩍였다. 창포검을 쥔 두 개의 손목이 바닥으로 떨어졌다.

지붕 위에서 사람 뛰는 소리가 났다. 황율은 부서진 창으로 뛰어 나갔다. 지붕 위에서 뛰어내린 살수 하나가 황율과 마주섰다. 지붕의 살수는 말 위에서 쏘는 작은 동개활을 들고 있었다. 황율을 보자마자 도망가면서 뒤로 화살을 쏘았다. 화살은 불안한 궤적으로 황율을 향해 날았다. 가까스로 화살을 피하고 황율이 살수에게로 달려갔다.

살수는 도망가면서 다시 화살을 쟀다. 황율과 환도가 같이 날았다. 살수의 화살이 시위를 떠남과 동시에 황율의 환도가 허공을 크게 베었다. 활과 살수가 동시에 갈라졌다. 화살은 의미없이 황율을 지나쳐 떨어졌다.

지붕 위에 있던 하나 남은 살수는 도망갔다. 황율은 그자를 내버려두었다. 방안으로 돌아오자 손목이 잘린 살수들이 사라지고 없었다. 다리를 베인 동료도 데리고 갔다. 그들 사이에 황율이 찾던 광백이란 자는 없었다.

황율은 밖으로 나와 시신을 거뒀다. 활을 쏘던 살수는 목과 어깨가 갈라져 죽었다. 이불에 시신을 싸고 방안에 두었다. 그 시신 앞에서 황율은 기다리기로 했다. 해결되지 않은 숙제. 분명히 그들이 다시 올 것이라 여겼다. 아니나 다를까 기다리던 사람은 금방 모습을 드러냈다.

갓부터 도포에 신발까지 온통 검은색으로 휘감은 사내였다. 마치 저승사자 같은 모습의 사내가 황율의 방으로 찾아왔다. 사내는 혼자 황율을 찾아왔다. 무기도 없었다. 문가에 서서 말없이 황율을 보고 이불에 쌓인 시신을 보았다.

그 검은 사내를 보고도 황율은 꿈쩍하지 않고 있었다. 환도를 자신의 무릎 아래 내려놓고 황율이 앉아 있었다. 검은 사내가 들어와 황율 앞에 앉았다. 이불에 싸인 시신을 사이에 두고 둘은 한동안 말이 없었다.

숨 가쁜 침묵이, 둘을 오갔다.

손등에 갈라진 힘줄로 칼 잡은 흔적들을 엿보았다. 옷의 주름으로 근육의 쓰임을 파악했다. 들숨과 날숨의 깊이로 연마의 세월을 짐작했다. 이윽고 검은 사내가 입을 열었다.

"나는 은린살막의 흑우(黑雨)라고 한다. 너는 누구냐?"

"무관 황율이다."

무관이란 말에 흑우라는 사내가 뚫어져라 황율을 봤다.

"바깥쪽 사람인가?"

바깥쪽? 황율이 대답하지 못했다. 그들의 은어이겠거니 여겼다. 흑우가 다시 물었다.

"나라의 사람인가?"

"한때는."

"광백과는 무슨 사인가?"

"그자에게 받을 게 있다."

흑우는 부서진 장지문과 창문과 바닥에 흩뿌려진 핏자국들을 보았다. 지난밤에 있었던 전투의 동선을 보았다.

"무슨 이유에서건 광백이란 자를 잊어라. 다시 찾으려 하다간 네가 죽는다."

흑우의 말속에 피곤함이 묻어나왔다. 사무적이고 건조한 말이었다.

"광백은 내 동생을 죽였다. 허나 지금 광백은 내가 모시고 있는 주인을 위해 일하고 있다. 네가 광백에 대해 궁금해하면 주인이 피곤해진다. 그럼 내가 널 죽여야 한다. 무슨 말인지 알겠나?"

황율이 바닥에 놓여 있는 자신의 환도를 손가락으로 툭 건드렸다.

"칼을 들고 오너라. 그럼 네 질문에 대답해 주마."

흑우가 물끄러미 황율을 보다가 자신의 허리띠를 가리켰다. 흑우는 연검을 허리에 차고 있었다. 요대검이었다. 황율이 끄덕였다.

흑우가 한번 손가락을 놀리자 연검이 무서운 속도로 튕겨 나왔다. 황율이 손으로 방바닥을 때리자 환도가 솟아올랐다. 둘의 일합이 부딪혔다. 황율은 창이 있는 벽 쪽으로, 흑우는 장지문이 있는 입구로 밀려나갔다. 둘은 다시 중앙으로, 기세를 모았다.

흑우의 연검은 화려하고 풍부했다. 수없이 많은 뱀의 혀처럼 휘어지며 날아들었다. 허공에 빛을 수놓았다. 빛이 비처럼 쏟아졌다. 넋을 놓고 있다 한순간에 목이 날아갈 지경이었다. 황율이 간신히 막아내면 흑우의 연검은 황율의 환도를 휘감았다.

황율은 벽을 따라 돌며 간신히 막아내고 있었다. 흑우는 황율을 모서리로 몰았다. 연검이 이를 데 없이 춤을 추었다. 그 연검의 춤사위 아래로 흑우의 왼손이 움직였다. 종아리에 차고 있던 비도가 흑우의 왼손에 쥐어진 채 황율의 옆구리를 향해 날아들었다. 하지만 그것이 흑우의 패착이었다. 순간 흑우의 연검이 탄력을 잃었다.

황율이 몸을 비틀었다. 환도를 감은 연검이 튕겨져 나가자 황율의 환도가 빛을 뿌리며 위에서 아래로 그어졌다. 비도를 쥔 흑우의 왼손이 잘려나갔다. 흑우의 입에선 신음소리도 나오지 않았다. 흑우의 연검이 곧장 황율의 목을 노리고 날아들었다.

황율의 환도가 아래에서 위로 올랐다. 흑우의 사타구니에서 어깨까지 긴 혈선이 그려지면서 연검이 허공을 날았다. 단 두 수였다.

흑우는 자신의 피와 함께 방바닥에 주저앉았다. 가쁜 숨을 내쉬며 벽에 등을 기댔다. 황율이 다가왔다. 흑우가 시뻘건 눈으로 황율을 올려다보았다.

"주인을 위해…… 광백을 살려 둔 것이 아니다."

"……."

"내가 광백을 죽이지 못한 이유는 하나다."

"……."

"나는 그자를 이길 수 없었다."

"……."

흑우는 피를 토했다. 피를 토한 입으로 숨을 크게 들이쉬었다.

"평양…… 왕세자…… 그자는 지금 거기 있다."

황율은 순간 자기 귀를 의심했다. 흑우는 분명히 왕세자라고 했다. 지금 저군이 평양에 있단 말인가?

"네가 죽여라……. 광백……."

흑우는 마지막 말을 내뱉고 숨이 잦아들었다.

"무슨 말인가? 왕세자라니? 저하께서 평양에 거둥하셨단 말이냐?"

황율이 거칠게 흑우를 다그쳤지만 흑우는 반응이 없었다. 황율은 흑우의 맥박을 확인했다. 조용했다. 죽었다. 방안에는 두 명의 시신이 놓였다. 바닥과 벽은 피로 물들었다. 어느 정도 각오는 했지만, 광백이란 자에게로 가는 길은 붉은 피로 질퍽했다.

황율은 급히 동궁으로 달려갔다.

아직 어두운 밤, 성문을 여는 파루(罷漏)[61]가 되려면 오경(五更)이 넘어야 했다. 이제 사경(四更)이 지났을까. 황율은 열리지 않는 창경궁의 홍화문을 먼발치에서 바라보며 속이 탔다. 흑우란 자의 말을 확인해야만 했다. 세자 저하가 동궁에 계신지, 정말 평양으로 거둥한 것인지 알아야 했다. 만약 정말 평양에 세자가 계신다면, 흑우란 자의 말은 심각한 것이었다. 세자가 위험하다는 경고였다.

황율이 열리지 않는 홍화문을 보다 발길을 돌렸다. 황율은 계방 직숙실이 있는 궁궐 전각의 담벼락으로 달려갔다. 황율은 파수를 살핀 다음 담을 넘어 직숙실로 향했다. 이곳은 황율이

---

61) 파루(罷漏) : 통행금지를 해제하기 위하여 종각의 종을 서른 세 번 치던 일.

누구보다 잘 아는 곳이었다. 직숙실에서 자고 있던 계방 막내 우세마 김용철이 황율을 보고 기겁했다. 몇 달 동안 보지 못했던 황율이 피칠갑을 하고 나타난 것이다.

"용철아. 저하께서 평양에 거둥하신 것이 맞느냐?"

김용철은 숨이 턱 막혔다. 세자의 평양 미행은 계방 내부에서도 극소수의 인원만 알고 있는 내용이었다. 책임관인 좌익위 조유진은 동궁의 연락책으로 입이 무거운 우세마 김용철에게 임무를 맡기며 엄중경고 했었다.

"네 입의 경중에 따라 저하의 안위가 정해질 수도 있다."

살벌한 경고였다. 그런데 갑자기 나타난 황율이 알고 있다. 김용철은 황율을 보며 눈알을 부라렸다.

"뭔 소리요? 저승사자처럼 나타나선……"

황율이 김용철의 멱살을 움켜쥐었다.

"저하의 안위가 달린 일이다! 평양에 거둥하신 것이 맞느냐?"

김용철이 길게 한숨을 내쉬었다.

"어떻게 저하의 안위가 다…… 내 탓이란 말이오?"

황율이 멱살 잡은 것을 놓았다. 저하는 지금 평양에 있는 것이 확실했다. 황율은 김용철에게 대강의 내용을 들었다. 저하는 지금 비공식적으로 미행을 떠난 것이었다. 세자의 소재를 알고 있는 자들은 극소수였다. 그런데 살막의 인물들이 세자의 소재를 알고 있다. 황율은 숨이 거칠어져 밖으로 나왔다. 평양이 있는 북쪽 하늘로 먹구름이 잔뜩 몰려가는 것이 보였다. 뒤따라 나온 김용철이 황율의 긴장을 짐작했다.

"나한테 털어놔야 내가 형님을 도울 수 있소."

황율은 그간의 일을 설명해 주었다. 광백을 찾아다닌 일, 살막의 여리꾼을 만나 광백의 신원을 알게 된 일, 흑우란 자와의 결투와 그의 입에서 나온 말들, 광백과 세자와 평양의 연결고리. 김용철의 얼굴이 하얗게 질렸다.

"흉수가…… 있단 말이오?"

황율은 하얗게 질려 있을 틈이 없었다.

"나는 지금 평양으로 가서 세자 저하를 뵈야겠다. 넌 계방 무장들을 모두 준비시켜서 뒤따라오너라."

김용철은 황율을 끌고 직숙실로 데리고 갔다. 새 옷을 내주고 환도를 내주었다.

"그런 꼴로는 세자 저하를 뵙기도 전에 평안 감영의 군사들에게 경을 치겠소."

"말이 필요하다."

김용철은 계방 마구간에서 자신의 말을 내주었다. 황율은 당장에라도 튀어 나갈듯 서둘렀다. 그런 황율을 잡고 김용철이 머뭇거렸다.

"형님 간병하던 의녀 소식 들었소?"

김용철은 멍해지는 황율의 얼굴을 보고 대답을 짐작했다.

"형님 아이를 가진 것 같소. 형님 찾아다닌다고 동궁으로 복귀도 안 했소. 좌익위 나리께서 주변에다 수소문해서 찾고 있고…… 세자 저하께서 노비 문서를 태우라 하신 걸로 보아 그 의녀를 찾아서 형님하고 맺어주시려는 모양이오."

황율이 부서질 듯 말고삐를 움켜쥐었다. 개울이 자신의 아이를 가졌다. 임신한 몸으로 전국을 떠돌고 있다. 개울이…… 나의 개울이…… 김용철이 황율을 깨웠다.

"형님. 괜찮소?"

황율은 대답하지 않았다. 말안장에 오른 황율은 궐 밖으로 나갈 입구만 노려보았다. 말이 궐 밖으로 나가면 어디로 달려갈지 알 수 없었다. 김용철의 말은 듣지 말았어야 했다. 개울은 헛것이어야 했다. 광백과 세자가 평양에 있다. 갈 곳이 정해진 이상, 되돌릴 순 없다.

"문을 열어라."

궐문이 열리자 황율을 태운 말은 칠흑의 어둠 속으로 쏜살같이 달려나갔다.

김한구는 아들 김귀주를 불렀다.

홍봉한이 보낸 편지를 아들 김귀주에게 보여주었다. 간단하기 이를 데 없는 내용이었다.

"동궁이 평양에 있다."

김귀주가 펄쩍 뛰었다.

"덕성합에 처박혀 있다지 않았습니까? 임금께 진현하는 일도 지금 칭병하고 몇 달 째……"

"평양으로 갔다면…… 사돈인 평안 감사 정휘량을 만나러 간 것이겠지."

"군사를 모으려는 것이 아닐까요?"

"글쎄다."

"우리가 먼저 선수 쳐야 합니다."

"허면?"

"당장에라도 계비 마마를 뵙고 말씀드려야지요. 성상께 글을 올리는 방법을 찾아봐야겠습니다."

약관의 김귀주는 동생이 계비가 되면서 궁중 출입이 잦았다. 처남이라 하여 임금의 총애도 각별했다. 김귀주는 계비는 물론 자신을 봐도 탐탁지 않아 하는 왕세자를 극도로 싫어했다. 그런 김귀주를 홍봉한은 잘 알았다. 언제라도 조정에 출사할 날만 기다리고 있었다. 겁이 없으며 출세욕이 강하고 야망이 들끓는 젊은 외척.

편지를 받으면 곧장 김귀주가 궁중으로 달려갈 것을 홍봉한은 알았다. 동생인 계비와 함께 임금의 귀에 속삭일 것이 틀림없었다. 지금 아프다는 동궁이 어디 계신 줄 아십니까. 밖으로 나가려던 김귀주가 아비를 돌아보았다.

"아버님은 홍봉한 대감을 믿습니까?"

얼마 전에 홍봉한은 정승 자리에 올랐다. 호위대장과 약원도제조를 겸직했다. 노론의 실세들도 홍봉한의 주변으로 모이고 있었다. 홍봉한이 내미는 손을 뿌리친다고 김한구가 유리해지는 것이 아니었다.

김한구는 알았다. 지금 자신은 홍봉한에게 역부족이었다. 하지만 자식들이 있었다. 총명하기 이를 데 없는 딸과 패기 넘치는 아들이 있었다. 다음 대에서는 해볼 만하다고 여겼다. 지금은 기다려야 할 때였다. 최대한 홍봉한의 손을 잡고 있을 때였다. 더욱이 세자빈이 저렇듯 날을 세우고 홍봉한의 뒤에 있었다.

"믿는 척하는 것이다. 믿지 않아도 될 때까지 열심히 믿는 척하는 것이다."

김귀주는 무슨 할 말이 더 있는 듯 머뭇거리다 그냥 발길을 돌렸다. 아비도 아들의 발걸음을 잡지 않았다.

부벽루에서는 매일이다시피 연회가 열렸다.

이선은 자신의 본심을 정휘량에게 털어놓은 이후부터 정휘량이 올리는 술을 사양하는 법이 없었다. 4월 초순에 떠나온 세자궁도 벌써 보름이나 지나고 있었다.

정휘량은 세자가 기거하는 별장에 경비를 놓았지만 열 명도 채 되지 않았다. 경비가 삼엄해지면 다른 눈들이 번거로워진다고 세자가 막았다는 이유였다. 세자가 부벽루로 오가는 길은 가마꾼과 달랑 네 명의 병졸만 감영에서 파견되었다. 정휘량은 부벽루 앞에서 인사를 했다. 언제부턴가 숙소까지 배종하던 예법을 정휘량은 잊어버린 듯했다.

부벽루에서 별장으로 오는 길에 열 명도 안 되는 호위가 따랐다. 동궁에서부터 따라 온 계방 무관 넷에 호위병이 넷, 그리고 조유진이 다였다. 가마도 치우라 하고 세자는 말에 올랐다. 세자는 이렇게 단출한 행차를 좋아했다. 술기운에 흥얼거리던 세자는 부벽루가 보이지 않는 곳에 이르자 눈에 띄게 조용해졌다. 세자가 조유진을 불렀다. 세자와 조유진이 말머리를 나란히 했다. 세자는 술이 다 깬 얼굴이었다. 얼굴에 그늘이 깊었다.

"정휘량이 두 마음을 가진 듯하다."

조유진은 의외로 담담했다. 어떤 기색도 얼굴에 드러나지 않았다.

"알고 있었나?"

"심증만 있었을 뿐이옵니다."

"나로 인해 그대의 숙부가 위험해지게 생겼다."

"저하. 어찌 숙부의 안위가 먼저이겠습니까?"

이선은 돌이킬 수 없는 실수를 하고 말았다. 정휘량에 대해 온전히 알기에는 시간이 촉박했다. 조재호의 말이 맞았다. 정휘량이 처음 보여준 얼굴은 절실했던 이선에게 최선이었다. 좀 더 깊이 들여다보았어야 했다. 이선은 다급했고 실수를 하고 말았다. 정휘량은 이선의 마지막 도박인 셈이었다.

이선이 정휘량을 알게 된 건 정휘량에게 본심을 드러낸 이후부터였다. 매일 술자리를 거듭하자 정휘량의 본질이 보이기 시작했다. 이기적이고 가벼웠다. 좋은 목소리와 좋은 얼굴에 숨겨놓은 건 굳은 심지가 아니라 경박한 이기였다.

정휘량은 지난 나주 벽서 사건을 들먹였다. 같은 소론이면서 그는 조태구와 유봉휘, 최석항과 이광좌를 탄핵한 사실을 자랑처럼 떠들었다. 자신의 살을 베어내는 고통을 감수하며 탕평을 위해 나섰다고 떠들었다. 자신의 당위를 소리 높였다. 이선은 직감했다. 내가 실수를 했구나. 그때부터 이선은 자신의 의심을 의심하기 위해 정휘량과의 술잔을 놓지 못했다.

"저하."

상념에 빠진 이선을 조유진이 깨웠다. 이선이 꿈결처럼 말했다.

"정휘량을 베어야겠다."

조유진이 담담히 받았다.

"언제 거행하면 되겠사옵니까?"

"내일 연회에서 베겠다."

조유진이 마상에서 조아렸다. 조유진은 알았다. 세자는 내일 말대로 정휘량을 벨 것이다. 베고 난 이후의 문제를 염려해서 머뭇거리지 않을 것이다. 평양으로 미행한 사실과 관찰사를 벤 사실로 임금의 문책이 떨어진다 해도 후회하지 않을 것이다. 그것보다 세자에게 더 중요한 건, 조재호의 안전과 이선의 미래에 같이 목숨을 건 동지들의 안전이었다. 조유진은 이런 세자가 보위에 오르길, 진심으로 바랐다.

그때였다. 오싹한 찬 기운이 길가를 에워쌌다. 조유진은 뜬금없는 살기에 소름이 돋았다. 순간 무수한 파공음이 허공을 가르는 소리를 들었다. 조유진은 세자에게로 몸을 날렸다. 화살은 어둠을 뚫고 정확히 세자와 호위병들에게로 날아들었다. 감영의 병졸들이 속절없이 쓰러졌다. 계방 호위들도 화살을 맞고 나뒹굴었다. 조유진도 어깨에 화살을 맞았다. 세자를 안고 조유진이 굴렀다. 넘어진 말을 방패삼아 조유진이 세자를 호위했다.

어깨에 꽂힌 화살을 꺾어 빼냈다.

어둠 속에서 흉수들이 모습을 드러냈다. 동개활을 들고 매복하고 있던 살수들이었다. 활을 든 궁수들은 십여 명이 넘었다. 그 사이로 두목인 듯한 자가 조유진과 세자가 있는 곳으로 걸어왔다. 검을 들고 두목을 따르는 살수들도 십여 명이 넘었다. 검을 든 살수들이 부상당한 계방 무관들과 호위병을 도륙하기 시작했다. 계방 무관들은 숨이 끊어질 때까지 이선의 앞을 막았다. 두목은 죽장검 하나를 달랑 들고 나타나 그 살육의 칼날 뒤에서 흉악하게 웃고 있었다. 누런 이가 달빛에 드러났다. 광백이었다.

정휘량은 호위 군사를 이끌고 감영으로 돌아가고 있었다.

송도에서 올라온 관기 하나가 정휘량의 침소를 덥히기 위해서 따르고 있었다. 후줄근하게 취한 상태의 정휘량이 가마를 세우고 강변에 오줌을 싸고 있을 때였다. 한양으로 갔던 군관이 달려오고 있었다. 감영으로 갔던 군관은 기다리지 않고 부벽루 연회에 간 정휘량을 찾아 달려왔던 것이다.

홍봉한의 답장이었다. 자신이 이름을 남기지 않았듯 홍봉한의 서신에도 보내는 이의 이름이 없었다. 내용은 간단했지만 정휘량은 경악했다.

"호랑이를 잡으러 흉수들이 평양으로 갔다."

세자를 노리는 흉계가 있다는 뜻이었다. 세자가 평양에서 암살된다면? 정휘량은 모골이 송연해졌다. 동궁에 있는 줄 알았던 세자가 평양에서 암살당한다면, 임금이 정휘량을 어떻게 할 것인가. 정휘량의 눈에서 불꽃이 튀었다. 편지를 부서져라 움켜쥐며 고함을 질렀다.

"세자! 세자를 찾아라!"

황율이 부벽루에 들이닥쳤을 때 이미 세자 일행은 떠나고 없었다.

계방 무관임을 확인한 감영의 군관이 세자가 간 길을 알려주었다. 황율은 미친 듯이 채찍을 휘둘렀다. 말은 거품을 물고 달렸다. 한양에서 평양까지 한시도 쉬지 않고 달린 말이었다. 작은 냇가 너머 갈대밭이 달빛에 출렁이고 있었다.

갈대밭 저 너머 세자 일행의 횃불이 보였다. 황율은 박차를 가했다. 순간 어떤 살기의 덩어리가 갈대밭에서 황율에게로 쏟아져왔다. 횃불을 든 자들과 말 위에 있던 자들이 떨어졌다.

갈대밭에 접어들자 말발굽 소리가 지축을 울렸다. 활을 든 궁수들이 달려오는 말을 향해 화살을 잿다. 황율은 환도를 빼들고 궁수들을 가르며 달렸다. 궁수 셋의 목이 떨어졌다. 다시 돌아오는 황율을 향해 살아남은 궁수들이 화살을 놓았다. 황율이 말 위에서 솟았다. 황율은 궁수들 가운데로 뛰어 들어갔다. 한 번 황율의 환도가 빛을 뿌리면 목 하나가 떨어져 나갔다. 조유진과 이선도 칼을 들고 호응했다. 궁수들은 활을 버리고 칼을 뽑았다. 검을 든 살수들도 달려왔다. 여기저기서 칼의 불꽃이 튀었다.

황율이 이선의 빈 곳을 채우며 다가왔다. 이선의 좌우에서 조유진과 황율이 분주했다. 조유진이 날아오는 칼들을 분주히 막아내며 말했다.

"저하를 안전한 곳으로 모셔야 한다. 여긴 내가 맡을 테니까……"

조유진은 어깨에서 흘러내린 피 때문에 손이 미끈거렸다. 연신 바지춤에 닦았다. 황율이 다가오는 살수들을 베어내며 말했다.

"여긴 제가 있겠습니다."

이선이 빈틈을 노리고 들어온 살수 하나를 베었다. 살수들은 지독하게 이선만을 노리고 왔다.

"나리! 저하를 모시고 어서!"

황율이 고함지르고 살수들 사이로 맹렬하게 파고들었다. 앞으로 내지르고 횡으로 가르고 뒤로 찌르고 위로 올려치는 황율의 환도가 살수들을 헤집고 다녔다. 조유진은 살수들이 황율에게 몰린 틈을 타 이선을 말에 태웠다. 이선은 허겁지겁 그 자리를 도망쳐 나오면서 황율의 칼소리를 들었다. 조유진이 뒤를 따랐다. 조유진과 세자가 무사히 빠져나간 걸 본 황율은 살수들을 막아섰다.

"날 베지 못하면 지나가지 못한다."

살아남은 적은 모두 아홉. 궁수가 셋, 살수가 다섯, 그리고 광백. 그 광백이 가래침을 뱉으며 말했다.

"이카고 만나는 거이 우연이 아이지비?"

"내 칼은 어디 있나?"

광백이 뚱하니 황율을 보다 괴소를 흘리기 시작했다. 으흐흐흐흐.

"간나새끼래……"

광백이 황율에게로 날았다. 황율이 광백의 죽장검을 쳐냈다. 광백도 황율의 칼을 기억했고 황율도 광백의 살기를 기억했다. 자신의 환도를 빼앗았던 자는 지금 흉수로 나타나 세자를 해하려 하고 있었다. 황율이 허공을 긋자 광백의 죽장검이 날아갔다. 광백의 어깨는 아직 완전히 낫지 않았다. 광백이 뒤로 내빼자 다른 살수들이 광백을 자리를 채웠다. 황율이 사람의 방패 뒤에 있는 광백을 향해 말했다.

"한번 죽기로, 다시 겨룰 생각은 없나?"

"지랄하고 자빠졌구만 기래."

광백이 눈을 흘겼다.

"죽이라."

광백의 말이 떨어지기 무섭게 남아 있는 살수들이 일제히 날아들었다. 황율은 칼을 다잡았다. 환도는 무거웠다. 쉬지 않고 말을 달려왔었다. 쉬지 않고 베고 또 베고 있었다. 하나가 달려들었다. 위에서 아래로 내려치는 놈의 칼을 받아 치고 앞으로 전진해 수평으로 목을 베었다. 또 하나가 옆으로 다가와 횡으로 그었다. 칼을 받아 흘리면서 놈의 뒤로 돌아 등부터 가슴까지 찔러 들어갔다. 다른 하나가 뒤에서 달려들었다. 피하면서 다리를 베고 넘어지는 놈의 심장을 찍었다.

황율은 하나씩 적들을 베고 찌를 때마다 개울이 생각났다. 개울의 손길, 개울의 걸음, 개울의 미소, 개울의 눈물. 무참한 피가 사방에 가득한 가운데, 황율은 어느 순간 개울의 목소리를 들은 듯했다.

"도대체 무슨 의미가 있나요?"

남아 있는 적은 이제 광백까지 넷.

황율의 몸은 피로 범벅이 되었다. 적의 피인지 자신의 피인지 분간할 수 없는 핏물이 흘러 내렸다. 광백이 공격하던 살수의 뒤에 숨어 있다 느닷없이 나타났다. 왼손에는 비도를, 오른손엔 죽장검을 들고 마구잡이로 찔러댔다. 황율이 크게 반원을 그려 피하며 한 놈의 가슴을 베었다. 피가 튀었다. 광백이 욕지기를 뱉어냈다.

또 하나를 베었다. 목이 날아갔다. 이제 무방비로 광백이 황율의 환도 앞에 놓였다. 황율은 모든 기력을 동원해 솟구쳤다. 환도가 한번 빛을 뿌리고 나면 끝이다. 허공에 길게 울음을 남기고 황율의 환도가 광백에게로 날아들었다. 순간 광백이 동료를 끌어당겼다. 얼떨결에 살수 하나가 광백 앞으로 당겨왔다. 방패가 되었다.

황율은 자신의 칼 앞에 놓인 살수의 눈을 보았다. 당혹감으로 일그러진, 앳된 소년의 눈. 멈출 새도 없이, 황율의 칼이 살수의 어깨뼈에 깊이 박혔다. 광백이 인간 방패 뒤에서 죽장검을 내질렀다. 황율의 환도가 미처 살수의 어깨에서 빠져나오기도 전에, 광백의 죽장검이 황율의 아랫배를 뚫었다. 환도가 손에서 미끄러졌다. 광백이 요란하게 소리 질렀다.

"길티!"

황율은 그때 개울이 부르는 소리를 분명히 들었다.

"나리."

황율이 뒤를 돌아보았다. 개울은 보이지 않았다.

"야야. 이것 보라."

광백이 불렀다. 황율이 광백을 돌아보았다.

"니 칼 말이디 엿 바꿔 먹었디."

광백이 킬킬거렸다. 그리고 광백의 죽장검이 곧장 황율의 심장을 향해 다시 날아들었다. 아득히 먼 곳에서 개울의 울음소리가 들려왔다.

"저하. 동궁으로 환궁하셔야 합니다!"

주변을 살피던 조유진이 말했다. 사지를 벗어난 이선은 먹은 것을 다 토해냈다. 토악질이 멈추지 않았다. 이선은 진정이 되자 강물로 입을 행구고 말에 올랐다.

"감영으로 간다."

이선이 말머리를 돌렸다. 그때였다 일단의 군마가 달려오고 있었다. 평안 감영의 군기가 휘날렸다. 정휘량과 감영의 병사들이었다. 피투성이 세자를 보자마자 황망히 말에서 내려 조아린 정휘량이 벌벌 떨었다.

"저하! 이 어찌……"

이선은 차분했다.

"어떻게 왔는가?"

"저하께서 가시고 난 뒤 불길한 기운이 발걸음을 잡아 이렇듯 달려왔사옵니다."

이선은 오늘의 흉수와 정휘량이 어떤 식으로든 연결고리를 가지고 있을 거란 짐작이 들었다. 하지만 어디서부터 매듭을 풀어야 할지 막막했다. 이선은 돌아가지 않기로 했다.

"거처로 가는 길에 흉수가 있었다. 현장으로 군사를 보내라."

"여부가 있겠사옵니까."

정휘량의 부관이 일단의 군사를 이끌고 달려갔다. 이선이 아직도 조아리고 있는 정휘량을 불렀다.

"가까이 오라."

정휘량이 무릎걸음으로 나아갔다. 정휘량은 피 묻은 세자의 융복(戎服)[62]을 보았다. 세자의 얼굴을 보았다. 피투성이의 세자는 어떤 표정도 없었다. 분노도 슬픔도 두려움도 없었다. 아무것도 짐작되지 않는 얼굴로 정휘량을 보았다. 이선이 나직이 말했다.

"그대를 벨 수도 있다."

일순 사시나무 떨듯 떨던 정휘량이 멈췄다. 떨림을 멈추고 정휘량이 움직이질 않았다. 그대로 시간이 멈춘 듯 고개를 떨어

62) 융복(戎服) : 군복.

뜨리고 있던 정휘량이 천천히 고개 들어 세자를 똑바로 올려다보았다. 탁하고 싸늘하고 건조한 목소리가 정휘량의 입에서 흘러나왔다. 전혀 다른 정휘량이었다.

"조재호는…… 함구하였사옵니다."

정휘량이 아끼고 있던 패를 던졌다. 목숨을 살릴 수 있는 한 번의 패. 정휘량에게 조재호의 서신을 내준 건 이선 자신이었다. 굶주린 여우에게 암탉을 들이민 꼴이었다. 관자놀이를 쇠몽둥이로 얻어맞은 듯한 충격이 왔다. 비틀거리지 않으려 주먹을 쥐고 이를 악 다물었다. 이 갈리는 소리가 조유진에게 들렸다. 정휘량은 멈추지 않았다.

"소신이 죽으면 오랜 벗 하나가 서신을 들고 어전으로 갈 것입니다."

이선의 옆에 시립하고 있던 조유진의 환도가 징징거렸다. 이선의 손이 조유진의 칼을 향해 나아갔다. 칼의 손잡이를 잡았다. 조유진이 말리지 않았다. 정휘량의 눈은 흔들리지 않았다. 정휘량은 알았다. 흔들리는 순간, 나는 죽는다.

"저들이 진정 원하는 것은 조재호가 아니겠습니까. 조재호의 말이 대조께 들어간다면 나주 벽서 사건은 비교도 되지 않을 것입니다."

정휘량의 입에서 나오는 말들이 허공으로 날아 이선의 몸 여기저기를 찌르고 베고 능욕했다. 조재호의 서신이 공개된다면 조재호는 물론 세자와 연루된 모든 이들이 역도로 몰려 능지처참을 면하기 어려울 터였다. 정휘량의 협박은 효과가 있었다. 이선은 흔들리고 있었다.

"저하! 세손을 보존해 주소서!"

정휘량이 곡하듯 엎드렸다. 맨땅에 이마를 찧었다. 정휘량의 이마에서 피가 흘러나왔다. 정휘량이 세손을 들고 나왔다. 임금 앞에 조재호가 나오고 다시 나주 벽서 사건이 재현되면 세자는 역도로 몰리게 된다. 그렇다면 세손마저 위험해진다.

이선의 눈동자가 쩍쩍 갈라졌다. 심장이 찢어졌다. 이선은 조유진의 칼을 잡은 채 부들부들 떨었다. 조유진이 감히 칼 잡은 세자의 손을 뺐다. 조유진이 환도를 높이 쳐들었다. 곧장 내리치면, 정휘량이 베어진다. 이선의 손이 조유진의 환도와 정휘량의 목 사이에 자리했다.

"누구냐? 너는 누구에게 갔느냐?"

"홍봉한 대감입니다."

이선이 길게 날숨을 뱉었다. 조유진이 칼을 내렸다. 이선의 동공이 빛을 잃었다. 정휘량이 조아리며 말했다.

"저하. 동궁으로 돌아가시옵소서. 저하는 이곳 평양에서…… 아무 일도 없었사옵니다."

정휘량이 울었다. 그 울음 속에 눈물은 없었다.

"저하는 그저 유람을…… 하셨을 뿐입니다."

"조재호 얘기가 나올 때는…… 저군을 모해한다는 죄명을 걸어…… 결단코 네 목을 벨 것이다."

이선의 말이 평양의 밤하늘을 무기력하게 떠다녔다.

이선이 술상을 놓고 조유진을 불렀다.

조유진에게 술을 내렸다. 조유진이 잔을 비웠다. 조유진이 피습경과를 보고했다.

"이쪽의 피해는 아홉. 살수의 시신은 모두 열아홉입니다. 두목으로 보이는 자가 없는 걸로 보아 살아 돌아간 것 같사옵니다."

"그 무관은?"

"죽었사옵니다."

"벼슬을 올리고 가족에게 전답을 내리라."

"가족이…… 없는 걸로 알고 있사옵니다."

"그대가 알아서 하라."

"하령을 받자옵니다."

"이름이 무엇이었나?"

이선이 잔을 놓고 물러가는 조유진을 향해 물었다.

"우시직 황율입니다."

조유진이 장지문을 반쯤 연 채로 답했다.

12. 개울

개울은 온양을 떠나 악착같이 황율의 흔적을 찾아다녔다.

어딘가에서 황율이 죽어 쓰러져 있을 것만 같았다. 황율은 돌아온다는 말도 없었고 기다리라는 말도 하지 않았다. 하지만 황율을 보내고 하룻밤도 채 지나지 않아 개울은 황율이 없는 세상에서 살아가는 것이 무의미하다는 걸 깨달았다. 시신이라도 눈으로 확인하고 싶었다.

개울은 정양하던 거처를 정리해 온양 관아에 경과보고를 하고 길을 나섰다. 황율의 뒤를 좇았다. 길에서는 여자 혼자만으로는 위험한 일이 부지기수였다. 머리를 밀고 승복을 구해 입었다. 영락없는 비구니가 되었다.

황율을 찾는 개울의 만행(萬行)[63]은 그럴 듯했다. 문경새재를 넘어가는 어느 주막에서 사람을 찾아다니는 황율의 소문을 들었다. 충청으로 경상으로 전라로 개울은 황율의 소문을 따라 떠돌았다. 그러던 어느 날 배가 불러오는 것을 알았다. 황율의 씨였다.

겨울이 지나고 봄이 오자 배는 점점 불러왔다. 걷기도 쉽지 않았다. 개울은 미련하지 않았다. 이대로라면 산모도 아기도 위험하다는 걸 잘 알았다. 가족이 없는 개울은 갈 곳이 없었다. 노잣돈도 달랑거렸다. 흉년으로 피폐해진 나라는 시주도 궁색했다. 개울은 저도 모르게 부른 배를 안고 온양으로 돌아왔다. 황율과의 기억이 개울을 온양으로 이끌었다.

온양에 이르러서는 한 걸음도 내디딜 수 없을 만큼 힘들었다. 주인 없는 빈 주막 하나가 개울의 눈에 들어왔다. 개울은 그곳에서 아이를 낳기로 작정했다. 얼마 지나지 않아 비구니 하나가 애를 가졌다고 소문이 났다. 주막으로 돌팔매질 하러 오는 거지아이들이 늘어났다.

유난히 못살게 구는 거지아이 하나와 옥신각신한 날, 개울에게 참을 수 없는 산통이 왔다. 이제 4월 중순. 아직 산달이 되기

---

63) 만행(萬行) : 불교에서, 여러 곳을 돌아다니며 닦는 수행.

에는 두 달이나 남았다. 아이가 서두르는 모양이었다. 개울은 부엌에서 출산할 요량으로 허겁지겁 물을 끓이고 지푸라기를 모아 자리를 마련했다.

양수가 터졌다. 아이의 머리가 보이지 않았다. 아이가 거꾸로 들어 있었다. 개울은 죽음의 기운이 온몸을 휘감는 걸 느꼈다. 개울은 울면서 칼을 들었다. 황율의 아이만은 살려야 했다. 두려움을 이겨내야 했다. 어차피 둘 다 죽을 운명이었다. 혜민서에서 개울은 많은 산모를 보았고 어떻게 아이를 살리는지 보았었다. 개울의 비명이 하늘 끝까지 울려 퍼졌다.

아침이 되어 거지아이들이 데리고 온 관아의 관노비 부부는 주막 부엌 안을 들여다보고 질겁했다. 산모가 제 배를 가르고 아이를 꺼내놓고 죽어 있었다. 산모의 시신은 아직 따듯했고 아이는 아직 살아있었다. 이 주막에서 흉사가 연이어 일어난다고 남자가 혀를 찼다. 여자는 아이를 안아 들었다. 여자아이였다. 관노비 부부는 아이를 데려다 키우기로 했다.

"이름을 뭐라 하시겄슈?"

"얼음이."

"왜유?"

"얼매나 차갑냐. 고것이 지 어미 잡아묵고 나온 년 아녀. 징하게 독사 같은 년이니께."

개울이 죽은 주막은 점순이네 주막이었다. 점순이도 죽고 개울도 죽었다. 아무도 기억하지 않는 죽음이었다. 도처에 깔린 죽음, 너무나 당연하고 흔해빠진 그런 죽음이었다.

13. 홍봉한(洪鳳漢)

홍계희는 똥줄이 탔다.

홍계희는 안국래로부터 거사가 실패했음을 전해 듣자마자 김상로를 찾았다. 김상로는 병을 핑계로 만나주지 않았다. 평양 얘기를 들었음이 틀림없었다. 김한구를 찾아갔다. 김한구 역시 출타하였다 하며 문전에서 퇴짜를 놓았다. 그렇게 손발이 잘 맞던 윤급 또한 꽁지를 내리고 자리를 피했다.

아무도 없었다. 야연회는 홍계희를 버리기로 작정한 듯했다. 목젖에 칼날이 닿는 기분이었다. 방법이 없었다. 시간이 지체돼 세자가 동궁으로 돌아온다면, 본격적인 수사가 벌어질 것이 뻔했다. 홍계희는 안국동으로 달려갔다.

홍봉한은 손수 후원의 화목들을 돌보고 있었다. 홍계희는 납작 엎드렸다. 홍봉한이 움직이기 전에 그의 마음을 잡아야 했다.

"대감. 살려주시오."

홍계희는 다 내려놓기로 했다. 김상로도 김한구도 홍봉한의 수중에 있는 게 틀림없었다. 승부에서 졌다. 완벽한 패배였다. 납작 엎드리는 게 최선이고 살길이었다. 홍봉한은 별반 반응하지 않았다. 홍계희가 흙바닥을 기었다.

"대감. 부디 살려주시오."

홍계희는 역시 무식하고 낯 뜨겁고 체면을 모르는 자였다. 그러나 효과는 있었다. 홍봉한이 가지 치던 손길을 멈추고 홍계희를 보며 말했다.

"내일 조정에서 세자 저하의 청대를 주청하세요."

홍계희가 침을 꼴깍 삼켰다.

"성상께서 허락하지 않으시면 관학의 유생들을 동원하세요."

홍계희의 머리에 퍼뜩 스치는 게 있었다. 세자의 부재를 임금에게 고하자는 게 홍봉한의 생각인 듯했다.

"세자의 관서미행을 저자에 흘리는 것부터 시작하시고……"

"그리 하겠습니다."

홍계희가 눈빛을 반짝였다. 홍봉한이 살려줄 생각인 듯했다.

"대감."

"말씀하십시오."

홍계희가 머릴 숙였다.

"대감께서 살고 싶으시면……"

"네."

"이제 저의 칼이 되셔야 합니다."

"명심하겠습니다."

"저의 개가 되셔야 합니다."

홍계희의 눈시울이 붉어졌다.

"명심하겠습니다, 대감."

"사납기만 한 개는 필요 없습니다. 저는 말 잘 듣는 개가 좋습니다."

"명심…… 하겠습니다."

홍봉한이 다시 가지치기를 시작했다. 홍계희는 넙죽 조아리고 뒷걸음을 놓아 홍봉한의 후원에서 나왔다.

홍계희가 조정에서 세자에 대한 진현을 주청한 것이 4월 20일이었다.

임금이 자신에게 진달할 바가 아니라고 청을 물리자 홍계희는 관학의 노론 유생들을 동원했다. 저자에 돌고 있는 세자의 관서미행 소문에 대한 상서가 쏟아졌다. 승정원이 떠들썩했다. 하루 동안의 일이었다.

동궁의 내관들이 평양으로 파발꾼을 급파했다. 평양에서 소식을 들은 이선은 하루 밤에 말을 몰아 동궁으로 귀환했다. 유생들이 임금의 허락을 받은 뒤 세자를 청대하겠다고 동궁으로 몰려왔을 때 이선이 덕성합에 모습을 드러냈다. 4월 22일이었다.

평양은 악몽이 되었다.

이선은 올가미에 걸려든 짐승이 되었다. 고립무원으로 이선은, 다시 동궁에 자리했다.

세자의 관서미행은 저자의 아이들까지 다 아는 사실이 되어버렸다. 유생들의 상소가 줄을 이었다. 그다음은 삼사가 나설 것이고, 재상들이 나설 것이다. 그 와중에 대사성 서명응이 상소를 올렸다. 세자의 관서미행에 관여된 자들을 처벌하라는 상소였다. 서명응은 소론 계열이었다. 세자의 위기감이 주변을 혼돈으로 몰아갔다.

관서미행에는 소론이 있다. 동궁 주위를 떠도는 말이었다. 조정에 있는 소론들은 그 말에서 조금이라도 멀리 도망가려 했다. 세자의 침몰에 동승할 인사는 없었다. 세자는 지극히 외로웠다.

어전에는 정적이 흐르는 가운데, 노론의 압박이 본격적으로 시작되려 했다.

이선은 안국동 후원을 찾았다.

배종하는 이는 역시 조유진 하나였다. 초여름이 다가오고 있었다. 홍봉한은 차 대신 식혜를 내왔다. 조유진이 검식하려는 걸 이선이 막았다. 조유진이 물러난 뒤 이선이 담담히 말했다.

"정휘량."

홍봉한이 서신 하나를 품에서 꺼내 내밀었다. 정휘량이 보낸 서신이었다. 호랑이가 평양에 있다던 그 서신이었다.

"정휘량은 아직 많은 얘기가 더 있는 걸로 알고 있습니다."

서신을 보고 난 이선이 말했다.

"평양 일…… 덮으세요."

"저하께서는 그럼 무얼 내주시겠습니까?"

홍봉한이 식혜 한 국자를 떠서 이선의 잔에 채웠다.

"일국의 저군을 암살하려던 흉계."

홍봉한은 자신의 잔에도 식혜를 채웠다. 이선의 말에 동요하지 않았다.

"실체가 없지 않습니까?"

"살수 하나가 살아갔습니다. 그 살수를 찾아내 야연회와 홍계희와 장인의 이름까지 올라오길 바라십니까?"

"왜 그리 안 하십니까?"

"정휘량."

이선이 식혜 잔을 비웠다. 멈추지 않고 다 마셨다.

"장인이 알고 계신 정휘량의 말. 조재호의 이야기. 장인께서 내놓을 다음 수이지 않습니까?"

정휘량이 홍봉한에게 이미 다 밀고했음을 이선은 알고 있었다. 이선이 알고 있음을 홍봉한이 알고 있었다. 정휘량은 살기 위해, 벌써 홍봉한의 품 안에 들어와 있었다. 세자의 관서미행이 도마 위에 오르자 홍봉한이 정휘량을 만났다. 그 직후 정휘량은 조정에 상서하여 자신의 죄를 빌었다. 정휘량은 대제학에 오르고, 홍봉한이 좌의정이 되면서 정휘량은 다시 우의정에 제수되었다. 드디어, 그의 꿈인 정승 자리에 올랐다.

"나주 벽서 사건이 재현되면 제가 죽겠지요."

이선이었다.

"그리고 세손도 죽겠지요."

홍봉한은 예상치 못한 이선의 말에 숨을 멈췄다. 이선이 담담한 얼굴로, 온기 없는 어조로 말을 이었다.

"세손이 다치면 장인의 영광도 끝이 납니다. 빈궁이 그리 만들겠지요. 제가 이 모든 이야기로 빈궁을 천 갈래 만 갈래 뒤흔들어 놓을 것입니다. 제가 죽어서도 장인과 장인의 가문을 지옥으로 만들 것입니다."

홍봉한의 얼굴은 사색이 되었다. 담담하던 평온은 세손과 빈궁이란 단어에 날아가 버렸다.

"세손을 지켜주신다면…… 아무것도 하지 않겠습니다. 조재호와 소론을 건드리지 않는다면…… 노론과 장인에게 아무것도 하지 않겠습니다."

이선이 자리에서 일어났다. 홍봉한이 자리에서 일어나지도 않고 말했다.

"이제…… 정치에 눈을 뜨신 것입니까?"

이선이 대답 없이 정자를 내려갔다. 홍봉한의 말이 이선을 따라왔다.

"타협하려 하신다고 봐도 되겠습니까?"

후원의 나방들이 죄다 정자로 몰려오고 있었다. 그 검게 나는 것들을 쫓아 이선이 걸음을 멈추고 정자를 돌아보았다.

"죽어가는 자들이 모두 실패한 인간으로만 보이십니까?"

홍봉한이 이선을 외면한 채 대답했다.

"살 수 있는 길을 내치시니 안타까워 드리는 말씀입니다."

이선은 조유진을 불렀다. 급히 다가오는 조유진에게 걸어가며 이선이 중얼거렸다.

"살아서도 죽어 있는 것들과 죽어서도 다시 사는 것들을…… 장인은 모르십니다."

홍봉한이 그 말을 들었다. 이선의 말이 무기력하게 들렸다. 콧방귀를 뀌었다. 이선은 정자를 떠났다. 홍봉한은 손을 내저어 정자로 날아드는 나방을 쫓았다. 아무리 쫓아도 끊임없이 날아 들었다. 시커멓고 흉하고 불쾌한 것들이 홍봉한에게로 끊임없이 날아들었다.

홍계희는 돌아가는 꼴이 영 마음에 들지 않았다.

세자는 완전히 사면초가의 신세였다. 유생들의 상소와 소론의 서명응까지 나서면서 세자의 관서미행에 관련된 자들이 줄줄이 죽어나가거나 유배를 갈 때, 곧 세자 차례라고 여겼다.

게다가 가을이 되면서 홍봉한이 영의정에 올랐다. 일인지하 만인지상의 권력을 가졌다. 홍계희는 이제 곧 세자에 대한 마지막 공격이 시작될 거라 여겼다. 헌데 상황이 시들시들해지기 시작했다.

세자에 대한 문책 여론은 식지 않았지만 영의정과 귓속말을 나누는 임금은 조용하기만 했다. 세자의 석고대죄가 지루하게 계속되자 마침내 임금은 세자의 진현을 허락하고 관서미행을 용서해 주었다.

홍계희는 펄쩍 뛰었다. 이렇게 세자가 다시 부활하면 큰일이었다. 세자가 부활하고 홍봉한이 자신을 버린다면, 결과는 불 보듯 뻔했다. 능지처참이 남의 얘기가 아니었다. 홍계희는 옛 동지들을 찾아다니며 뜻을 모으려 했지만 이미 홍봉한의 그늘에 들어간 그들의 마음을 얻는 건 쉽지 않았다. 달리 방법이 없었다. 돈을 물 쓰듯 쓰는 수밖에 없었다. 안국래의 돈이 홍계희를 살아나게 해 주었다.

안국동 후원으로 노론의 중진들이 모두 모여들었다. 야연회는 해체되고 안국동 후원모임이 자주 열렸다. 홍봉한의 노론이었다. 외척과 노론의 중진들 대부분이 모였다. 김한구와 아들 김귀주, 숙의 문씨의 오라버니 문성국, 홍봉한과 아들 홍낙임, 동생 홍인한, 김상로, 윤급, 홍계희, 정휘량 등이 모여들었다. 김한구와 윤급의 지지를 등에 업은 홍계희가 세자 문제를 끄집어냈다.

"이대로 끝내잔 말씀입니까?"

홍봉한은 잠자코 들었다. 윤급이 홍계희의 말을 받았다.

"조금만 더 밀어붙이면 끝나는 일 아닙니까?"

"혹 다른 생각이 계시다면 영상께서 이 자리에서 소상히 밝혀 주시지요."

김한구였다. 미리 준비하고 온 말들이었다. 홍봉한이 입을 열었다.

"동궁은……"

모든 귀가 홍봉한에게로 기울었다.

"다시 대리청정하는 저군으로서 대신과 비국당상들을 인접하고 차대와 서연을 해나갈 것입니다."

탄식과 야유가 쏟아졌다. 홍계희는 붉으락푸르락 금방 터질 것만 같았다. 홍봉한의 말을 듣던 홍계희가 소반을 주먹으로 내리쳤다. 간장 그릇과 전 따위가 날았다.

"뭡니까? 이렇게까지 하시는 이유가?"

홍봉한이 동요하지 않고 대답했다.

"세손을…… 다음 동궁으로 인정하십시오."

다들 그제야 홍봉한의 의중을 알았다. 세자는 버려도 세손은 버리지 못한다, 홍봉한이 있는 노론에서 다른 택군에 대한 논의는 불가하다는 것. 홍계희가 주도하는 일파는 세손에 대해 부정적이었다. 그 아비가 만약 폐위된다면 세손이 다음 보위에 올라가만 있겠느냐는 것이었다. 홍계희와 김한구와 윤급 등이 그 여론을 형성하고 있었다.

홍봉한은 그들과 대척점에 있었다. 세손은 아직 어리기 때문에 충분히 노론의 세손으로 키울 수 있다, 세손을 인정해 주어야 세자 처리에 나서겠다는 것이 홍봉한의 뜻이었다. 여론은 홍봉한의 뜻으로 기울었다. 세자 처리가 우선이었다. 결국 당론은 홍봉한의 뜻을 따르기로 했다. 홍계희도 승복했다.

"알겠습니다. 그리 하겠습니다."

홍봉한이 다음 제안을 내놓아야 했다. 세자는 어떻게 처리할 것인가.

"홍 대감이 잘하시는 수가 있지 않습니까?"

홍계희는 물론 자리의 모든 이들이 홍봉한의 말에 화들짝 놀랐다. 다시, 암살의 흉계를 꺼내잔 말인가? 실패한 암수를? 애간장이 타도록 한참을 꾸물대던 홍봉한이 담담히 말했다.

"꼭 칼을 들어야 자객이랍니까?"

14. 나경언(羅景彦)

몽둥이가 날아들었다.

그들은 가리지 않고 때렸다. 머리통에서 피가 튀고 팔꿈치가 깨지고 손가락이 부러졌다. 어느 결엔가 정신을 놓았다. 찬물을 뒤집어썼다. 까무러치던 정신이 돌아오자 발길질이 날아들었다. 창자가 끊어지는 듯했다.

사내는 먹은 것을 다 토했다. 똥물까지 올라왔다. 침을 질질 흘리며 살려달라고 빌었다. 때리는 자들의 눈엔 초점이 없었다. 그들이 더 두려웠던 건, 그 폭행의 눈빛에서 분노라곤 읽을 수 없었기 때문이었다. 그들은 밭갈이하듯 쟁기질하듯 일상적으로 무심히 몽둥이를 휘두르고 발길질을 했다.

사내는 죽고 싶었다. 이대로 딱 명줄이 끊어져 버리면 고통이 사라질 터였다. 살려달라고 빌 목소리도 나오지 않았다. 바닥에 흥건히 똥오줌을 쏟아내고 엎어지자 그들이 멈췄다. 움막의 거적을 들쳐 올리고 때리던 자들이 밖으로 나갔다.

"지랄을 한다. 지랄을 해."

사내가 혀라도 물고 죽으려고 낑낑대고 있을 때 누군가가 움막 안으로 들어서며 말했다. 삐쩍 마르고 왜소한 체구에 값비싼 돋보기안경의 사내. 초립을 쓰고 장부를 들고 있었다. 코를 막고 툴툴거렸다.

"어우. 이 냄새를 우째?"

사내가 피가 터져 초점 잡히지 않는 눈으로 위를 올려다보았다. 누군지 단박에 알아보았다. 자신에게 돈을 빌려준 자. 칠패 시장에서 고리대를 놓고 사는 윤 초시였다. 봇짐장수나 채소장수들 돈놀이를 놓기도 했지만 가장 큰 수입은 투전판에 놓는 돈놀이였다. 잘 빌려주고 잘 받아갔다. 윤 초시는 받는 돈에 집착이 심한 자였다. 한 냥을 돌려받기 위해서 두 냥을 인건비로 쓰는 작자였다. 사내는 그런 윤 초시에게 백 냥이 넘는 돈을 빚졌다. 한 달 사이에 이자가 붙어 백오십 냥이 되었다. 돈을 마련하지 못해 도망 다닌 것이 몇 달. 윤 초시가 장부를 꼼꼼히 들여다보며 계산한 돈은 오백 냥이 넘었다.

"네 마누라랑 두 딸년 팔아봐야 삼십 냥도 안 되고 집도 세들어 얻어 사는 곳이라 열 냥도 안 되고…… 네가 가진 전 재산이 사십 냥도 안 된다. 그지?"

사내가 퉁퉁 부은 얼굴로 열심히 주억거렸다. 눈물과 콧물 핏물이 뒤섞여 날렸다.

"그래 내가 뭐라 그랬냐? 북촌 담탱이를 하든지 강도질을 하든지 뭐든 살자고 노력해 보라 했어 안 했어?"

사내가 꺽꺽거렸다. 윤 초시가 사내의 부러진 손가락을 비틀었다. 자지러지는 비명이 울렸다.

"왜 말을 안 듣고 그래?"

사내가 죽겠다고 땅에 머리를 찍어댔다. 윤 초시가 혀를 찼다.

"허어 참…… 너 죽는다고 다 끝나면 얼마나 좋겠니? 마누라랑 딸년들은 어찌 할 거야?"

윤 초시가 움막 출입구의 거적을 젖혔다.

"준비들 잘하고 있냐?"

매질하던 사내들의 대답 소리와 함께 여자들의 자지러지는 비명소리가 옆 움막에서 들려왔다.

"아이고 아이고! 봉순이 아범이요! 살려주소!"

아내였다. 아내 목소리가 틀림없었다. 사내는 윤 초시의 발목을 잡았다. 핏물이 튀는 입으로 사력을 다해 뭔가 소리를 뱉었다. 윤 초시가 귀를 기울였다.

"뭐라고?"

"다 할게…… 뭐든 다 할게…… 북촌이든 강도짓이든…… 내 다 할게…… 제발…… 제발……

"진짜냐?"

"진짜…… 진짜……"

"임금 명줄 따래도 딸 거냐?"

"딴다…… 따……"

윤 초시는 사내가 잡은 발목을 빼내며 다시 혀를 찼다.

"그러게 왜 되도 않게 꽃놀이 판에 껴가지고…… 뭐니 이게? 몸 상하고 마음 다치고……"

사내는 쉬지도 않고 눈물을 흘렸다. 부러진 손가락을 모아 열심히 비는 시늉을 했다. 그때였다. 거적 안으로 누군가 들어섰다. 큰 흑립에 도포차림이었다. 좋은 향이 나오는 옷을 입고 있었다. 흑립의 사내는 손수건으로 코와 입을 막고 눈을 찡그리고 있었다. 윤 초시가 얼른 인사를 했다.

"우리 애들 매맛을 봤으니 이제 뭐든 할 겁니다."

사내는 직감했다. 뭐가 됐든 이 자가 자신의 생명을 구해줄 것 같았다. 질질 기어가 바닥에 엎드려 비는 시늉을 했다.

"어찌 사람을 이렇게 다루나?"

다정다감한 목소리였다. 사내가 얼른 발목을 잡았다.

"이름이 뭔가?"

"나경언이라 합니다. 한때는 궐에서 대전별감도 하고 대감댁 청지기도 하고 그랬던 놈인데……"

윤 초시가 대신 나섰다. 나경언이 흑립의 사내를 올려다보았다. 천하에 둘도 없이 안온하고 기품 있는 얼굴로 흑립의 사내가 미소 짓고 있었다. 안국래였다. 나경언이 연신 주억거렸다.

"뭐든…… 하겠습니다. 살려만……"

"그러세. 우선 살고 보세나."

안국래가 토닥여 주었다. 안국래와 나경언은 임오년(壬午年)[64] 새해가 밝아올 때 만났다. 나경언과 같은 자들이 셋이나 더 있었다. 안국래는 장안의 네 군데 안가로 그들을 나눴다. 몇 달 동안 그들은 지독한 훈련을 받았다. 안국래가 소내시를 교육하던 방식 그대로였다. 채찍과 당근. 그들은 이유 없이 매질 당했고 순종하는 법을 다시 배웠다.

임금은 자주 아팠다.

---

64) 임오년(壬午年) : 1762년. 영조 38년.

잠자리에서 밭은기침을 자주 했다. 춘추 예순아홉. 재위 38년째. 노환이었다. 기침과 함께 식은땀을 흘리곤 했다. 임금의 잠자리는 주로 젊은 계비 김씨가 돌보았다. 계비 김씨는 영민하고 눈치가 빠르고 손이 빨라 임금의 마음에 들었다. 가래가 나오기도 전에 타구통을 준비하고 오줌이 나오기도 전에 요강을 들고 기다렸다. 탕제의 감식도 스스로 했다. 나인들의 손을 빌리지 않고 억척스러웠다.

임금은 자리에 누워 잠꼬대처럼 아들에 대해 불평했다. 계비 김씨에게도 거리낌 없었다. 자신이 언제 죽을지 모르는데 세자의 마음을 알 수 없어 불안해했다. 세자에게 양위하겠다는 소리가 가장 많았다. 그러다 그럼 안 될 일이라고 혼자서 끙끙 앓았다.

계비는 임금의 속내를 정확하게 읽을 수 있었다. 임금은 죽고 싶어 하지 않았다. 임금은 천년만년 살 것이라 생각하고 있었다. 임금은 어떤 경우에라도, 자식이 아니라 그 누구에게라도, 양위할 생각은 없었다. 따라서 계비 김씨는 임금의 역린을 알게 되었다. 양위라는 두 글자였다. 태상왕이라는 세 글자였다.

평양 미행 이후로 왕세자 이선은 엎드려 있었다. 움직이질 않았다. 계비 김씨의 전언을 가진 김한구와 홍계희는 봄이 오자 매일같이 홍봉한을 찾았다. 안국래가 잡아당기고 있는 활시위를 놓을 때가 되었다고 홍봉한을 압박했다. 홍봉한이 시위를 놓아야 화살이 날아갈 수 있었다.

5월이 왔다. 기다리던 홍봉한의 '말'이 홍계희에게 전해졌다. 홍계희가 안국래를 만났다. 위에서 만든 '말'이 전해졌다. 안국래는 그 '말'을 네 군데 안가에 보냈다. 안가에서는 그 '말'을 하루에도 수십 번 수백 번 외우게 만들었다. 자다가도 줄줄 외울 지경에 이르게 만들었다. '말'이 입에 박히고 머리에 박히자 안국래가 던져준 '말'들은 한 치의 의심도 없는 사실이 되었다. 활시위는 팽팽하게 당겨졌다. 언제든 안가의 문을 열어젖히면, 밖으로 뛰어 나갈 준비가 돼 있었다.

네모난 파란 하늘이 미치도록 눈물 나게 했다.

여기서 나갈 수만 있다면 곧 죽어도 좋을 것 같았다. 나경언은 어둠 속에 있었다. 하루에 두 번씩 궤짝만 한 창으로 해를 볼 수 있었다. 아침과 저녁 해였다. 외우고 있는 말을 확인하고 토씨 하나 맞지 않으면 밥을 주지 않았다. 날씨가 조금씩 더워지면서 이유 없이 밥상이 좋아졌다. 해를 보라고 열어놓은 창문도 거의 닿지 않았다. 조금씩 살이 오르고 인간의 형상이 나오기 시작했다.

고깃국이 나온 날이었다. 개장국이었다. 미어터지도록 개고기를 쑤셔 넣고 있을 때 안국래가 왔다. 나경언이 임금행차라도 본 것처럼 납작 엎드렸다.

"일어나게. 먹으면서 듣게."

안국래가 온화하게 미소 지었다. 나경언이 주위의 눈치를 보았다. 나경언이 대감이라고 부르는 두 명의 왈패들이 서 있었다. 끝나지 않을 것 같은 매질을 하던 자들. 그들이 끄덕이자 그제야 나경언이 일어나 앉았다. 안국래가 말했다.

"외워보게."

"춘궁(春宮)[65]이 왕손의 어미 빙애를 죽였다. 춘궁이 의대증(衣帶症)[66]으로 궁인들을 죽였다. 춘궁이 여승을 궁에 들였다. 춘궁이 저자의 여인을 겁간했다. 춘궁이 서로에 행역했다. 춘궁이 북성으로 유람했다. 춘궁이 시전의 돈을 무단으로 갈취했다. 춘궁이 병장기를 사들이고 있다. 춘궁이 남도에 사람을 보내 군사를 모으고 있다. 춘궁이 역심을 품었다."

저자에 떠돌고 있다는, 왕세자에 대한 고변 십조였다.

"그리고 임금을 보게 되면?"

나경언이 개장국 국물을 들고 마셨다. 누런 기름기가 온통

---

65) 춘궁(春宮) : 동궁. '황태자'나 '왕세자'를 달리 이르던 말.

66) 의대증(衣帶症) : 아무 옷이나 입지 못하는 병.

그의 입과 가슴을 적셨다.

"춘궁이 저자에서 떠들길, 성상을 태상왕으로 모시고 보위에 올라 을해옥사의 한을 풀리라 하였으니 변란이 호흡 사이에 있다 하겠습니다."

을해옥사는 을해년에 있었던 나주 벽서 사건을 일컬었다. 임금의 운검에는 아직도 을해년에 뿌려진 소론의 피가 마르지 않고 있었다. 나주 벽서 사건은 언제든 임금을 들끓게 만들 수 있는 뇌관이었다. 안국래가 나경언의 입을 무명천으로 닦아 주었다.

"잘했다. 그래야 네 식구들이 산다. 네가 말을 잘 들으면 배오개에다 국밥집 얻어 준다는 얘긴 들었나?"

나경언이 다부지게 눈을 떴다.

"언제든지 분부만 하십시오. 저는…… 준비가 다 됐습니다."

안국래가 부하들에게 끄덕였다.

"이 친구로 하자."

안국래의 부하들은 그날 밤 나경언을 깨끗하게 씻기고 잘 입혀 형조 앞으로 데리고 갔다. 품에는 나경언이 친필로 쓴 두 장의 서신이 들어 있었다. 다른 세 군데 안가에 있던 자들은 쓸모가 없어졌다. 목이 졸려 죽었다.

형조 앞에서 기다리고 있던 형조참의 이해중이 나경언이 쓴 고변장을 접수했다. 이해중은 홍봉한의 처남이었다. 이해중은 영의정이자 매형인 홍봉한에게 달려가 고변장을 내밀었다. 당연히 지휘계통을 따라 보고받아야 할 형조의 참판이나 판서는 고변장을 보지도 못했다.

홍봉한은 임금에게, 세자를 고발하는 고변장을 올렸다. 임금은 대로했다. 고변장을 제 손으로 올려놓고 홍봉한은 울면서 흉서를 불태우라 간했다. 나경언의 고변장은 불태워졌다. 홍계희가 주위가 급박하니 성문을 닫고 군사를 동원하라 주청했다. 임금이 그대로 했다.

임금이 나경언을 직접 국문했다. 그 국문장에서 나경언은 두 번째 고변장을 품에서 꺼냈다.

"춘궁이 저자에서 떠들길, 성상을 태상왕으로 모시고 보위에 올라 을해옥사의 한을 풀리라 하였으니 변란이 호흡 사이에 있다 하겠습니다."

임금이 글을 읽었다. 임금이 부들부들 떨었다. 숨이 멎을 것 같았다. 홍봉한과 모든 노론 대신들은 무고한 동궁을 모해한 나경언을 죽이고 흉서를 불태우라 고했다. 그 말들이 임금의 진노에 기름을 부었다. 임금은 대신들에게 동궁 편에 가서 붙으라고 고함질렀다. 너희들은 내 편이 아니라고 고함질렀다. 그리고 나경언을 충신이라 불렀다.

글의 진위는 중요하지 않았다.

임금의 꿈자리까지 따라와 내내 두렵고 아득하게 만든 말들이 세상에 나오고 말았다. 임금은 두려워서 떨었고 분노해서 떨었다. 진위란 것은, 세상 밖으로 나온 두려움에 맞추면 되는 것이었다. 임금은 자신의 두려움에 당위를 부여했다. 세자 이선은, 그날부터 대역 죄인이 되어 다시 엎드렸다.

나경언은 옥사에 있었다.

두려운 빛이나 긴장한 투가 보이지 않았다. 옥사로 안국래가 왔다. 옥문도 열어 둔 채 옥을 지키는 나장이 자리를 비켜 주었다. 안국래와 나경언은 가족들 얘기를 잠시 나눴다. 안국래는 가족들에게 배오개에서 가장 좋은 국밥집을 얻어주었단 소식을 들려주었다. 나경언이 진심으로 고마워했다. 안국래가 인사까지 하고 떠나려다 돌아섰다.

"아 참. 자네 말이야."

"네."

"자네가 죽어야 할 것 같네."

나경언이 말이 없다가 이윽고 고개를 끄덕였다.

"그리 하겠습니다."

안국래가 나경언의 등을 토닥여주었다.

"자넨 좋은 사람이야. 좋은…… 가장이고."

안국래를 보낼 때 나경언은 가볍게 웃기까지 했다. 다음날 나경언은 참형되었다.

15. 이산(李祘)

어머니가 어린 아들의 두 손을 잡았다.

초점 없는 눈으로, 온기 없는 목소리로 아들에게 속삭였다.

"세손. 잘 들으세요. 저하께서 대조를 해하려고 하신 모양입니다. 영빈 마마께서 그 사실을 아시고 대조께 말씀하신 것입니다."

어린 아들은 아무 말도 하지 못했다. 굵은 눈물방울이 떨어지기 시작했다. 어머니는 아들을 품에 안았다.

"어떤 일이 있어도 여기서 나오시면 안 돼요. 지금 대조의 노여움이 하늘을 찌르고 남습니다. 대조께서 세손을 보시면 무슨 말씀을 하실지 모릅니다. 세손이…… 다칠지도 모릅니다."

아들의 눈물은 더 굵어졌지만 소리 내어 울지 않았다. 어머니는 어린 아들의 심장을 짓이겨놓고 황망히 밖으로 나갔다. 밖에 조아리고 있는 사람들에게 하는 말들이 들렸다.

"무슨 일이 있어도 세손이 환경전(歡慶殿) 밖으로 나오면 안 된다. 그리 된다면 너희들 모두 명줄을 내놓아야 할 것이야."

열한 살의 아이, 왕세자 이선과 세자빈 홍씨의 아들이자 왕세손인 이산은 환경전 빈방에 홀로 남겨졌다. 장지문 너머로 평소보다 두 배는 많은 내관들과 나인들이 분주히 오갔다. 아침나절부터 그들은 사색이 되어 갈팡질팡했다. 세손궁 상궁들도 이산이 묻는 말에 횡설수설했다. 내관들은 좀처럼 입을 열지 않았다.

아버지가 시민당(時敏堂)에서 석고대죄한 지도 이십여 일이 지났다. 할아버지는 용서할 기미를 보이지 않았다. 하지만 작년에도 그랬다. 아버지가 평양에 몰래 다녀왔다는 이유로 석고대죄했고 할아버지는 용서해 주었다. 이번에도 그러려니 했다. 그러나 아니었다.

아버지가 할아버지를 죽이려 했다, 고 어머니가 말했다.

영빈 이씨는 세자 이선의 생모였으며 세손 이산에게는 할머니였다.

세자 이선은 태어나자마자 정비였던 정성왕후 서씨의 양아들로 입적되었다. 자식이 없던 정성왕후는 이선을 무척이나 아꼈다. 임금과 세자의 벌어진 틈을 메우려 부단히 애쓰던 정성왕후가 정축년(丁丑年)[67]에 승하하자 부자간의 골은 더 깊어졌다.

세자를 생산해 임금의 총애를 받던 영빈은 임금과 세자의 사이가 멀어지자 임금에게도 소홀한 대접을 받았다. 자신의 자리를 다른 후궁들이 차지하기 시작했다. 세자와 사이가 좋지 않던 막내딸 화완옹주는 영빈의 설움을 곧잘 세자의 탓으로 돌리곤 했다. 자신을 극진히 따르던 며느리 세자빈마저 아들의 파탄을 고해바치며 울었다.

용기 내어 동궁인 아들을 불렀다. 세자의 소문에 대해 타일렀다. 세자빈의 말을 들으라 타일렀다. 노론 대신들의 말을 들으라 타일렀다. 말없이 있던 아들은 자신에게 맡겨 달라며 돌아갔다. 괘씸했다. 무시한다고 여겼다.

나경언의 고변으로 궁이 떠들썩했다. 생모도 아들을 알지 못했다. 아들은 반박하지 않았다. 단지 엎드려 있을 뿐이었다. 세

---

67) 정축년(丁丑年) : 1757년. 영조 33년.

자빈 홍씨는 영빈 앞에서 통곡했다. 임금이 영빈의 처소에 들렀을 때 영빈은 세손을 위해 대처분을 하시라며 울었다. 모자간의 정보다 종사를 위하라며 울었다. 임금은 오히려 영빈을 위로하고 다독였다. 임금은 괜찮다고만 했다. 그러나 그날 밤 임금은 한숨도 자지 않고 있다가 영빈의 침소를 나갔다. 다음날 임금은 정성왕후의 혼전이 있는, 휘령전(徽寧殿)으로 갔다.

이산은 눈물을 닦았다.

어머니가 한 말의 진실은 가슴에 와 닿지 않았다. 이산이 아는 아버지, 세자 이선은 불합리의 인간이 아니었다. 어머니가 한 말의 현실은 가슴을 찔렀다. 석고대죄하는 아버지를 할아버지가 용서해 주시지 않을 듯했다.

이산은 장지문을 열어젖혔다. 환경전 복도에는 내관들과 나인들로 발 디딜 틈이 없었다. 그들은 이산을 보자마자 통곡하기 시작했다. 환경전 상궁인 김 상궁이 그들을 향해 소리 질렀다.

"조용하지 못할까! 이 무슨 해괴한 짓들이냐? 빈궁께서 하신 말씀을 벌써 다 잊었단 말이냐?"

통곡성이 끅끅거리는 소리로 변했다. 허나 그 소리는 더 요란하고 괴이하게 복도를 울렸다. 김 상궁이 이산 앞을 막아서듯 말했다.

“세손 저하. 안으로 드시지요. 어마마마의 말씀을 따르십시오.”

이산이 담담하고 차분하게 물었다.

“아바마마는 어디 계시느냐?”

눈물 같은 건 보이지 않았다. 김 상궁의 눈에 세손에게서 세자빈 홍씨의 모습이 겹쳐졌다. 김 상궁이 머리를 조아렸다.

“저하. 안으로 드시지요.”

“길을 트라.”

이산이 한발 앞으로 내디뎠다. 파도처럼 좌우가 갈라졌다. 좁은 복도에 길이 생겨났다. 김 상궁은 비켜나지 않았다.

“아니 되옵니다.”

이산이 막아선 김 상궁을 올려다보며 말했다.

“오늘 이 길을 막으면 장차 그대는 나의 통한이 될 것이다.”

김 상궁은 순간 숨이 턱 막혀왔다. 언젠가 보위에 오를 왕세손이었다. 열한 살 세손의 입에서 나온 경고는 무시무시했다. 힘이, 있었다. 김 상궁은 부들부들 떨다가 쓰러지듯이 바닥에 엎드렸다. 서 있을 수가 없었다. 그런 김 상궁을 나인들이 부축하듯 안았다.

세손은 사람의 파도를 뚫고 환경전 복도를 지나 밖으로 나왔다. 어디로 가야 할지 금세 알 수 있었다. 궁중의 사람들이 모두

한곳을 향해 뛰어가고 있었다. 궁궐을 호위하는 군사들이, 춘방과 계방의 관원들이, 내관들과 나인들이 모두 일정한 방향으로 급히 달려갔다. 그곳은 정성왕후의 혼전이 있는 휘령전이었다.

이산은 휘령전으로 달려갔다.

환경전의 내관들과 나인들이 모두 나와 세손의 뒤를 따라왔다. 그들은 세손을 막을 힘도 막을 의지도 없었다. 휘령전에서 나온 말을 들었을 때 그들은 자신들의 귀를 의심할 수밖에 없었다.

"대조께서 동궁의 자결을 명하셨다."

입에도 올리기 무서운 말이 궁궐 안을 휘감는 데는 한 시진도 걸리지 않았다. 환경전으로 달려온 세자빈은 주위에 함구령부터 내리고 세손을 만났다. 하지만 세손을 막을 수 있는 자는 아무도 없었다.

창경궁 휘령전이 다가오자 통곡 소리가 가득했다. 휘령전으로 들어가는 합문은 봉쇄되었고 궐내의 시위군사들과 협련군들이 빼곡히 경계를 펼치고 있었다. 춘방의 강관들과 승사들이 엎드려 울고 있었다. 계방 무장들은 보이지 않았다. 세자를 호위하는 계방 무장들은 모두 무장 해제된 채 협련군에게 잡혀 있었다. 세손이 달려오자 모두 길을 텄다. 춘방의 관원들이 세손을 보고 더 울었다. 군사들의 창검이 시퍼렇게 아비에게로 가는 길을 막고 있었다. 태어나고 자란 후로 이런 풍경을 궐내에서 본 적이 없었다.

"아바마마가 어찌 되신 겁니까?"

이산이 그 통곡의 가운데 서서 물었다. 아무도 나서는 자가 없었다. 끅끅 삼켜대는 울음만 가득한 가운데 눈물로 얼룩진 얼굴 하나가 세손에게로 다가왔다. 한림학사 윤숙이었다.

"대조께서 소조께 자결을 명하셨습니다. 소조께서는 용포를 잘라 목을 매시었으나 소신들이 거듭 말려 손을 거두시고 다시 대조께 용서를 빌고 계십니다."

윤숙이 치밀어 오르는 울음을 삼키며 말을 이었다.

"아무도 없습니다. 세손 저하…… 여기 이곳에 동궁을 살릴 신하들이 하나도 없습니다."

이산의 눈에 합문 가까이 엎드려 있는 외할아버지가 보였다. 홍봉한이었다. 이산은 홍봉한에게 달려갔다.

"할아버지! 어찌된 일입니까?"

홍봉한은 세손을 보고 놀라 주위에 호통쳤다.

"어찌 세손께서 이 흉한 자리에 오셨단 말이냐? 어서 세손궁으로 모셔라!"

윤숙이 눈에 불을 켜고 이산에게로 왔다. 윤숙은 홍봉한을 향해 거침이 없었다.

"이곳이 왜 흉한 자리가 되었습니까? 대감께서 흉인 하나를 궐로 들이지 않았다면 이런 변고가 생겼겠습니까?"

홍봉한이 윤숙을 노려보았다.

"지금 제정신으로 하는 말인가?"

"어찌 제정신이겠습니까? 나라를 대리청정하시는 저군을, 근거도 없는 고변장 하나로 대조께서 자결을 명하신 것입니다. 어찌 신하된 자로서 지금 제정신일 수 있습니까!"

윤숙의 말에 합문 밖에 서성이던 대신들이 고개를 돌렸다. 누구도 윤숙과 시선을 마주치려 하지 않았다. 윤숙이 그들을 보며 애끓는 목소리로 고함질렀다.

"어찌 대신이 되어 문을 밀치고 들어가서 세자를 구하시지 못한단 말이오? 죽는 게 두려워서 그러는 게요? 도대체 왜?"

윤숙이 말끝에 자지러지듯 땅에 주저앉아 통곡했다. 누가 말릴 새도 없이 이산이 합문을 향해 뛰었다. 시위군사들이 세손을 알아보았다. 하지만 감히 세손의 옷에 손을 댈 군사는 없었다. 이산은 합문을 밀어젖혔다. 휘령전 뜨락의 기이하고 처절한 광경이 눈에 들어왔다.

아비는 관과 용포를 벗고 무명적삼에 맨발로 땅에 엎드려 있었다.

국문장에 끌려온 대역도당들의 모습이었다. 임금인 할아버지는 휘령전 월대에 앉아 운검을 들고 있었다. 군사들이 벽을 따라 사방에 가득했다.

찌는 듯이 더운 윤5월이었다. 휘령전 뜨락에는 뒤주 하나가 놓여 있었다. 공포와 혼돈의 아지랑이가 뜨락을 메우고 있었다. 임금이 칼로 어좌의 팔걸이를 땅땅 내리치며 소리쳤다.

"너 어서 그 속에 들어가지 못할까!"

아비는 울고 있었다. 이산은 아비의 뒤로 달려가 아비처럼 관과 도포를 벗고 맨발이 되었다. 임금이 손자를 알아보고 아연실색했다.

"누가 세손을 데려왔는가? 빨리 데리고 나가라!"

이산은 아비의 뒤에서 아비처럼 엎드렸다. 아비의 갈라진 발이 보였다. 나경언이 궐에 들이닥친 이후로 이십여 일 넘게 아비는 뜨락에서 월랑에서 임금을 향해 용서를 빌고 있었다. 발바닥의 그 갈라진 틈으로, 아비의 갈라진 심장과 갈라진 애증이 보였다. 기어코 이산의 울음이 터졌다. 목 놓아 엉엉 울었다. 열 한 살의 울음은 가슴이 미어지고 애가 끓었다.

"할바마마! 아비를…… 아비를 살려주옵소서."

임금은 가슴을 부여잡고 숨을 꺽꺽거렸다. 의원들이 황급히 달려갔다. 내관들이 청심환이 든 물을 임금에게 올리느라 정신이 없었다.

아비가 아들을 돌아보았다.

"산아. 여기 있으면…… 안 된다."

"소자. 아바마마와 함께 죽겠사옵니다."

아비의 눈에서 눈물이 떨어졌다.

"어서 나가거라. 너는…… 살아야 한다."

"아바마마……"

아비는 아들의 손을 잡았다.

"너는 나를 버려야 한다. 그래야 네가 살 수 있다."

아들은 더 슬피 울었다.

"아비는 죽지만 온전히 다 죽는 것이 아니다. 아비의 꿈을, 아비의 교룡을 네가 증명하면 된다. 그러면 나는 다시 사는 것이다."

아비와 아들의 눈물이 함께 맞잡은 손을 적셨다. 누군가 그 손을 떼어놓았다. 임금의 명을 받은 별군직 군졸이었다.

"아바마마!"

이산은 합문으로 끌려갔다.

임금이 칼을 들고 뜨락으로 내려오며 다시 고함을 질렀다.

"어서 들어가지 못할까!"

세자 이선은 뒤주의 모서리를 잡았다. 뒤주 안은 어두웠다. 시커먼 죽음의 공간이 그곳에 있었다. 아비와 아들의 풀리지 않는 악연이 그곳에 있었다. 이선의 못다 이룬 꿈과 그 무덤이 그곳에 있었다. 무력한 세자가, 두려움에 떠는 하나의 인간이 거기 있었다. 이선은 임금을 보았다. 아비를 향한 마지막 말을 놓았다.

"아버님…… 살려주시옵소서."

임금의 눈은 살아있는 인간의 눈이 아니었다. 검은 어둠으로 가득한 동공이 고함질렀다.

"들어가거라!"

이선은 하늘을 올려다보았다. 푸른 하늘이었다. 고개를 돌렸다. 합문 밖으로 끌려 나가는 아들이 보였다. 아들의 눈과 마주쳤다. 아들은 아비를 부르며 울고 있었다. 이선이 희미하게 미소 지었다. 고개를 끄덕여 보였다. 그리고 이선은, 뒤주로 걸어 들어갔다.

임금은 세자를 폐하고 서인으로 삼는다는 폐세자반교를 내렸다. 세손이 동궁이 되었다.

이선은 뒤주에서 굶어 죽었다. 갇힌 지 8일 후였다. 임금은 아들에게 사도(思悼)라는 시호를 내렸다.

이선이 죽자 정휘량과 홍봉한이 움직였다. 세자가 죽자 기다렸다는 듯 유배되고 위리안치된 조재호가 사약을 받았다. 조유진은 온갖 고문에도 끝내 한마디도 하지 않고 죽었다. 연루자가 더 이상 나오지 않아 소론의 옥사는 확대되지 않았다.

뒤주를 준비한 건 세자의 장인 홍봉한이란 소문이 장안을 돌아다녔다.

이금은 아들이 죽었다는 보고를 받았다.

동궁의 내관 하나가 아들의 피 묻은 무명적삼을 이금에게 올렸다. 거기에는 아들이 죽어가면서 피로 쓴 혈서가 있었다. 세상에 대한 원망이 아니었다. 아비를 향한 원망이 아니었다, 아들 세손을 노론으로부터 지켜달라는 애절한 소원이었다.

그 순간 이금은 문득 잠에서 깨어났다.

자신이 무슨 짓을 한 것인지 깨달았다. 하지만 돌이킬 수 없었다. 후궁들과 대신들과 외척들을 모조리 주륙해도 끝나지 않을 판이었다. 꼬리에 꼬리를 물고 이어질 피의 굿판이 보였다. 그 속에 늙은 임금, 바로 자신이 가장 큰 주범이었다. 이금은 손자 이산을 불렀다. 아들의 무명적삼에 자신의 글을 함께 담아 금등에 봉인했다.

"내가 없는 세상에서 너를 죽이려 할 때, 이것으로 너를 지켜라."

이산은 할아버지 앞에 조아렸다. 눈물은 흘리지 않았다. 이 비정한 궁궐 안에서 눈물이란 것은 아무 소용이 없었다. 아비가 죽어 동궁이 된 이산은 그때부터 울지 않았다. 그의 앞에 펼쳐진 왕의 길이란 단지 생존을 위한 길이란 걸 어린 이산은 알았다.

왕이 되지 못하면, 나는 죽는다.

그때 이산의 나이 열한 살이었다.

임오년 여름은 무더웠다.

세자가 죽었다는 말이 전국을 돌았다. 임금이 세자를 폐하고 서인으로 삼은 후 뒤주에 가둬 죽였다는 말이 돌았다. 대리청정하던 세자가 역심을 품고 임금을 죽이려 했다는 말이 돌았다. 더러는 믿고 더러는 믿지 않았다. 더러는 비정한 임금에 대해 분개하고 더러는 흉포한 세자에 대해 분개했다.

노론이 세자를 죽였다는 말도 돌았다. 세자의 아들 세손이 동궁이 되어 다음 보위에 오를 것이지만 노론이 가만두지 않을 것이란 말도 돌았다.

온갖 말들은 무덥고 가난한 임오년 여름을 떠돌았다. 어디에도 정착하지 않고 갈라진 논바닥을 헤매고 다녔다. 그 말들 중에서 가장 수상한 말 하나가 메마른 조선을 가로질렀다.

'逆賊之子 不爲君王'

역적지자 불위군왕. 역적의 아들은 왕이 될 수 없다는 말이었다. 세손이 역적인 이선의 아들인데 어찌 왕이 될 수 있느냐는 말이었다. 궁궐에 똬리 튼 죽음의 혓바닥은 세자 이선 하나로 만족하지 않았다. 아직 하나가 더 남아 있었다.

16. 을수(乙手)

"야! 쥐똥. 이번에도 못하면 넌 죽는다."

거지아이들 십여 명이 모여 있었다. 왕초로 보이는 아이가 으름장을 놓았다. 삐쩍 말라 앙상한 아이가 바짝 주눅이 들어 대답했다.

"알았어…… "

쥐똥이었다. 워낙 조그맣고 겁이 많고 볼품없어 모두 그 아이를 쥐똥이라고 불렀다. 마을 어귀에는 커다란 느티나무가 있었다. 그 느티나무 아래에는 평상이 있어서 한때는 동네 노인들이 죽부인을 끌어안고 곰방대를 물고 있던 명당이었지만 이제는 스산함만 가득했다. 늙은이들을 찾아 볼 수 없었다. 흉년이 몇 해 동안 이어지자 기력 약한 노인들부터 사라지기 시작했다.

그 느티나무 그늘을 차지하고 있는 아낙이 하나 보였다. 참외장수 아낙이었다. 팔리지 않아 쪼그라든 참외 몇 개를 하루 종일 이고 다니다 나무 그늘에 주저앉아 갓난애에게 젖을 물리고 있었다. 바구니 안에는 말라비틀어진 참외 일곱 개가 달랑거리고 있었다. 거지 왕초는 그 참외가 먹고 싶었다. 게다가 지루하고 더운 여름 오후를 재미나게 보낼 눈요기가 필요했다.

쥐똥이 느티나무 그늘로 주춤주춤 다가갔다. 맨몸에다 가랑이에 누더기 하나만 걸친 거지 아이. 아낙은 그 거지 아이가 신경 쓰였지만 모른 척 무시했다. 어딜 가나 나타나는 거지 아이들. 쥐똥은 참외장수 아낙에게 조금씩 다가갔다. 아낙이 쳐다보자 얼른 쪼그리고 앉아 돌멩이 줍는 시늉을 했다. 누가 봐도 어설프기 짝이 없는 꼴이었다. 왕초와 거지 아이들이 담벼락에 앉아 킬킬거렸다. 그 소리가 느티나무까지 들렸다.

쥐똥은 참외 바구니가 가까워오자 심장이 벌렁거렸다. 손에서 땀이 흐르고 침이 말랐다. 다리가 후들거리고 오줌이 나올 것만 같았다. 무섭고 겁이 났다. 쥐똥이 돌아보자 왕초가 눈알을 부라리며 주먹을 들어 보였다. 참외를 못 가져가면 오늘 밤에도 흠씬 두들겨 맞을 게 틀림없었다.

쥐똥은 아낙을 지나가는 척하며 냅다 참외 하나를 주워들었다. 동시에 아낙의 손이 쥐똥의 머리칼을 움켜쥐었다. 아낙이 앙칼지게 소리쳤다.

"다 보고 있었어! 이 거지 새끼들아!"

왕초와 거지 아이들이 요란하게 도망갔다. 웃고 떠드는 소리가 마을 어귀에 울려 퍼졌다. 쥐똥은 아낙에게 얻어맞으면서도 참외를 씹어 먹었다. 어차피 이렇게 죽을 거라면 참외를 뺏기고 싶지 않았다. 바닥에 패대기쳐진 쥐똥은 결사적으로 참외를 씹고 삼켰다. 어디서 그런 악다구니가 나오는지 알 수 없었다. 뺨을 맞아 입안이 터졌다. 참외 단물과 피와 흙이 뒤섞여 입안을 채웠다.

"야 이 나쁜 놈아! 돈 내고 먹어! 이 거지 새끼야!"

찌는 듯이 더운 날이었고 장사는 안됐다. 분통이 잘근잘근 쌓이는 날이었는데 잘 걸렸다. 아낙은 억세게도 잘 때렸다. 손바닥이 닿을 때마다 쥐똥의 등과 허벅지에 피멍이 짝짝 들었다. 그 요란북새통 사이로 누군가가 나타났다.

"아주마이…… 얼마믄 되갔소?"

아낙이 때리던 손길을 멈추고 돌아보았다. 더부룩한 머리에 누런 이를 드러낸 자가 엽전 주머니를 짤랑거리며 서 있었다. 광백이었다.

광백은 참외장수에게 남은 참외 여섯 개를 모두 사서 달구지에 실었다. 광백이 아이들을 모으자 따라가겠다고 나서는 아이들이 달구지가 부서지도록 모여들었다. 나이 든 아이들은 내치고 어린 아이들만 골라 태웠다. 아낙이 돈을 치르는 광백에게 물었다,

"애들은…… 뭐하시게요?"

광백이 참외 하나를 우적대며 말했다.

"조선 팔도가 다 흉년이지 않갔소? 지들 살자구 애새끼 내비리는 부모가 한둘이간? 기래니까 평안 감영에서리 불쌍한 애들을 모아 게지구 믹이 살리자…… 그카는 요지로다가 내래 이카고 있소."

"평안 감영이면…… 한참 위쪽인데…… 여기까지 와요?"

아낙이 고개를 갸웃거렸다. 광백이 참외 먹는 걸 멈추고 정색했다.

"아주마이…… 궁금한 거이 많아서리 아가리 찢어진 년 이바구…… 들어 보갔소?"

아낙이 입을 닫았다. 광백이 달구지를 몰아 떠날 때까지 아낙은 한마디도 하지 않았다.

쥐똥은 흉년에 부모를 잃었다.

다섯 살 코흘리개는 살겠다고 발버둥 치며 돌아다녔다. 아비

어미가 자신을 버렸다는 걸 알았지만 쥐똥은 한 번도 입 밖에 내지 않았다. 동냥하고 주워 먹고 훔쳐 먹으면서 살아남았다. 그러다 거지아이들 속에 들어가 같이 살았다. 하지만 워낙 소심하고 약한 쥐똥은 그 안에서도 천덕꾸러기로 지냈다. 눈물이 마를 새가 없었다.

쥐똥은 광백이란 사람을 따라 달구지에 올랐다. 고아들만 모아서 나라에서 재워주고 먹여준다고 했다. 달구지가 어딘가로 흔들흔들 갔다. 아이들이 하나둘씩 늘었다. 달구지가 어느 산중에 멈춰 섰을 때 달구지는 아이들로 꽉 차 있었다.

쥐똥은 개와 함께 구덩이에 던져졌다. 구덩이의 아이들이 개를 죽창으로 찔러 죽일 동안 쥐똥은 오줌을 질질 싸면서 이가 부서지도록 떨었다. 그런 처참한 광경은 처음이었다. 대장으로 보이는 아이가 죽은 개를 가르고 잘라 모닥불에 구웠다. 쥐똥보다 머리통 하나는 더 큰 대장이 울고 있는 쥐똥에게 개고기를 내주었다. 쥐똥이 눈물범벅이 된 얼굴로 고깃덩이를 받았다. 다른 아이들이 키득거리고 웃었다. 아이들은 모두 어깨에 인두 자국 번호가 새겨져 있었다.

'一四二', '二百三', '二一一', '二一二'

아이들은 백사십이노미, 이백삼노미, 이백십일노미, 이백십이노미라고 자신을 소개했다. 대장아이가 개의 입에서 뭔가를 뽑아내 구석에 쪼그리고 앉은 쥐똥에게 내밀었다. 개의 송곳니였다. 쥐똥이 겁먹은 표정으로 송곳니를 받아들자 무표정하게 손길을 거둔 대장아이가 말했다.

"죽지 마."

쥐똥이 또 눈물을 떨어뜨렸다. 대장아이가 고깃덩이 하나를 더 던져주었다. 대장아이의 어깨에는 '七七'자가 낙인 되어 있었다.

"우리 대장이야. 칠십칠노미. 젤 오래됐어."

"완전 갑이야! 쌈 엄청 잘해!"

아이들의 요란한 호들갑 사이로, 쥐똥은 고깃덩이를 삼켰다. 달고 맛있었다. 다음날 광백은 쥐똥에게 번호를 주었다.

'二二十'

쥐똥은 이백이십 번째 들어온 아이였다.

"니래 이제 이백이십노미야. 알간?"

벌겋게 달궈진 인두를 보고 쥐똥이 자지러지게 울었다.

"살려…… 주세요."

"죽이는 거 아이야. 오해 말라. 니 이름이야. 따라 해보라우. 이백이십노미."

"이백…… 이십 노미……"

"길티. 이백이십노미. 기게 니 이름이야. 내래 이백이십노미야 하고 부르믄 '네! 막주님!' 하고 달려오는 기야. 알간?"

쥐똥이 크게 고개를 주억거렸다. 광백이 재갈을 물려주었다.

"소리 내지 말라. 소리 지르믄 맞는 수가 있어……"

인두가 다가왔다. 쥐똥이 벌써 비명을 질렀다. 산채 구덩이마다 아이들이 그 소리를 다 들었다. 인두질을 하기도 전에 쥐똥은 무섭게 맞았다. 이가 부러지고 머리통이 깨졌다. 이렇게 약해빠진 놈은 처음이었다. 광백은 쥐똥을 쥐 패면서, 사흘 안에 안 죽으면 손가락에 장을 지진다고 투덜거렸다.

약하고 겁 많은 쥐똥은 죽지 않고 살아남았다.

산채에서 가장 강한 칠십칠노미의 구덩이에 있었던 게 이유였다. 구덩이에서 한 해를 보내고 겨울이 올 때쯤 쥐똥은 제법 거친 티도 나고 눈빛에도 독기가 올랐다. 낮에 피 터지는 혈전을 벌이고 나서 광백이 포식을 시켜주었다. 칠십칠노미가 다른 구덩이의 왕초를 보기 좋게 쓰러뜨린 날이었다.

쥐똥은 자다 말고 눈을 떴다. 칠십칠노미가 보이지 않았다. 칠십칠노미가 구덩이 바닥에 서서 눈 오는 하늘을 올려다보고 있었다. 쥐똥이 거적을 쓰고 다가와 서서 같이 하늘을 올려다보았다. 여우비처럼 하늘은 개었는데 눈이 떨어지고 있었다.

"뭐해?"

쥐똥이 물었다.

"눈 먹어."

칠십칠노미가 대답했다.

"맛있어?"

"그냥…… 물맛이야."

칠십칠노미를 따라 쥐똥이 입을 벌리고 떨어지는 눈을 혓바닥으로 핥았다. 아무것도 느껴지지 않았다. 칠십칠노미는 밤하늘 별 하나에 시선을 박고 꼼짝도 않고 있었다.

"오늘 형 죽는 줄 알았어."

"난…… 안 죽어."

"안 죽는 사람이 어딨어? 이백십일노미도 죽었고 이백십이노미도 죽었어. 저번 달에 새로 온 애두 죽었고……"

"재작년 겨울에 내 동생이랑 여기 같이 잡혀 왔었어. 내 동생…… 너랑 비슷하게 생겼었어. 겁도 엄청 많고."

"나 겁 없어! 씨!"

"여기 와서 개한테 물려 죽었어. 개한테 물려선 아프다고 밤새 울고 소리 지르다가 죽었어."

쥐똥이 방귀를 뀌었다. 칠십칠노미가 알밤을 한 대 먹이고 별을 가리켰다.

"저기 저 밑에 세 번째로 반짝반짝하는 별 보이지? 내 동생이야."

별을 빤히 쳐다보던 쥐똥이 코를 훌쩍거렸다.

"웃기시네."

칠십칠노미가 또 알밤을 먹였다. 쥐똥이 나직이 욕을 하자 칠십칠노미가 쥐똥의 머리통을 마구 쓸었다. 영락없는 똥개새끼들처럼 엉기며 놀던 둘이 뜨거운 김을 내뿜으며 밤하늘을 바라보았다. 칠십칠노미가 문득 말했다.

"우리 이름 지을래?"

"이름? 있잖아."

"그런 거 말구 우리 이름…… 진짜 이름……"

"진짜 이름?"

"나는 갑수."

"나는?"

"내가 갑수니까 너는 을수."

갑수? 을수? 쥐똥이 아는 갑수 을수만 해도 열 손가락이 넘었다. 쥐똥이 시큰둥해 보였다.

"이게 굉장히 깊은 의미가 있어."

칠십칠노미가 쥐똥을 살살 달래듯이 말했다.

"이름 어때? 그래도 사람 같잖아. 똥개새끼마냥 이백이십노미 칠십칠노미 그게 뭐냐?"

쥐똥이 또 방귀를 뀌고는 약을 올리듯 잠자리로 날름 돌아갔다.

"어씨 추워!"

"너 그거 우리끼리만 알아야 돼! 비밀이야!"

그날 이후로 칠십칠노미와 쥐똥은 갑수 을수가 되었다. 갑수는 을수가 죽은 동생의 이름이란 것을 말하지 않았다. 쥐똥이 처음 구덩이에 떨어진 날, 동생과 똑같이 생긴 모습에 얼마나 놀랐는지도 말하지 않았다. 갑수는 정성을 다해 을수가 된 쥐똥을 챙겼다. 무슨 수를 써서라도 동생 을수가 다시 죽는 꼴을 보고 싶지 않았다.

지옥 같은 산채에도 봄이 왔다.

죽은 아이들의 몸뚱어리가 구덩이 밖으로 꾸역꾸역 나왔다. 산채 비탈에는 죽은 아이들이 버려져 산짐승의 먹이가 되었다. 뼈가 나뒹굴었다. 그 백골이 뿌려진 곳에는 아무것도 자라지 않았다.

봄비가 내렸다. 산채의 밤을 적시는 봄비는 아직 날카롭고 서늘했다. 한기를 머금고 누더기를 파고들었다. 갑수 구덩이 아이들은 구덩이 토굴 모닥불에 모여 비를 피하고 있었다. 구덩이 너머에서 소름 끼치는 비명이 들려왔다. 아이들이 몸을 움츠렸다. 아이 하나가 토굴 밖으로 고개를 내밀고 구덩이 위를 흘깃거렸다.

"부랄 까는 거래."

다른 아이가 모닥불을 쑤시며 그 말을 받았다.

"고자로 만들어서 내시한테 판대."

을수의 눈빛이 반짝거렸다.

"내시?"

"임금님 사는데 간대. 엄청 밥도 많이 주고 엿도 주고 그런대."

"진짜?"

비명이 또 들려왔다. 자지러지는 고통이 뚝뚝 묻어 있었다. 모닥불을 바짝 끌어안고 있어도 등짝을 따라 소름이 돋는 그런 소리였다. 갑수가 무심히 죽창을 깎으며 빈정댔다.

"병신 새끼들…… 저 소리 안 들려? 어제만 둘이나 죽었어."

갑수가 자신의 불알을 툭툭 건드렸다.

"이거 까면…… 죽는 거야. 열 놈 중에 하나 살까 말까야."

아이들이 일제히 자신들의 불알을 움켜쥐고 오싹해 했다. 그 와중에도 몇몇은 킬킬대고 웃었다. 다른 놈의 불알을 건드리며 장난을 쳤다. 비명이 또 들렸다. 그날 들려온 것 중에 가장 큰 소리였다. 그러고는 이내 정적이 찾아왔다. 소름 끼치도록 고요한 정적. 아이들은 설명하지 못할 그 정적이 더 무서웠다. 구덩이 바닥에 비 떨어지는 소리만 자작거렸다. 갑수가 침을 뱉었다.

"또 하나…… 뒈진 거야."

며칠 전이었다.

산채로 손님이 찾아왔다. 견마잡이 하나가 말을 끌고 도포에 흑립을 쓴 양반 하나를 데리고 왔다. 광백이 연신 굽실거리며 손님을 맞았다. 안국래였다. 비단 손수건으로 코를 가리고 있던 안국래는 말에서 내릴 생각이 없어 보였다. 하얀 도포와 가죽신은 새것인양 잡티 하나 없이 깨끗했다. 광백 앞으로 엽전 꾸러미가 던져졌다.

"긴하게…… 실수 없이……"

광백이 넙죽 허리 굽혀 인사했다.

"길티요!"

산채 비탈 옆으로 봄 아지랑이가 오물거리듯 구덩이 아이들이 서 있었다. 모두 남자 아이들이었다. 영문도 모른 채 끌려 나온 아이들은 영문도 모른 채 겁에 질려 있었다. 말 위의 안국래가 아이들을 힐긋 보고는 견마잡이를 돌려세웠다. 안국래는 광백의 산채에서 오래 있을 생각이 없어 보였다. 안국래가 산채

문을 나서자 광백이 따라 나갔다. 안국래가 저만치 멀어질 때까지 한참이나 머릴 숙이고 있던 광백이 고개를 들고 중얼거렸다.

"개부랄…… 까듯이…… 까라?"

산채 막사 문이 열리는 소리가 들렸다.

요란하게 뭔가를 걷어차는 소리가 뒤따라 들려왔다. 광백이 거나하게 욕하는 소리도 들렸다. 구덩이 속 아이들은 그때마다 움찔거렸다. 광백이 연신 뱉어내는 욕지기가 점점 가까이 들려왔다. 아이 하나가 초조한 티를 내며 토굴 안쪽으로 파고들었다. 추위에 쪼그라든 불알처럼 아이가 웅크렸다.

"온다!"

갑수가 손가락으로 조용하라는 신호를 하는 것과 동시에 구덩이 위에서 광백이 고함질렀다.

"날래들 기나오라!"

광백의 소리는 탁한 살기로 가득했다. 느닷없이 칼을 휘두를 듯한 충동이 그 목소리에 배어 있었다. 아이들이 벌벌 떨었다. 을수가 눈물이 뱅뱅 도는 얼굴로 토굴 바깥을 불안하게 기웃거렸다.

"뭬하간? 내 말 안 들리네?"

잔뜩 짜증난 목소리가 다시 들려왔다. 구덩이 아래로 척하니 줄사다리가 떨어졌다. 광백이 내려올 기세였다. 횃불 빛이 이리 저리 흔들렸다. 아이들이 훌쩍거리기 시작했다. 그 꼴을 보고 있던 갑수가 벌떡 일어섰다.

"안 나오네?"

광백이 다시 보챘다. 갑수가 나가자 아이들이 주춤주춤 갑수를 따라 구덩이 바닥으로 나갔다. 을수가 갑수의 뒤에 잽싸게 숨었다. 광백이 몽둥이를 들고 횃불을 비추고 있었다. 광백의 이글거리는 눈이 피곤과 불만으로 위태롭게 흔들렸다.

"한 새끼 올라오라."

아이들이 동시에 울음을 터트렸다. 광백이 허공에다 한숨을 한번 내뱉고 아이들을 노려보았다.

"내래 내려가믄…… 느들 구댕이 아주 도륙을 내갔어!"

광백이 포승줄을 어깨에 메고 내려오기 시작했다. 아이들이 토굴 속으로 뛰어들었다. 몸이나 겨우 누일 만한 공간이 수천 길 동굴이나 되는 양 뛰어들었다. 토굴 벽에 머리를 처박고 아이들이 울었다. 갑수는 피하지 않았다. 뒤에 을수를 두고 그저 우두커니 서 있었다.

광백은 내려오자마자 몽둥이로 아이들을 후려갈기기 시작했다. 사정 봐주지 않는 매가 아이들 몸을 잘근잘근 훑었다. 뼈 부러지는 소리가 연신 들렸다. 광백의 눈은 들개의 인광으로 번들거렸다. 아이들을 연신 후려 패던 광백이 거친 숨을 뱉어내고는 갑수와 을수에게로 돌아섰다. 몽둥이를 버리고 단도를 빼 들었다. 광백의 무자비하고 무분별한 살기가 갑수에게 전해져 왔다.

"니래 둘이 제일 단단하니 가위바위보 하라."

을수가 주저앉아 울어댔다. 을수가 오줌을 지렸다. 광백이 든 단도의 날이 번뜩 살기를 품었다. 을수에게 돌아선 갑수가 손을 내밀며 고함질렀다.

"빨리해!"

을수가 갑수의 시뻘게진 눈을 보았다. 광백의 눈과 갑수의 눈이 분간되지 않았다.

"형……"

갑수가 을수의 멱살을 쥐고 일으켜 세웠다.

"빨리 하자구, 이 새끼야!"

광백이 머리를 긁어댔다. 단도를 흔들었다.

"뭐하네, 지금?"

갑수가 을수의 뺨을 후려쳤다.

"어서, 이 바보 새끼야!"

을수가 겁을 집어먹고 얼떨결에 손을 내밀었다. 갑수도 눈알을 부라리며 손을 내밀었다.

"가위…… 바위……"

을수는 보았다. 갑수의 충혈된 눈과 그 악다구니 가득한 얼굴을 보았다. 이제껏 한 번도 보지 못했던 갑수의 얼굴이었다. 을수가 눈을 감고 울면서 가위를 내밀었다. 시간이 흐르지 않고 멈춰버린 듯했다. 만약 갑수가 보자기가 아니라 주먹을 낸다면? 광백의 무지막지한 손이 을수의 목을 낚아챌 것만 같았다.

얼마나 지났을까. 을수가 살그머니 실눈을 떴다. 갑수의 손이 나와 있었다. 보자기였다. 순간 을수의 얼굴에 안도의 환희가 터져 나왔다. 갑수가 그 얼굴을 놓치지 않았다.

을수가 갑수를 보았다. 갑수는 어떤 걱정도 없이 서 있었다. 갑수의 표정이 분간되지 않았다. 광백이 그런 갑수의 목덜미에 냅다 포승줄 올가미를 걸었다. 개 끌려가듯 갑수가 끌려갔다.

칠십칠노미는 여러모로 아까운 놈이었다. 하지만 안국래는 촌각을 다투는 일이라며 거금을 내놓았다.

"막중한 일이야. 세손궁으로 안배할 소내시가 필요하네."

앞서 수술한 놈들은 모두가 죽어버렸다. 칠십칠노미라면, 가능할 듯했다.

갑수가 침대에 누인 채로 사지가 묶였다.

피 묻은 무명천과 핏물 번진 대야가 아무렇게나 펴질러져 있었다. 크고 작은 칼들이 불에 달궈지고 있었다. 이 침대에서 죽어간 아이들의 비명이 아직 막사 안을 떠돌고 있었다. 갑수는 두려움을 이기려 천장만 바라보았다. 눈을 돌리면, 검은 죽음이 자신을 노려보고만 있을 것 같았다. 갑수의 입에 나무작대기가 물렸다. 나무작대기로 어금니가 파고들었다. 떨지 않으려 했지만 팔다리가 제 몸이 아닌 양 떨려왔다.

광백이 갑수의 바지를 훌러덩 내리고 염불 외듯 중얼거렸다.

"개부랄 까듯이…… 개부랄 까듯이……"

비가 더 거세졌다.

천둥번개가 산채를 뒤흔들었다. 을수는 모닥불 앞에 쪼그리고 앉아 눈을 감고 귀를 막고 있었다. 갑수의 마지막 모습이 지워지지 않았다. 갑수를 보내고 그 떠들썩한 공포가 가라앉은 뒤에야 갑수의 얼굴이 조금씩 보이기 시작했다. 분간되지 않았던 그 마지막 얼굴이 보였다.

갑수의 얼굴은 편안해 보였다. 안도하는 얼굴이었다. 자신의 보자기에, 자신의 패배에 안심하는 그런 얼굴이었다. 잘못 본 것인가? 을수가 머리를 세차게 흔들었다. 도리질할수록 갑수의 얼굴이 점점 선명히 다가왔다. 갑수의 마음이 더 선명히 보였다.

죽지 말라고 들개의 송곳니를 내밀던 갑수가 보였다. 위기 때마다 자신을 감싸고돌던 갑수가 보였다. 병이라도 들면 두 겹 세 겹 가마니를 덮어주고 밤새 지켜주던 갑수가 보였다. 구덩이 생활이 아프고 무서워 울고 있을 때마다 농담을 던지며 달래주던 갑수가 보였다.

만약, 갑수가 한 박자 늦게 보자기를 낸 것이라면? 을수의 가위를 보고 주먹이 아니라 보자기를 낸 것이라면? 을수를 위해, 일부러, 져준 것이라면?

을수가 눈물을 쏟아내기 시작했다. 오줌보가 저리고 손발이 타들어 가는 것 같았다. 토굴 밖으로 뛰쳐나갔다. 구덩이 바닥에 서서 을수가 목이 메도록 갑수를 불렀다.

"형! 갑수 형!"

화답하듯, 천둥번개를 뚫고 갑수의 비명이 구덩이로 날아들었다.

〈2권에서 계속〉

역린 (1)

1판 1쇄 펴냄 2014년 4월 7일
1판 4쇄 펴냄 2014년 8월 5일

지은이 | 최성현
발행인 | 김세희
편집인 | 김준혁
펴낸곳 | 황금가지

출판등록 | 2009. 10. 8 (제2009-000273호)
주소 | 135-887 서울 강남구 신사동 506 강남출판문화센터 5층
전화 | **영업부** 515-2000 **편집부** 3446-8774 **팩시밀리** 515-2007
홈페이지 | www.goldenbough.co.kr

ISBN 978-89-6017-841-0 04810 (1권)
ISBN 978-89-6017-840-3 04810 (set)

㈜민음인은 민음사 출판 그룹의 자회사입니다.
황금가지는 ㈜민음인의 픽션 전문 출간 브랜드입니다.